W0346868

Tatjana Kruse

Kalte Platte

Köstliche Krimi-Häppchen

KBV

Originalausgabe

www.kbv-verlag.de
E-Mail: info@kbv-verlag.de
Telefon: 0 65 93 - 998 96-0
Fax: 0 65 93 - 998 96-20
Umschlagillustration: Ralf Kramp
Druck: Aalexx Buchproduktion GmbH, Großburgwedel
Printed in Germany
ISBN 978-3-942446-63-1

Danke, Ralf!

Inhaltsangabe

Die Killer-Erdmännchen und der Männerschädel im Gibbonweiher

11 Uhr 23

Zugriff!«, bellte der Einsatzleiter. »Zugriff!«, wiederholte er zur Sicherheit, weil sein Team aus strunzdummen Jungbeamten bestand, die hinter den Ohren noch laubfroschgrün waren und bei denen man sich fragte, ob sie ohne Muttern auch wirklich aufs Töpfchen fanden. Denen musste er grundsätzlich immer alles zweimal sagen.

Vorn an der afrikanischen Savannenanlage stürzten sich gleich darauf Pleschek, Meier und Ünsal unter den entsetzten Blicken einiger Hirschziegenantilopen, Löffelhunde und der siebten Klasse der Freien Waldorfschule Oberursel auf den flüchtigen Tatverdächtigen.

Gut, sie hätten ihn nicht ganz so heftig treten dürfen, als er schon in Handschellen am Boden lag, aber die Tatsache, dass sie voller Blut, Warzenschweinkacke und Dromedarerbrochenem waren, würde ihnen zugutegehalten werden, sollte der Anwalt des Verdächtigen sie juristisch zu belangen versuchen.

Es war ein harter Showdown gewesen.

Aber er hatte ja zur Festnahme geführt.

Das zweibeinige Mörderschwein (*Homo homini lupus*) war dingfest gemacht, mitten im Opel-Zoo zu Kronberg im Taunus!

11 Uhr 21

Else Bachmann ging kopfschüttelnd weiter, als erst der Glatzköpfige mit der Reisetasche und dann die drei Vermummten mit den gezückten Waffen an ihr vorbeihechteten. Die drehten hier bestimmt mit versteckter Kamera einen ARD-Tatort.

Der Opel-Zoo war seit *Giraffe, Erdmännchen & Co* ein beliebter Drehort. Allerdings fand sie diese Actionszene übertrieben. Und was Action anging, konnte sie weiß Gott mitreden. Der Sonntagabendtatort war ihr heilig. Schon immer. Vermummte SEKler, die sich bei laufendem Betrieb auf einen Glatzkopf stürzten, das war einen Tick zu heftig für einen guten, deutschen Familienkrimi. So was erwartete man in diesen brutalen amerikanischen Serien, und die schaute sie nicht.

Else Bachmann schritt zügig voran. Der Bus zum Bahnhof Kronberg wartete nicht. Auch nicht auf sie. Obwohl sie Stammbesucherin war. Jeden Tag, den Gott werden ließ, kam sie in den Zoo. Dank Jahreskarte. Und Rhein-Main-Verkehrsverbund. Eine einfache Gleichung, fand sie: Frische Luft + viel Exotik auf vier Beinen = Erholung pur. Der Höhepunkt war für sie immer das Erdmännchenfreigehege. Nicht zu glauben, dass diese possierlichen Tierchen Raubtiere sein sollten!

11 Uhr 11

Patrick Schlenz hechtete über den Zaun. Er konnte den heißen Atem seiner Verfolger förmlich im Nacken spüren.

Warzenschwein-Eber Horst und seine Partnerin Sylvie schreckten zusammen, als Schlenz in ihrem Gehege schwer auf seinen Springerstiefeln landete. Eigentlich waren sie gerade dabei, für Warzenschweinnachwuchs zu sorgen, aber das hatte sich jetzt erledigt. Sylvie konnte nicht gut mit Störungen. Sylvie war sensibel. Folglich warf Sylvie Horst gleich nach Schlenzens Landung von sich, erleichterte sich angsterfüllt und galoppierte panisch in Richtung Felsenversteck.

Horst floh nicht. Horst ... wurde ... böse.

Patrick Schlenz kannte Schweine nur aus Filmen wie *Schweinchen Babe*. Und dieses hier war einfach nur grauer und haariger. Aber Schwein blieb doch Schwein, oder? Harmlos. Er sah nach hinten. Seine Verfolger kamen näher. Schlenz wurde schneller.

Das Warzenschwein (*Phacochoerus africanus*) wird oft mit der *Hakuna matata* singenden Dumpfbacke Pumbaa aus *König der Löwen* verwechselt, ist aber in Wirklichkeit ein gefährlicher Angreifer und extrem leicht zu verstimmen. Und wenn sich ein über 100 Kilo schwerer Warzenschwein-Eber mit aufgestellter Nackenmähne und fast sechzig Zentimeter langen Hauern auf einen Eindringling stürzt, der ihn beim Schäferstündchen gestört hat, dann sollte man das nicht auf die leichte Schulter nehmen.

Das wurde Patrick Schlenz spätestens in dem Moment klar, als Horst ihn mit voller Wucht von schräg hinten erwischte und durch die Luft katapultierte.

Schlenz war durchtrainierter Sportler und wusste, wie man landet. Das rettete ihn. Das und die Tatsache, dass seine Verfolger nun ebenfalls im Warzenschweingehege angelangt waren und Horsts Aufmerksamkeit sich den Neuankömmlingen zuwandte. Einen von ihnen erwischte er ebenfalls. Blut spritzte. Die anderen beiden glitschten in Sylvies Panikexkrementen aus und landeten in einer aufspritzenden Fontäne aus Warzenschweinkacke unsanft auf dem Rücken.

Patrick Schlenz rappelte sich auf und rannte weiter.

10 Uhr 50

Else Bachmann warf ein lauwarmes Fleischhäppchen ins Freigehege mit den Erdmännchen. Die Mangusten hatten schon gewartet und stürzten sich mit Feuereifer darauf.

Lecker! Es gab, wie immer, kleine Rangeleien um die Beutestücke. Erdmännchen sind futterneidisch.

Im Opel-Zoo war das Füttern – im Gegensatz zu so gut wie allen anderen zoologischen Gärten – erlaubt. Natürlich nicht mit Mitgebrachtem von zu Hause – das führte zu Koliken, Verfettung, Nierenschäden oder allem zusammen und damit letztlich zum Tod der Tiere. Erlaubt jedoch war das, was der Zoo anbot, beispielsweise Karotten oder Trockenfutter.

Für Kinder war das natürlich ein einmaliges Erlebnis. Wilde Tiere füttern! Aber auch Else Bachmann genoss es immer wieder von Herzen. Gerade die Erdmännchen. Diese süßen, kleinen Racker. Wenn die Sonne schien, drehten sie ihre hellen Bäuche ins Licht und schlossen genüsslich die dunkel umrahmten Äugelein. Immer in Gruppen beieinanderstehend, dicht an dicht. Zu goldig!

Bei diesem Anblick wurde Else Bachmann regelmäßig das Herz ganz weit.

Else Bachmann seufzte beseelt, sah sich nach Tierpflegern um, entdeckte keine, griff in die Plastikdose in ihrer übergroßen Umhängetasche und warf noch ein lauwarmes Fleischstückchen in die Erdmännchenmenge.

Die Menge jubelte.

10 Uhr 45

»Der will sich vom Acker machen!«, rief Ünsal.

Sie hatten ihn bis zum Dromedargehege verfolgt, ohne dass er das bislang bemerkt hätte, aber nun schien sich das geändert zu haben. Die Dromedare standen, gemütlich mit den Unterkiefern mahlend, am Zaun. Sie gehörten zur Streicheltruppe des Zoos und durften regelmäßig geritten werden, darum kannten sie keine Scheu vor Menschen. Auch nicht vor Glatzköpfigen in Springerstiefeln, die abrupt stehen blieben und sich in plötzlicher Panik nach hinten umblickten.

Doch dass sich der Haarlose dann völlig unvermittelt in hohem Bogen in ihr Gehege wuchtete und quer durch ihre Reihen sprintete, war dann doch des Guten zu viel.

»Dranbleiben!«, befahl der Einsatzleiter über Ohrknopf in die Gehörmuscheln der drei jungen Männer, die gleich darauf ebenfalls ins Gehege sprangen.

Die Einhöckerkamele (*Camelus dromedarius*) wurden dadurch nachhaltig in ihrem Kauen gestört und reagierten individuell. Zwei rannten davon, eines verfiel in Schreckstarre, und eines stellte unter Beweis, dass es nicht nur Menschen auf Kreuzfahrtschiffen schlecht werden kann, sondern dass auch Wüstenschiffe sich erbrechen können. Aus Panik. Und zwar reichlich.

Es erwischte Pleschek und Ünsal von vorne rechts. Geruchsintensiv, dampfend und schmierig.

Dromedarkotze.

10 Uhr 42

An manchen Tagen gönnte sich Else Bachmann auf der Sonnenterrasse im Restaurant Sambesi eine Tasse Kaffee, lieber aber auf einer der Bänke am Gibbonweiher. Meist an den Sonntagen, an denen sie mit ihrem Enkel Denis in den Zoo kam. Denis interessierte sich mehr für den Abenteuerspielplatz, den Kletterparcours und die türkische Pizza im Topsaray Imbiss als für die Zootiere. Sie liebte Denis, aber ohne ihn war sie einfach unabhängiger.

So wie heute.

Sie hatte die extragroße Thermobox dabei, die alles schön warmhielt. Ihr Ziel waren wie jedes Mal, wenn sie ohne Denis in den Zoo kam, die Erdmännchen (*Suricata suricatta*). Früher hatte sie immer gedacht – wohl wegen der Ähnlichkeit beim Männchenmachen –, dass Erdmännchen wie Eichhörnchen Vegetarier seien und Nüsse aßen, aber nein, sie waren Fleischfresser und aßen alles, was sich überwältigen ließ. In freier Wildbahn hauptsächlich Insekten und deren Larven, Spinnentiere und kleine Reptilien. Aber auch Kleinsäuger verschmähten sie nicht. In Gefangenschaft durften es dann durchaus auch Fleischhäppchen undefinierbarer Herkunft aus Altfrauenhand sein.

Faszinierende Tierwelt!

10 Uhr 38

Patrick Schlenz fuhr sich mit der flachen Hand über den rasierten Schädel. Es war schon relativ warm an diesem frühen Morgen kurz nach zehn. Er verfütterte hingebungsvoll eine Tüte Futterkarotten an den Elefanten hinter dem Eingang des Opel-Zoos und merkte daher nicht, dass er observiert wurde. Erst als der Dickhäuter abdrehte und Schlenz weiterging, fühlte er sich beobachtet. Da dachte er sich noch nichts dabei. Männer wie er, fast zwei Meter groß, glatzköpfig, mit Springerstiefeln, wurden oft verkannt und daher misstrauisch beäugt. Aber er war kein Rechter. Er brauchte einfach nur festen Halt in seinen Schuhen, und seine Haare waren schon seit Jahren schütter und rasiert sah er einfach besser aus.

Schlenz schulterte seine Reisetasche und marschierte weiter. In einer Woche ging es für ihn los. Große Fahrt, mit dem Schiff über die Weltmeere. Sein Traum seit frühester Jugend. Er war im Taunus geboren und aufgewachsen, aber sein Herz war das eines Smutje. Bis dahin verbrachte er seine Zeit im Fitnessstudio. Und jeden zweiten Tag kam er in den Zoo. Den hatte er als Kind schon heiß und innig geliebt, und das hatte sich nicht geändert. Er brachte sich immer ein Steak mit und grillte es an einem der Grillplätze. Fleisch essen unter freiem Himmel, während im Hintergrund exotische Tiere exotische Laute von sich gaben. Das war das wahre Leben. So war der Mann von der Natur gedacht!

Er ging weiter.

Und fühlte sich verfolgt.

Ein Blick über seine Schulter bestätigte: Verdammt ja, drei schmalschultrige Vermummte. Autonome, die ihn für einen Neonazi hielten und ihn jetzt aufmischen wollten?

Es roch nach Ärger. Den konnte Schlenz gerade jetzt nicht gebrauchen.

Er nahm die Beine in die Hand.

10 Uhr 09

»Das ist der Mann«, sagte der Tierpfleger zum SEK-Einsatzleiter. »Den habe ich an dem Tag gesehen, als ich den Kopf im Gibbonweiher fand.«

Alle Augen – sechs davon aus schmalen Sehschlitzen lugend – wanderten zu dem Glatzkopf in den Springerstiefeln.

Der Schädel im idyllischen Gibbonweiher war vorgestern von Tierpfleger Ruut Heugens entdeckt worden. Die Rechtsmedizin konnte nur sagen, dass es sich um das abgetrennte Haupt eines Mannes handelte. Sämtliche Zähne waren herausgeschlagen worden und ein Zahnabdrucksvergleich somit hinfällig. Die DNS ließ sich zwar ermitteln, passte jedoch zu keinen gespeicherten Daten. Die Rekonstruktion des Kopfes war im Gange und würde noch dauern. Der Abgleich mit Vermisstenmeldungen konnte erst danach erfolgen. Der leitende Rechtsmediziner war sich jedoch sicher, dass der Tote vor einer Woche noch gelebt hatte. Das fehlende Fleisch musste weggekocht worden sein.

»Diese Methode passt zu einem Auftragsmörder, den alle

nur den ›Koch‹ nennen«, hatte der Einsatzleiter seinen Männern an diesem Morgen erklärt. »Er hinterlässt grundsätzlich nur die Knochen seiner Opfer. Laut den Kollegen vom Profiling lassen sich kannibalische Neigungen nicht ausschließen. Der ›Koch‹ ist für die kalabrische 'Ndrangheta tätig. Der Mann ist ein Profi. Wir vermuten, dass er sich weiterer Knochenteile im Zoo entledigen will.«

Schlenz betrat den Zoo.

10 Uhr 05

Else Bachmann knöpfte die Webpelzjacke zu. Gleich würde der Niederflurbus 261 vor dem Opel-Zoo halten. Vom Bahnhof Frankfurt aus musste sie nur einmal umsteigen und war schon in etwas über einer halben Stunde da.

Else Bachmann liebte den Opel-Zoo. Nicht nur, weil er in ihrem Geburtsjahr 1956 eröffnet worden war. Er war für sie auch ein Refugium, eine Zuflucht. Jetzt, wo sie wegen ihrer Arthritis frühverrentet worden war, mehr denn je. Seit Kurzem war sie auch Patin der Erdmännchen. 300 Euro im Jahr, aber dafür bekam man eine Urkunde mit Bild und wurde namentlich auf dem Gehegeschild erwähnt.

Hannes hätte das nie verstanden. Ach, Hannes!

9 Uhr 58

Patrick Schlenz stellte seinen mitternachtsblauen Opel Corsa innerhalb der dafür vorgesehenen Parkfläche ab. Er hielt sich stets an die Vorgaben von Staat und Gesellschaft. Und auch an die der Opel-Zooverwaltung für den Waldparkplatz. Nur ja nicht auffallen.

Er sah in die Reisetasche. Ja, alles da. Das Steak, die Steaksoße, die Flasche Bier, die Oberschenkelknochen und Schulterblätter seines letzten Auftragsopfers. Bestens.

Er ratschte den Reißverschluss der Reisetasche zu. Dann konnte es jetzt ja losgehen.

Patrick Schlenz stieg aus.

9 Uhr 56

Else Bachmann musste gut aufpassen. Der Opel-Zoo war eine Bedarfshaltestelle. Wenn man nicht kundtat, dass man aussteigen wollte, hielt der Bus auch nicht.

Die meisten Busfahrer kannten sie und ihre Webpelzjacke und die große Blümchentasche mittlerweile ja schon. Aber die junge Frau heute war neu am Steuer.

So vieles veränderte sich. Manches blieb aber auch gleich. Hannes, beispielsweise. Hannes war ein Kontinuum im Universum. Seine überhebliche Art ihr gegenüber. Wäre sie damals nicht schwanger geworden, sie hätte ihn nie geheiratet. Nur wegen ihrer Tochter Doris hatte sie Hannes all die Jahre ertragen.

Er machte sich gern über sie lustig. Das lässt man sich als Frau zehn Jahre lang gefallen, auch zwanzig, aber nach dreißig Jahren ist es genug. Und als er dann nach seiner Pensionierung auch noch angefangen hatte, sie an ihrem heiligen Sonntagabend beim Tatort zu stören und belegte Schnittchen oder gar körperliche Gefälligkeiten verlangte, hatte es ihr gereicht.

Die Fleischhäppchen, heute gab es Bauchspeck und ein wenig Hüfte, hatte sie extra etwas warm gekocht, damit die Erdmännchen das Gefühl von frisch erlegter Beute bekamen.

Bei diesem Tempo, das hatte sie sich ausgerechnet, hätte sie Hannes bis Mitte nächsten Jahres verfüttert.

Gut, dass es Tiefkühltruhen gab!

In dr Wellness wie im Sterba kommt a jeder dra

Ganz ehrlich, unter einem Auftragsmörder stellen Sie sich doch auch einen schwer gestörten Soziopathen vor, der nur dann Kontakt mit anderen Menschen aufnimmt, wenn er sie teuflisch ermorden will. Das ist ein ganz gängiges Vorurteil, das muss Ihnen jetzt nicht peinlich sein, dass Sie damit völlig falsch liegen.

Aber ich sage jetzt mal: Der normale Auftragsmörder ist gesellig und genießt ein fröhliches Beisammensein im Kreis netter Kollegen ebenso wie jeder andere. Deswegen treffen wir uns auch immer einmal jährlich an unterschiedlichen Locations zum Austausch. Vorletztes Jahr fand unser Jahrestreffen im *Peninsula* in Hongkong statt, letztes Jahr im *Waldorf Astoria* in New York und dieses Jahr hier im Fünf-Sterne-Hotel *Paradiso* in Rougemont bei Gstaad. Der vor Ort ansässige Kollege übernimmt dabei stets die Buchung sowie die Vollpension für alle Teilnehmer, und immer ist es ein großes Hallo, wenn man sich dann wiedersieht und von den Bodycounts der vergangenen zwölf Monate erzählt. Oder damit prahlt, je nach Charakter. Es gibt eben solche und solche.

Wie, Sie zweifeln? Sie denken, Sie würden einen Auftragsmörder erkennen, wenn Sie einen sehen? Ganz sicher? Nur ein Beispiel: Das greise Ehepaar heute Morgen beim Frühstücksbüfett, sie im Paillettenpulli, er in der karierten Hose? Liz und Mike Stansfield aus Arkansas, seit 55 Jahren verheiratet, ein Paradebeispiel für eine gelungene Partnerschaft, beruflich wie privat. Sie glauben, Marilyn Monroe hätte sich suizidiert? Mitnichten. Liz und Mike haben ihr damals im

Auftrag von Mrs. Kennedy – nicht die Ehefrau, die Mutter! – den tödlichen Medikamentencocktail verabreicht.

Spektakulär erschossene Diktatoren machen doch höchstens 0,1 Prozent unserer Arbeit aus. Lästige Arbeitskollegen oder überfällige Erbtanten überwiegen, sie stellen unseren Alltag dar.

Meist arbeiten wir professionell im Verborgenen. Manches kommt nie ans Licht. Nur ein Beispiel: Den Damen unter Ihnen wird hier im Hotel doch sicher Augusto aufgefallen sein, der umwerfend aussehende Latinlover aus Argentinien. Der sich am liebsten auf einer der ergonomischen Wärmeliegen im Tepidarium räkelt und immer ein wenig traurig aussieht. Er hat vor ein paar Jahren Fidel Castro ermordet, aber die Kubaner haben das vertuscht. Haben Sie sich nie gewundert, warum Fidel jahrelang angeblich siech darniederlag und seinem Bruder die Regierungsgeschäfte übertrug, und plötzlich taucht er vor einigen Monaten bei einem Fernsehinterview auf, so fit und fidel, als hätte er sechs Wochen intensiven Wellnessurlaub im *Paradiso* hinter sich? Die Kubaner haben einen Doppelgänger mit Schauspielerfahrung angeheuert, der locker noch mal zwanzig Regierungsjahre abreißen kann. Klar ist Augusto jetzt depri drauf. Das muss einen doch am Boden zerstören, wenn man einen exzellenten Auftragsmord abgeliefert hat und einem dann niemand glaubt, wenn man ihn in seiner Referenzliste aufführt.

Lange Vorrede, kurzer Sinn: Wir tagen also derzeit im *Paradiso*. Getarnt als Schach-Club, was uns auch alle abnehmen, bis vielleicht auf Direktor Mügeli, der den Braten riecht, womöglich weil Mandy und Sandy, unsere minderjährigen, sächsischen Killerzwillinge mit den blonden Zöpfen, den Schachfiguren immer die Köpfe abreißen, wenn sie verlieren, was sie ständig tun. Weltweit kennt man die beiden, weil sie nachts in Hotelfluren kichernd *Shining* nachspielen, komplett mit Axt und teuflischen Grinsegesichtern.

Als *Paradiso*-Gast müssen Sie sich aber wirklich keine Sorgen machen. Wir sind nur zur Entspannung und zu Fachgesprächen hier, gemäß dem Motto *Come up and slow down*. Ohnehin töten wir ja nie zum Vergnügen, sondern immer nur gegen Geld, und solange Ihre Reisebegleitung keinem von uns einen Koffer Bares anbietet, sind Sie absolut sicher. Versprochen. Bei uns Profis weiß man, woran man ist!

Unser Jahrestreffen sieht Moorpackungen, Murmeltierölmassagen und Drei-Gang-Menüs vor – Erholung pur. Dazwischen noch ein paar Fachvorträge von Igor dem Russen über Halbautomatikwaffen und Ilija dem Bulgaren zum Thema Handarbeit, also »Würge- und Drosseltechniken«. Ich hatte mich wirklich sehr auf diesen Kurzurlaub gefreut.

Und dann das ...

Vorgestern stehe ich Schlag 15 Uhr am ausladenden Kuchenbüfett, und während mir das nette Servierfräulein den warmen Apfelstrudel mit Vanillesoße vorlegt, gehe ich zu der Anrichte mit den Zeitungen und will in *Finanz & Wirtschaft* nachschlagen, wie ich mein letztes Honorar am gewinnbringendsten anlegen könnte, da merke ich, dass eine der Türen der Anrichte aufsteht und in dem offenen Spalt sehe ich ... eine rosa Schleife.

Jetzt muss man wissen, dass Olga die Ukrainerin – eine ehemalige Hammerwerferin, zweimal Gold bei den Olympischen Spielen in Moskau, deren Markenzeichen das zu Tode Quetschen des Opfers mit ihren muskulösen Oberschenkeln ist – immer eine rosa Schleife im hennaroten Haar trägt.

Das macht mich jetzt natürlich stutzig. Ich tue so, als müsste ich mir die Schnürsenkel binden, und in der Tiefergelegten ziehe ich die Holztür etwas weiter auf und tatsächlich: Es ist

Olga. In der Mitte gefaltet. Tot! Die Leichenstarre hat schon eingesetzt.

Jetzt nur kein Aufsehen.

Ich schließe die Tür, dieses Mal fest, und setze mich auf meinen Stammplatz vor den flackernden Kamin, wo ich genüsslich meinen Apfelstrudel mit Vanillesoße vertilge und auch gleich noch eine zweite – und ja, auch noch eine dritte – Portion nachbestelle. Erst danach gehe ich zu unserem Gastgeber. Nein, nicht Direktor Mügeli, der soll von diesem unschönen, kleinen Störfall möglichst nichts erfahren. Ich gehe zu meinem Schweizer Kollegen, auf dessen Einladung wir im *Paradiso* weilen.

Harry Hasli, von allen nur »Der Professor« genannt, vermutlich, weil er sehr distinguiert aussieht und Tweedjacken mit Ellbogenschützern trägt. Seine Lieblingswaffe ist die singende Säge, mit der er wahlweise musiziert oder seine Opfer bei lebendigem Leib zerlegt, was klangtechnisch auf dasselbe hinausläuft. Er hat dieses Jahrestreffen mit viel väterlichem Wohlwollen organisiert und ruft immer »Großartig!«, wenn wir Kollegen auf die Sekunde genau um 19 Uhr – einer Elefantenhorde gleich – gemeinschaftlich zum Büfett trampeln.

Ich finde ihn, ein Pfeifchen schmauchend, in der »Lungenpflegeabteilung«, will heißen: vor der Hintertür im Raucherbereich.

Auf unseren Jahrestreffen löst man kollegiale Zwistigkeiten nicht final, das ist rücksichts- und manierenlos und einfach ungehörig. Gemeinsam beschließen wir, die Sache zu vertuschen.

In der Nacht hole ich Olga aus dem Schrank und verfrachte sie in den Kofferraum ihres Geländewagens, den ich daraufhin nach Saanenmöser lenke, wo ich ein derzeit leer stehendes Ferien-Chalet finde, das etwas versteckt liegt. Ich parke den Geländewagen dort, werfe die Leiche in den Geräteschuppen hinterm Haus und fahre mit dem ersten Zug im Morgengrauen zurück nach Rougemont, wo ich mich erst mal ausgiebig am Frühstücksbüfett stärke und bei der charmanten Eierfrau ein Spiegelei auf Brot ordere. Ja, gut, drei Spiegeleier auf drei Broten in rascher Abfolge. Nachtarbeit macht hungrig.

Der Professor hat zwischenzeitlich Olgas spontane, vorzeitige Abreise »aus beruflichen Gründen« an der *Réception* gemeldet, und weil er ja alle Kosten übernimmt, ist das auch überhaupt kein Thema. Ich wähne die Angelegenheit als erledigt.

Bis mich der Professor noch am selben Abend zur Seite zieht, als ich gerade im hauseigenen, weißen Bademantel – obwohl ich sonst nur Schwarz trage – auf dem Weg zur *Paradiso Saunawelt* bin und mir überlege, ob ich mir die finnische Außensauna mit Panoramablick gönne oder doch lieber nur in der komfortablen Bademantelzone der »Brunnenstube« das gesunde Schönrieder Quellwasser schlürfe.

»Der Filipino!«, raunt der Professor mir zu und führt mich an der Pool Bar vorbei in einen Nebenraum und dort zu einem Handtuchaufbewahrungswandschrank im altschweizer Stil mit der geschnitzten Aufschrift *1779*. Er zieht die Tür auf und der Filipino, von der Natur winzig gestaltet, also noch kleiner als Tom Cruise und somit wandschrankverklappbar, purzelt heraus. Blutleer, reglos, tot.

Der Professor sieht mich waidwund an. »Ausgerechnet bei uns in der schönen Schweiz«, lese ich in seinem Blick, während wir den Filipino wieder in den Wandschrank stopfen, bevor jemand vorbeikommt und ihn sieht.

Vor zwei Jahren, auf dem Jahrestreffen in Kolumbien, tja, da hat jeder mit allem gerechnet, vor allem bei der optionalen Exkursion ins Hinterland, wo es eine entzückende Spontan-Schießerei mit ortsansässigen Kokainhändlern gab. Aber keinem von uns war damals auch nur ein Härchen gekrümmt worden. Und jetzt diese Bescherung im schönen Saanenland.

»Der muss hier weg«, murmelt der Professor, und ich nicke nur.

Nachdem ich mich angezogen habe, hole ich den Maserati des Filipino und parke ihn seitlich neben dem Hotel. Es wird schon früh dunkel an diesem Novemberabend und so gut wie alle befinden sich in einer der vier Restaurantstuben des Hotels und genießen Wachtelbonbons oder wahlweise Tofusoufflé oder was auch immer, darum merkt auch niemand, wie ich den doch ziemlich lädierten Filipino in den Kofferraum wuchte.

Ich fahre wieder zu dem leer stehenden Chalet in Saanenmöser, wo ich den Maserati parke und den Filipino zu Olga in den Geräteschuppen lege. Es ist sehr kühl in diesen Spätherbsttagen, die beiden fangen noch lange nicht an zu riechen.

Anschließend erreiche ich den letzten Zug nach Rougemont. Am meisten verstimmt mich bei all dem natürlich, dass für mich an diesem Tag das Abendessen ausfällt. Dabei gibt es Schokoladenbüfett. Lästig!

Lästig! Denke ich auch am nächsten Morgen, als ich auf dem Weg zu meiner morgendlichen Swimmingpoolrunde vor dem Frühstück – einer dunklen Ahnung folgend – unterwegs in den Gängen sämtliche Bauernschränke und -truhen öffne. Und derer gibt es viele im *Paradiso*. Beinahe hätte ich erleichtert aufgeatmet, weil ich erst nicht fündig wurde. Doch dann fällt mir vor der Deko-Truhe neben der Tür zur Relax-Whirlgrotte ein winziger, roter Fleck auf, und als ich in die Truhe schaue, schaut mir Augusto der Argentinier mit traurigen Augen entgegen. Traurigen, *toten* Augen.

»Verdammt!«, brummt es da ungnädig hinter mir. Ich lasse den Truhendeckel fallen und taste in meiner Bademanteltasche nach meiner Reise-Beretta, aber es ist kein Angestellter des Hotels, der aufgebracht hinter mir steht, sondern Harry Hasli, der Professor, der mir gleich darauf mitteilt, dass er unsere Kollegen Arnaldur aus Island und Luigi aus Sizilien tot in der Dampfsauna aufgefunden hat.

Wie gesagt: lästig!

Zumal alle drei mit dem Zug angereist waren und ich mir nun überlegen muss, wie ich sie ohne Auto zu dem Chalet in Saanenmöser verfrachten soll. Letzten Endes tue ich das im Volvo-Kombi des Professors. Es ist mühsam, vor allem, weil ich auf Wunsch des Professors, der keine Leichenflüssigkeitsflecken in seiner Karosse haben will, alles mit Plastiktüten abdecken muss, aber ich bin noch vor dem Abendbüfett mit meiner Mission fertig und wieder zurück.

Dieses Abendessen wird mir unvergesslich bleiben.

Wir sind nur noch zu viert.

Ilija und Igor sowie Liz und Mike Stansfield hat der Professor kurz vorher in der Kristall-Saunatherme ebenso mausetot aufgefunden wie die sächsischen Killerzwillinge in der Lady Biosauna. Ich weigerte mich, die sechs vor dem Abendessen zu entsorgen, zumal ich dafür zeitaufwändig einen Kleinbus hätte organisieren müssen, und ich wollte wirklich nicht noch einmal das leckere Büfett verpassen, also lagerten wir sie in einem der großen Hotelmüllcontainer zwischen, sauber unter Plastikplanen versteckt.

Am Tisch sitzen also nur noch der Professor und ich sowie Madame Li, eine Hongkongchinesin, die mit vergifteten Haarnadeln tötet und auf deren Konto der Tod des großen Vorgesetzten Mao ging, was die Weltöffentlichkeit auch nicht weiß. Und dann ist da noch Adewale Adobasi, der Nigerianer, ein durchtrainierter, muskulöser Riese von Mann, gelernter Metzgermeister, der seine Opfer mit einem Schweizermesser zu filetieren pflegt. Aufwändig, aber wirklich kunstvoll.

Wir vier beäugen uns misstrauisch. Vier Grüsel, von denen einer der Täter sein muss.

Showdown!

Der Professor hat seine Reise-Säge mit an den Tisch genommen, Madame Li hält ihre vergiftete Haarnadel in der Linken und Adewales kräftige Hände ruhen beide unter der Tischplatte, zweifelsohne zwei frisch gewetzte Schweizermesser umklammernd. Essen wird er auf diese Weise gewiss nicht können.

»Darf ich dein Cremesüppchen haben?«, frage ich ihn deshalb. Er guckt nur finster. Ich greife zu.

»Wir müssen das regeln!«, erklärt der Professor und tätschelt seine Säge.

»Erst nach dem Süßspeisenbüfett«, halte ich dagegen. Meine Prioritäten sind immer ganz klar definiert.

Madame Li und Adewale schweigen.

Die übrigen Gäste des Hotels bekommen von all dem nichts mit, sie plaudern angeregt und speisen vergnügt.

Kurz darauf löffele ich weiße und dunkle Mousse in mich hinein und denke nach. Profikiller sind die nettesten Menschen überhaupt: Wer aus beruflichen Gründen andauernd tötet, ist privat ein ganz zahmes, harmoniesüchtiges Häschen. Wie lässt sich dieses plötzliche kollegiale Massenabschlachten erklären? Geht es um Geld? Will einer alle Aufträge abgreifen?

Nach dem Essen kommen uns Madame Li und der Professor abhanden. Den Professor sehe ich gleich darauf im Brettspielezimmer – mit gebrochenem Genick in einem der Serviceschränke unter der übergroßen Deko-Säge an der Wand entsorgt. Wie passend.

Madame Li steckt in dem bunt bemalten Bauernschrank quer gegenüber der Bar. Sie dürfen raten ... ja, auch tot.

Bleiben also nur Adewale und ich übrig.

Wenn ich es nicht bin, muss er es sein.

Wir nehmen – Auge in Auge – auf den hellen Ledersitzen in der hinteren Ecke der Bar Platz. Falls einer von uns ausblutet, wird es Flecke geben.

Erwin am Piano spielt adäquaterweise die Titelmelodie von *Spiel mir das Lied vom Tod.*

»Wenn du mich auch nur schief ansiehst, mach ich dich kalt«, droht Adewale und hebt diskret die Rechte mit dem Schweizermesser, mit dem er schon Schlagersänger Roy Black gekillt hat. Herzinfarkt, von wegen. Ein Auftragsmord von Rex Gildo. Dessen Fenstersturz war allerdings echt. Das bleibt aber unter uns.

»Ich weiß, dass du es warst, aber der Krug geht nur so lange zum Brunnen, bis er bricht«, sagt Adewale, der wie ein grobmotorischer Türsteher aussieht, dabei weiß ich ganz genau, dass er in seiner Freizeit mit großartiger Kunstfertigkeit fantastische Zierkissen mit Schmetterlingsmotiven bestickt und dänische Lyrik liest. »Du bist schon so gut wie tot!«, zischelt er böse.

Was mich nicht weiter kratzt, denn er sieht mir beim Zischeln in die Augen und nicht nach unten und bekommt daher erst zu spät mit, wie ich ihm die vergiftete Haarnadel in den Oberschenkel ramme, die ich Madame Li vorhin abgenommen habe, bevor ich ihr den Schalldämpfer an die Stirn hielt und abdrückte.

Adewales steroidisierte Muskeln bemerken den Stich erst gar nicht, gleich darauf guckt er schon glasig.

Erwin am Piano spielt virtuos Louis Armstrongs *What a Wonderful World*, während Adewales kantiger Kopf zeitlupig nach hinten in den Nacken sackt.

Ich sage zur netten Barkeeperin aus Dresden: »Mein Freund ist übermüdet – bitte nicht stören, gönnen Sie ihm ein kurzes Nickerchen.«

Dann checke ich mich selbst durch die Hintertür aus, steige in den verwaisten Volvo des Professors und fahre los.

Warum ich es getan habe?

Meine Güte, warum, warum?

Es ging mir ehrlich nicht ums Geld, auch nicht um Konkurrenzneid. Ich liebe einfach meinen Beruf und töte gern in Serie: Warum besteigt man den Everest? Weil er da ist. Ich habe meine Kollegen gemeuchelt, weil ich es konnte ...

... und weil ich eine schwer gestörte Soziopathin bin, die am liebsten nur dann Kontakt mit anderen Menschen aufnimmt, wenn sie sie teuflisch ermorden kann.

Das Leben ist eben ein Klischee.

Zudem lebe ich als Halb-Schottin gemäß dem *Highlander*-Motto:

Es kann nur Eine geben!

Tegernseer Wasserleichen für Anfänger

Gespenstisch wabern die Morgennebel über den Tegernsee. Es würde mich überhaupt nicht überraschen, wenn aus der undurchdringlichen Nebelfront gleich der fliegende Holländer mit seiner Crew aus leprösen Matrosenzombies auftauchte. Aber vermutlich würden die Untoten unsichtbar an mir vorbeischippern. Man sieht nämlich rein gar nichts, nicht einmal die Hand vor Augen. Zudem hüllt mich eine unglaubliche Stille ein, liegt wie ein riesiger Wattebausch schwerelos auf mir. Sie ist fast greifbar, die Stille. Man hört absolut nichts.

Bis auf mein Keuchen.

Ich hätte es mir nicht so anstrengend vorgestellt, mit einer Leiche an Bord im weißblauen Tretboot quer über den Tegernsee bis an dessen tiefste Stelle zu fahren. Meine Oberschenkelmuskeln brennen. Und ja, ja, jetzt setzt auch schon das Seitenstechen ein.

Mist!

Abgehende Winde, die nach deutschem Liedgut klingen

Brettschneider war ein Fluch. Für alle, aber besonders für mich, denn ich war seine Ehefrau. Und er war mein Ehemann. Mein vierter. Nicht mein Bester. Aber mein reichster. Allerdings ein Proll. »Wo ich bin, ist oben«, pflegte er zu sagen und scherte sich rein gar nicht um gute Manieren.

Wenn er furzte – und er furzte viel, weil er alle Sorten Kohl zwar liebte, aber darmtechnisch nicht vertrug –, grinste er immer und scherzte: »Ach, das klang jetzt doch ganz nach den Wildecker Herzbuben!« (Wahlweise nach Hansi Hinterseer oder den Flippers.) Und tagaus, tagein verschlang er tonnenweise Münsterkäse zu Abend – nicht nur unsere Villa roch streng, auch aus meiner Designerkleidung war der Gestank irgendwann nicht mehr herauszureinigen.

Jetzt könnte man ja einwenden, das reiche nicht aus, um einen Menschen vom Leben zum Tode zu befördern, und es hätte doch genügt, die Scheidung einzureichen, aber ich sah das anders, erwies der Welt einen Dienst und hatte anschließend nur noch ein Problem: Was tun mit Brettschneider?

Der Mensch stammt vom Egel ab. (Versprecher, frei nach Darwin)

Ich habe das Tegernseer Tal, das Land der Lüftlmalerei, nie verlassen. Bin aufgewachsen mit Blick auf den See, der damals noch idyllisch war und kein »Lago di Bonzo«. Mein Vater hatte einen Vorstandsposten im Gebirgstrachtenerhaltungsverein, meine Mutter im Brauchtumspflegeverein und ich selbst hab' immer gewusst, dass es nirgends schöner sein kann als am Tegernsee.

Und so ein See ist eben nicht nur schön, sondern auch praktisch. Und tief. An seiner tiefsten Stelle knapp über 72 Meter. Das würde wohl reichen, um Brettschneider bis zu den Trompeten des Jüngsten Gerichts zu versenken. Dachte ich mir in der Nacht nach der Tat, wuchtete die Leiche in den Kofferraum meines Mercedes Cabrio und fuhr zum Tretbootverleih meines Vertrauens, den es schon seit 1873 gab.

Tretboote sind keine Kronjuwelen, die Sicherheitsvorkehrungen der Verleihfirma waren daher fast eine Beleidigung meiner Intelligenz, und es stellte somit nicht die geringste Herausforderung dar, mir eines der blauweißen Bötchen zu krallen, Brettschneider mit viel Muskelkraft (danke, *Frauen Fitness Finsterwald*!) und einer Sackkarre zum Tretboot zu verfrachten, auf den Passagiersitz zu hieven und loszutreten.

Zu dem Zeitpunkt hielt ich den Nebel noch für meinen Freund.

Und ich trete, trete, trete, trete im Sauseschritt ...

Während des monotonen Tretens reminiszierte ich.

Brettschneider hatte es immer für höchst amüsant gehalten, dass ich schon drei Ehemänner unter die Erde gebracht hatte. »Komm zu mir, meine schwarze Witwe«, pflegte er zu säuseln, wenn er in Stimmung für die Horizontale kam, was Gott sei Dank nicht allzu häufig der Fall war.

Natürlich hatte er keine Ahnung, wie richtig er damit lag. Den ersten hatte ich in einer Silvesternacht die Wendeltreppe hinuntergestoßen (Abschlussbefund von offizieller Seite: Genickbruch durch Unfall im Vollrausch), den zweiten mit Autoabgasen in der Garage vergiftet (Suizid) und den dritten schubste ich beim New York Shoppingurlaub vor eine U-Bahn (*tragic accident*). Man konnte mir nie etwas nachweisen. Natürlich gab es Klatsch und Tratsch und dumme Gerüchte – schließlich wurde ich von Witwenschaft zu Witwenschaft vermögender –, aber das kratzte mich weiter nicht, da die offiziellen Stellen ausnahmslos jedes Mal auf »Tod ohne Fremdeinwirkung« befanden. Auch bei Brettschneider sollte es so sein.

Die zur Fortbewegung eines Tretboots benötigte Energie wird über Pedale mit Muskelkraft umgesetzt. Eine Antriebskette leitet die Beinkraft auf ein Schaufelrad weiter. So trocken, wie sich das liest, ist es auch. Normalerweise tritt man zu zweit und kann sich unterhalten. Aber Brettschneider ist tot und somit mundfaul. Es hätte geholfen, den üblichen Tegernseeblick auf weiße Villen, Bäume oder die grandiose Bergkulisse zu haben, aber der Nebel macht das unmöglich und der Blick ist somit eintönig grau. Und ehrlich gesagt geht mir nach wenigen Minuten nicht nur die Puste aus, ich habe auch bald schon keine Ahnung mehr, wo genau ich mich befinde und wie weit es noch bis zur tiefsten Stelle ist.

Das ist jetzt ärgerlich!

Er hat ein knall... rotes Treteboot und mit dem Treteboot fährt er hinaus ...

Ist ja auch egal, denke ich, dann kippe ich den Brettschneider eben einfach hier und jetzt über Bord und gut. Ich halte also an, hole tief Luft, packe Brettschneider am Revers und ...

»Sie da!«, ertönt eine Männerstimme. Sie klingt ungnädig.

Ich zucke zusammen.

Die Männerstimme gehört einer Mickergestalt mit Neoprenanzug in einem knallroten Tretboot, die sich lautlos angepirscht hat und plötzlich aus der Nebelwand auftaucht.

Im Kampf Tretbootler gegen Tretbootlerin würde ich das Männchen mühelos überwältigen können.

»Trainieren Sie etwa auch für die Meisterschaft?« Seine haarigen Nüstern erbeben. Er wittert in mir offensichtlich eine Konkurrentin.

»Meisterschaft?« Im Tretbootfahren? Was kommt als Nächstes? Die Qualifikationsausscheidungen im Nasenbohren?

»Die Tegernseer Tretbootmeisterschaft!« Er mustert mich misstrauisch. Eine Mittdreißigerin im Pelzmantel, vor Morgenanbruch mitten auf dem Tegernsee in einem Tretboot. »Sie sind doch null in Form, an Ihrer Stelle würde ich es bleiben lassen.«

Das ist eine Impertinenz sondergleichen, und unter anderen Umständen hätte ich sofort einen Antrag auf Teilnahme an der Meisterschaft gestellt und das Mickermännchen in Grund und Boden getretbootet, aber meine Prioritäten liegen momentan anderswo. Ich muss einen Toten versenken. »Wahrscheinlich haben Sie recht«, säusele ich deshalb in meiner samtigsten Blondinenstimme.

»Was hat der denn?«, fragt der Impertinenzling völlig unbeeindruckt und beäugt Brettschneider.

Brettschneider ist aufgrund meines wackeren Tretens zur Seite gekippt und hängt mit dem Oberkörper über dem Tretbootrand.

»Zu viel getrunken«, sage ich rasch. »Ja dann noch gutes Trainieren!« Ich trete in die Pendale und steuere in die Nebelwand hinein.

»Wo fahren Sie denn hin? Da geht's zur Seemitte!«, ruft mir der Wicht hinterher.

Ich antworte nicht.

Wenigstens ist das Seitenstechen jetzt weg.

Und der Kurs stimmt auch.

Im Tretboot in Seenot, kein S.O.S., kein Echolot ...

Der Nebel lichtet sich nicht. Die Stille hängt weiterhin bleiern über mir. Aus dem Wattebausch scheint allmählich eine schallisolierende Fleecedecke zu werden. Außer den Tretgeräuschen der Pedale und meinem Keuchen hört man nichts. Mir wird immer wärmer. Also halte ich an und tauche beide Hände in den Tegernsee. Schockgefroren ziehe ich sie sofort wieder heraus. Es ist Frühling, aber der See hat das noch nicht mitbekommen und seine Wintertemperatur beibehalten. Brettschneider ist mittlerweile noch weiter vom Sitz gerutscht und sein Kopf hängt hälftig im Eiswasser. Ich ziehe ihn hoch. Gerade noch rechtzeitig.

»Brauchen Sie Hilfe?«

Ich zucke zusammen. Hinter mir hat sich lautlos das rotweiße Boot der Wasserwacht OG Gmund genähert.

»Mein Wasserwachtkamerad und ich haben uns Sorgen gemacht«, ruft einer der beiden Wasserwächtler und guckt besorgt.

»Völlig unnötig, mein Mann und ich wollten nur den Morgen in romantischer Umgebung einläuten, aber ich fürchte, er hat zu viel vom Champagner erwischt. Hochzeitstag, Sie verstehen sicher.«

»Tretboote sind einem erhöhten Unfallrisiko ausgesetzt«, doziert der Wasserwächtler. »Vor allem bei Nebel!«

»Wir passen schon auf«, flöte ich und lächele mein bezauberndstes Lächeln. Mit diesem Lächeln habe ich es auf vier reiche Ehemänner gebracht, und auch bei den Knaben in ihren Schutzwesten zeigt es Wirkung.

»Na schön«, meint der, der dauernd redet, während der, der nie was sagt, stumm grinst. »Aber wir schauen gleich noch mal nach Ihnen.«

»Ist gut, vielen Dank.« Mein Lächeln erstarrt, aber das merken die beiden nicht. Sie schippern weiter und verschwinden hinter dem Nebelvorhang.

Jetzt aber Tempo, denke ich, weg mit Brettschneider!

Wonderful day for making a boat tour!

Das Tretboot schaukelt heftig, als ich Brettschneider am Hosengürtel packe und ihn über den Bootsrand wuchte.

Wasser schwappt. Mein Pelz wird nass. Aber es ist vollbracht!

Ich lehne mich schwer atmend zurück.

Und bekomme aus den Augenwinkeln mit, wie etwas aus den Fluten aufsteigt, gleich einem Phönix aus der Asche, nur dass es statt Asche der Tegernsee ist und statt des Phönix ein fetter Toter namens Brettschneider.

Das muss der Kohl sein, denke ich, die viele Luft in seinem Gedärm lässt ihn oben treiben. Als ob er nicht im Tegernsee dümpelt, sondern im Toten Meer.

Das ist jetzt blöd.

Jeden Moment können der Tretboottrainierer oder die Wasserwächtler zurückkommen – und dann bin ich geliefert.

Ich habe geplant, dass er wie ein Stein untergeht, mangels Strömung dort liegen bleibt, wo er aufschlägt, und erst Tage oder Wochen oder gar Monate später als aufgedunsene, von Fischen und Kleingetier angenagte, kaum noch zu identifizierende Leiche wieder an die Oberfläche steigt. Man würde an dieser Wasserleiche nicht mehr feststellen können, dass ich sie mit einem Kissen im Schlaf erstickt habe. Der Todeszeitpunkt wäre ebenfalls diffus und ich könnte mir locker ein Alibi ausdenken. Ja, so war es geplant.

Aber Brettschneider mit seinem Blähbauch versucht, mir noch als Leiche einen Strich durch die Rechnung zu machen. So nicht. Nicht mit mir!

Ich überlege kurz, ob ich flugs ans Ufer tretbooten und einige Steine holen soll, um ihn damit zu beschweren. Aber das würde zu lange dauern. Allmählich lichtet sich nämlich der Nebel.

Im Tretboot gibt es nichts Schweres. Außer ...

Ich schäle mich aus meinem Pelzmantel – für manche Dinge muss man eben Opfer bringen –, beuge mich aus dem Tretboot und ziehe Brettschneider zu mir heran. Kurz lausche ich in die Stille, ob sich jemand nähert, aber nein. Dann ziehe ich Brettschneider den Pelz über. Natürlich passt ihm der Mantel nicht, aber es geht ja nur darum, seine Arme mit aller Gewalt so in die Ärmel zu quetschen, dass er nicht herausquillt, wenn sich der Pelz voll Wasser saugt und ihn unwiederbringlich in die Tiefe zieht.

Ich gebe alles, und gleich darauf steckt mein Ex im Pelz.

Trotz der Kälte tierisch schwitzend sehe ich einige Minuten später, wie etwas, das einem riesigen Felltier ähnelt, auf dem Tegernsee dümpelt. Und dümpelt. Und dümpelt. Und einfach nicht untergeht!

»Mein Gott, das machst du doch mit Absicht!«, schreie ich Brettschneider an.

Ich beuge mich wieder aus dem Boot, um Brettschneider mit aller Kraft unter Wasser zu drücken. Es erweist sich ein wenig so, wie wenn man eine Luftmatratze untertauchen will – drückt man ihn an den Schultern nach unten, heben sich die Beine, drückt man ihn am Po nach unten, schießen die Schultern hoch. Noch im Tod lebt er offenbar sein Motto: Wo ich bin, ist oben.

Ich konzentriere mich auf sein Hohlkreuz und lege meine ganze Kraft hinein und drücke noch fester und verliere das Gleichgewicht und falle in den See.

Eines Tages schwimmt die Wahrheit doch nach oben. Als Wasserleiche.

(Wieslaw Brudzinski)

Bei kalten Wassertemperaturen ist die Wärmeleitung im Wasser über zwanzig Mal höher als in der Luft, der Körper kühlt folglich viel schneller aus. Brettschneider kann das egal sein, mir nicht. Ich will mich am Tretboot festhalten, aber es entglitscht mir. Bei meinem Versuch, dem Tretboot hinterherzuschwimmen, verheddere ich mich in den Verschlussschnallen des Pelzmantels, und bis ich mich mit bereits klammen Fingern befreit habe, treibt das Tretboot schon längst in unerreichbaren Fernen. Ich versuche zwar ein paar Schwimmstöße, gebe aber rasch auf.

Mir hat nie einer gesagt, dass man sich in kaltem Wasser möglichst nicht bewegen sollte, weil sonst das kalte Blut aus der Peripherie in den Körperkern gelangt und man unweigerlich an Unterkühlung stirbt. Das muss mir auch keiner sagen, das merke ich selbst.

Ich will auf Brettschneider klettern und ihn gewissermaßen als Schlauchboot missbrauchen, und es ist mir mittlerweile egal, ob man mich erwischt, ich will nur um jeden Preis überleben, aber als ich mich in den Pelzmantel verkralle, gleiten Brettschneiders Arme aus den Ärmeln und der mittlerweile vollgesogene Mantel, in den ich mich mit Fingern, die sich nicht wieder öffnen lassen wollen, verkrallt habe, geht zusammen mit mir unter.

Ich spüre, wie sich meine Gefäße verengen, wie mir das Bewusstsein schwindet. Ein letzter Blick nach oben zeigt Brettschneider.

Die Nebel sind aufgebrochen, und die Morgensonne hüllt ihn in warmes Licht.

Der geht nicht unter.

Der geht niemals unter.

Brettschneider schwimmt oben!

Das fröhliche Meisburger Massenschlachten

Bodycount: 1

In der Nacht hatte es geschneit. Meisburg im Schnee. Winteridylle pur. Dicke Flocken, die lautlos vom Himmel schwebten und auf den malerischen Hausdächern landeten, auf entblätterten Baumwipfeln, auf zartrosa Haut ...

... auf zartrosa Haut?

Ja, dorten, zwischen dem Wasserwerkhäuschen *Siedlung Meisburg 1951* und der bemoosten Steinbrücke, flockte der Schnee auf einen menschlichen Körper.

Auf einen nackten, menschlichen Körper.

Der, auch wäre er nicht schon tot gewesen, dem kalten Schnee nicht lange warm pulsierend hätte trotzen können.

Passierende Wanderer, so es denn um diese Jahreszeit welche gegeben hätte, hätten irgendwann unter dem Schnee nicht mehr ausmachen können, was da lag. Es war einfach ein großer, weißer Haufen.

Doch Hund Justus mit jugendlicher Begeisterung und feiner Spürnase fand sie auf seiner frühmorgendlichen Runde sofort: die Leiche. In ihrer Brust steckte ein Pfeil.

Die Soko *Meisburg*, deren Hauptquartier noch im Laufe des Vormittags im Saal des ersten Stocks des Bürgerhauses eingerichtet wurde, weswegen das Kirchenchorfest abgesagt werden musste [sic!], ermittelte unter den Westernreitern der Region und im Sportschützenverein. Aber eine heiße Spur gab es in diesen kalten Spätwintertagen nicht.

Anhand der Fingerabdrücke wurde der Tote schon bald als Bernhard Küppersbusch aus Euskirchen identifiziert, notorischer Kellner und stadtbekannter Frauenherzbrecher. Oder andersherum. Jedenfalls ein »liederliches Früchtchen«, wie ihm seine Chefin Maria, danach befragt, attestierte.

Der leitende Ermittler Rudi Hetzges erklärte in einer ersten Stellungnahme: »Wir ermitteln im persönlichen Umfeld des Toten. Es handelt sich mit allergrößter Wahrscheinlichkeit um eine Beziehungstat. Meisburg kann ruhig schlafen.«

Und man schlief ruhig in Meisburg.

Noch ...

Bodycount: 2

Eine Woche später. Aufkeimende Frühlingsgefühle nach einem außergewöhnlich sonnigen Samstag. An diesem frühen Sonntagmorgen war am Potsdamer Platz nur einer unterwegs, der Herr Pfarrer. Er war es dann auch, der die grausige Entdeckung machte.

Es gibt, was nur wenige wissen, zwei Potsdamer Plätze in Deutschland. Den bedeutenden dort, an der lichten Kreuzung von fünf Waldwegen, und diesen anderen in Berlin.

Mitten auf dem Potsdamer Platz in Meisburg lag an diesem Morgen ein nackter Mann. Totgefahren. Flundergleich plattgewalzt. Mit fetten Offroadreifen. Der Herr Pfarrer sprach ein Gebet.

Die Fingerabdrücke des Toten waren nicht gespeichert, aber anhand des Phantombildes erkannte ihn seine Ex-Frau. Es handelte sich um Ludger Schmüller, einen dubiosen Gebrauchtwagenhändler aus Aachen.

Natürlich war es furchtbar, dass innerhalb von zwei Wochen zwei Tote gefunden wurden, aber es waren ja keine Meisburger, mithin war es nicht ganz so schlimm. Höchstens ärgerlich, dass irgendwelche gestörten Großstadtmörder extra anreisten, um in dieser Idylle ihrem Trieb zu frönen.

Als am Sonntagnachmittag Wochenendgast Gertrud Zülpe (72), Witwe eines Schweizer Industriellen, mit ihrem Geländewagen gerade vom Parkplatz des Hotel Schafbrück fuhr, um einen Sack leicht fleckiger Altkleider zu einem geeigneten Sammelcontainer zu bringen, parkte Kommissar Hetzges zeitgleich seinen klapprigen VW Passat vor dem Gebäude und quartierte sich ebenfalls dauerhaft ein, damit er nicht mehr ständig pendeln musste. Er war ohnehin geschieden, und wo er abends seinen müden Ermittlerschädel bettete, war im Grunde egal.

Kurz darauf ließ er an der Theke bei einem Feierabendbier im Kreis der Stammgäste - und Oma Zülpe, die nun strickend am hinteren, linken Ecktisch saß - mit vielsagendem Augenbrauenwackeln durchblicken: »Eindeutig ein Sexualstraftäter. Dass er seine Opfer immer nackig macht, verrät ihn. Ein Perverser. Den haben wir schon so gut wie im Sack.«

Bodycount: 3

Am Sonntag darauf wurde ein dritter Toter gefunden, was den *Tierischen Volksfeind*, pardon, den *Trierischen Volksfreund* zu der reißerischen Schlagzeile *Mephistophelisches Massenschlachten in Meisburg* veranlasste und die Zeitung hochrechnen ließ, dass Meisburg binnen fünfeinhalb Jahren zur Gänze entvölkert sein würde, wenn es in diesem Tempo weiterginge - was aber Unsinn war, denn auch der dritte Tote stammte von außerhalb und wirkte sich folglich nicht nachteilig auf die Gesamtbevölkerungszahl aus.

Dieses Mal wurde an der Köhlerstelle am Hellenberg eine schwarz verkohlte Leiche gefunden. Hellenberg, das kommt von Hölle. Noch dazu Südhang. Kein Wunder, wenn es da heiß hergeht, spottete mancher.

Der Tote war dieses Mal voll bekleidet, wiewohl die Kleidung natürlich verbrannt war. Es handelte sich um Jacques Brues, einen belgischen Kleinkriminellen.

Sämtliche Anwohner wurden befragt, aber außer einem Ehepaar mittleren Alters, Marianne und Erwin Reuter, die eine gebeugte Gestalt unbestimmten Geschlechts gegen Mitternacht an ihrem Haus vorbei in Richtung Schneidemühle hatten gehen sehen, konnte niemand einen sachdienlichen Hinweis abliefern.

Mittlerweile saßen Oma Zülpe und Kommissar Hetzges beim Abendessen im *Schafbrück* immer an einem Tisch. Oma Zülpe war seit neuestem auch Dauergast, und Dauergastsein verbindet. Oma Zülpe, die trotz Osteoporose, Arthrose und Altersdiabetes enorm schnell stricken konnte, schenkte Hetzges eine Wollmütze mit farbkoordinierten Fäustlingen, obwohl der Frühling zwischenzeitlich mit Macht Einzug gehalten hatte. Als er sich später an der Theke eine Marlboro zwischen die dünnen Männerlippen steckte, reichte sie ihm ein Streichholz.

»Das ist ein Rauschmörder«, erklärte Kommissar Hetzges beim mittlerweile obligatorisch gewordenen Feierabendbier. »Der tötet wahllos im Blutrausch. So einer macht Fehler. Den kriegen wir in null Komma nichts.«

Bodycount: 4

Wieder exakt eine Woche später fand man an der B257 kurz vor Meisburg einen unter Pädophilieverdacht stehenden Lehrer aus Stadtkyll, erschlagen mit einem 30.000 Jahre alten Lavabrocken.

»Räumt mal den Krotzen weg, sonst sturbelt noch einer drüber«, sagte der Kommissar. Gleich darauf ordnete er an, dass im *Amtsblatt für die Verbandsgemeinde Daun*, das jeden

Mittwoch an alle Haushalte verteilt wurde, ein Warnhinweis für die Bevölkerung ausgegeben werden sollte: Keine Anhalter mitnehmen, sich nicht ansprechen lassen, generell Vorsicht walten lassen!

Der Lehrer hatte kurz zuvor noch am *Autohaus Neuerburg* getankt. Dort war niemandem etwas aufgefallen.

»Saß noch jemand in seinem Wagen?«, wollte der Kommissar wissen.

»Hm«, der Mitarbeiter des Autohauses, der sich noch am ehesten erinnern konnte, kratzte sich am Kopf, »ich glaube nicht. Aber ich meine, Modemagazine und Handarbeitszeugs auf dem Beifahrersitz gesehen zu haben.«

»Der war schwul«, erklärte Hetzges beim Feierabendbier. »Der Serienmörder hat es auf Schwule abgesehen.«

»Waren denn die anderen Toten auch schwul?«, fragte Oma Zülpe. Ihre Nadeln klickten. Sie strickte sich gerade einen modischen Wollponcho im Sonia-Rykiel-Stil.

»Ob sie es waren oder nicht, darauf kommt es nicht an, solange der Täter es nur glaubte.« Hetzges leerte sein Bier. »Der Profiler sagt, unser Serienkiller ist ein Mann, 30 bis 40 Jahre alt, Schnauzbartträger, kinderlos. Den kriegen wir. Das geht so nicht lange weiter.«

Bodycount: 5 1/2

»Der Täter, das war keiner von hier«, raunte man Hetzges nach der nächsten Leiche an der Theke zu. »Ganz bestimmt nicht. Das war einer aus Deudesfeld! Oder aus Daun. Oder Gerolstein.«

Der Kommissar nickte nur. Stumm.

Unschön war er gewesen, der Fund von Karl-Heinz Gall im Nonnenbusch, einem Waldstück, das zum Staatsforst Salmwald gehörte. Jemand hatte ihn in einen dort abgestellten

Häcksler gestopft. In der Mittagspause der Waldarbeiter. Als besonders grausam war zu vermerken, dass Fandango, der deutsche Schäferhundrüde des Toten, ebenfalls verhäckselt worden war.

»Fassungslosigkeit«, antwortete Ortsbürgermeister Klein, als man ihn fragte, welches Gefühl bei seinen Meisburgern gerade vorherrschte. »Absolute Fassungslosigkeit.«

Es wurde eine Bürgerwehr eingerichtet. Die Kinder wurden zu Verwandten geschickt. Wer am Ortsrand wohnte, und in Meisburg stand ja im Grunde fast jedes Haus in Ortsrandlage, verrammelte Fenster und Türen. Im Dorf herrschte, selbst an Wochentagen, eine tödliche Stille. Mal abgesehen vom Zilpen der Vögel und dem Hupen vom Bäckerwagen *Clemens*.

Meisburg war bundesweit zum Synonym für mysteriöse Morde geworden. Wer konnte, fuhr an Meisburg großflächig vorbei. Wer durch Meisburg fahren musste, trat aufs Gas und bremste für niemanden.

Bodycount: 6 1/2

Der Tote auf dem Promilleweg, der Direktverbindung vom Dorf zur Theke im *Hotel Schafbrück*, war nicht versehentlich erschossen worden. Der Täter hatte ihn mit Kugeln förmlich durchsiebt, um sicherzugehen, dass er auch wirklich tot war.

Bei der Waffe handelte es sich um einen 7,5 mm Schweizer Ordonnanz-Revolver. Die Kugeln waren originale Thuner Schwarzpulverpatronen, die schon seit 1972 nicht mehr produziert wurden.

Das war in mehrerlei Hinsicht in höchstem Maße befremdlich, auch wenn sich später herausstellte, dass der Tote ein selbst auf der Flucht befindlicher Gewaltverbrecher aus Köln-Porz war, der seinen Freunden wohl erzählt hatte, er wolle mal kurz Katastrophentourismus betreiben.

Er war nicht der einzige Katastrophentourist, das muss leider gesagt werden. Davon profitierten vor allem das *Café Enjoy*, das *Hotel Schafbrück* und die Zapfsäule im Autohaus. Alle anderen Meisburger fanden es eher lästig, aber man raunte sich auf Moselfränkisch zu: »Frischfleisch für den Mörder, besser die als wir.«

Bodycount: 7 1/2

Fly me to the moon.

Es war zwei Uhr nachts, und Doris Day sang ihm ins Ohr. Also, nicht sie persönlich, sondern sein Handyklingelton.

»Was?«, meldete sich Kommissar Hetzges ungnädig. Er schlief in Zimmer 8 des *Hotels Schafbrück*. Und in Zimmer 8 schlief es sich enorm gut.

»Ein weiterer Toter. In der Schneidemühle.«

Hetzges zog sich an und fuhr hin. Kaffeelos war er nicht zu genießen. Seine Laune besserte sich auch nicht, als er zum Mühlrad kam. »Schauen Sie immer mitten in der Nacht nach Ihrer Mühle?«, fragte er den Müller, der eigentlich Schreiner war.

»Wir sind aufgewacht, weil es plötzlich so still wurde.«

Der Kommissar, geborener Wittlicher mit wenig Kenntnis von Mühlen, erfuhr, dass *die klappernde Mühle am rauschenden Bach* nicht nur eine Liedzeile war. »Die Mühle klappert immer. Und wenn sie es plötzlich nicht mehr tut, dann fällt einem das auf. Auch im Schlaf«, erklärte der Müller, der, wie gesagt, eigentlich Schreiner war.

Sie gingen gemeinsam den abschüssigen Weg vom Parkplatz am Wohnhaus vorbei zur Mühle hinunter. Und dort, im großen Mühlrad mit einem Durchmesser von an die sieben Metern, steckte die Leiche. Und hatte sich verhakt, weshalb sich das Mühlrad trotz steten Wasserzuflusses nicht mehr drehen konnte.

Drüben, am Teich, quakten die Frösche. Die Hunde bellten. Die Kamerunschafe hetzten über ihre Wiese. In der Ferne grunzte ein Schwein. Es roch nach Parfüm.

Die Schneidemühle, die einzige noch erhaltene wasserkraftbetriebene Sägemühle, wurde 1812 zum ersten Mal erwähnt, war aber sicher noch älter. Dennoch war Georgina Beyerle die Erste, die in den über zweihundert Mühljahren dort einen unnatürlichen Tod gefunden hatte. Und auch die erste weibliche Leiche in der Meisburger Massenmordserie. Ein unrühmlicher Rekord für eine ›Stadtbekannte‹ aus Hillesheim.

Hetzges seufzte.

»Vermutlich ist der Serientäter gesellschaftspolitisch motiviert«, erklärte er Oma Zülpe am Frühstückstisch. »Ein Gesinnungsmörder! Alle Toten haben Dreck am Stecken. Der Mörder sieht sich als Rächer im Auftrag des Guten. Denken Sie an meine Worte!«

Oma Zülpe, die an diesem Morgen zart nach Patschuli zu duften schien, versprach es.

Bodycount: 8 1/2

»Verdächtig ist grundsätzlich jeder«, hieß die Devise, und Streifenbeamte patrouillierten von nun an rund um die Uhr in Meisburg.

Die Soko schob Überstunden. Es ließ sich aber beim besten Willen keine Verbindung zwischen den mittlerweile sieben Toten feststellen.

Und auch der achte Tote fiel völlig aus dem Raster. Es war ein Marathonläufer aus Manderscheid. Man fand ihn vor dem Eingangsportal der Meisburger *Pfarrkirche St. Bartholomäus*, direkt unter dem Wappen der Äbtissin Maria Theresia von Meuthen, der Erbauerin der Kirche. Das Herz des Toten war mit einer Armbrust durchbohrt worden. Dem Opfer ließ sich charakterlich nichts nachweisen, außer man hätte etwas gegen extremsportelnde Veganer.

Die Polizei kontrollierte von da an jeden Wagen, sogar die riesige Limousine mit den getönten Scheiben, in der sich ein Mitglied des norwegischen Königshauses befand, auf dem Weg zu den Jagdgründen des Arenbergschen Privatwaldes vor den Toren Meisburgs. Der Blaublüter hatte allerdings keine Armbrust im Kofferraum und wurde auch sonst als Verdächtiger ausgeschlossen.

»Der Mörder ist immer der Gärtner«, lästerte ein Meisburger an der *Schafbrück*-Theke und hob sein Bitburgerglas, um dem anwesenden Gärtner zuzuprosten.

Der Kommissar saß bei einem schönen Teller Kappestiertisch, also mit Sauerkraut verstampften Kartoffeln und Kassler, am Ecktisch hinten links. Ihm gegenüber der einzige weitere Gast des *Schafbrück*, die alte Oma Zülpe, am Revers des Alcantara-Kostüms in Taubenblau die beiden Orden ihres heimischen Bogenschützenvereins.

»Das ist kein Einzeltäter«, erklärte Hetzges mit vollem Mund.

Oma Zülpe wischte sich einen halbzerkauten Kasslerbissen von der Kostümjacke.

»Der *Modus Operandi* ist jedes Mal ein anderer«, fuhr der Kommissar fort. »Das ist eine ganze Gruppe. Da hat ein charismatischer Mörder wie Charles Manson eine ganze Mörderbande um sich geschart!«

Bodycount: 9 1/2

Nein, Moment ... 'tschuldigung, immer noch 8 1/2

»Der lebt noch!«, rief der Ersthelfer. Bis zum Eintreffen des Rettungswagens aus Badem hatte man einen der beiden *First Responder* des Dorfes gerufen.

Der vermeintlich Tote lag zwischen den Bienenstöcken nahe einem Wiesengrund am Wanderweg zur *Abtei Himmerod*. Er war dick verquollen und schon ganz blau angelaufen. Nicht lange darauf landete in einem halsbrecherischen Manöver der gelbe Rettungshubschrauber *Christoph 10* aus Wittlich auf der matschigen Wiese.

Das Opfer Herbert Müsch erwies sich als Bienenfreund aus Trier. Da es sich nicht um Killerbienen handelte, sondern um friedliche Honigbienen, war seine Allergieattacke auch nicht auf Bienenstiche zurückzuführen. Züsch war ausschließlich gegen Erdnüsse und Erdnussprodukte allergisch.

»Das mit den Erdnüssen, das habe ich niemandem erzählt«, flüsterte er Kommissar Hetzges auf der Intensivstation des Krankenhauses in Daun zu. Musste er allerdings auch gar nicht, er trug ein Allergikerarmband, auf dem stand, wogegen er allergisch war.

»Es ist doch ein Einzeltäter«, vertraute Hetzges Oma Zülpe beim Frühstück am nächsten Morgen an, während er sein Rührei aß. »Da bin ich mir jetzt sicher. Der Profiler gibt mir recht. Der Mann lebt isoliert, tut sich schwer mit anderen Menschen. Ich sag' das jetzt nur Ihnen, aber bei solchen Tätern vergehen im Schnitt dreieinhalb Jahre bis zur Ergreifung.«

»So lange«, staunte Oma Zülpe.

Und freute sich.

Bodycount: ?

Kommissar Hetzges zog hinaus in die Welt, um heldenhaft zu ermitteln und den oder die Schurken zur Strecke zu bringen. Oma Zülpe blieb zurück und kaute genüsslich ihr Brot mit Erdnussbutter. Die feine, nicht die *crunchy*. Das ging wegen ihrem Gebiss nicht mehr.

Meine Güte, was schmeckte das hier lecker.

Ursprünglich hatte sie mit ihrem fetten Geländewagen von Eifeldorf zu Eifeldorf fahren wollen, nachdem sie beschlossen hatte, mit welchem Hobby sie sich ihren Lebensabend spannend gestalten wollte. Immer nur Stricken brachte keinen Kick mehr.

Aber dann hatte es ihr im *Hotel Schafbrück* so gut geschmeckt, dass sie sich nun jedes Wochenende von Neuem hier einfand und schließlich Dauergast wurde.

Sie sah Kommissar Hetzges nach, der sich zu Fuß ins Soko-Hauptquartier begeben wollte. War ja nicht weit, nur den Promilleweg entlang, ein winziges Stückchen durch den Wald und dann war man schon im Dorf.

Er trug gar nicht die Mütze, die sie ihm gestrickt hatte.

Hm!

Oma Zülpe tupfte sich die Lippen mit der Serviette ab, lächelte fein, stand auf und folgte ihm ...

Sieben Linge, eine Ratte & ein Fang

Es ist tausendmal wahrscheinlicher, vom Ex ermordet zu werden, als von sonstwem. Aber diese Erkenntnis hält ja niemand davon ab, sich paarend an jemand zu binden, von dem man schon kurz nach der Trennung fassungslos denkt: *Was hat mich denn da geritten?* Tja, das Herz will, was es will, und gegen Hormone hat der Verstand keine Chance. Diese Binsenweisheit ist universell gültig, auch in Hameln.

Hameln.
Man kann natürlich woanders wohnen, muss man aber nicht.

Die Rattenfängerstadt im Weserbergland ist ein niedersächsisches Juwel. An der Weser gelegen. Mit vielem, was sie einzigartig macht. Die Rattenfängersage, natürlich. Aber auch das Weserberglandstadion, in dem schon Michael Jackson auftrat. Oder die Städtepartnerschaft zu Saint-Maur-des-Fossés und Kalwaria Zebrzydowska, zwei Orte, die die Unaussprechlichkeit eint. Kurzum: Hameln! Heim und Heimat von pi mal Daumen 60.000 Menschen. Darunter die sieben Linge.

Das erinnert jetzt Insider zu Recht an die Hamelner Siebenlinge, die im Januar 1600 dem Kaufmann Thiele Römer und seinem Weibe Anna geboren wurden, nach nur elf Tagen wieder eingingen in die himmlische Herrlichkeit und auf einem Gedenkstein an der Ostseite der Marktkirche verewigt wurden.

Aber nein, die Siebenlinge, um die es hier geht, sind die sieben Töchter der Margarete Ling, geborene Holtkötter. Allesamt Frühchen, alle kamen durch, aber gemeinsam teilten sie sich einen IQ von 130 und davon fielen allein 100 IQ-Punkte auf Usch Ling, was erklärt, warum Usch von Kindesbeinen an sich quasi als Älteste um ihre sechs Schwestern kümmerte, obwohl sie nicht zuerst geschlüpft war, sondern irgendwie mittig als dritte oder vierte, Mutter Margarete konnte das hinterher nie mehr so recht sagen, bei sieben verliert man ja auch gern mal den Überblick.

Doch trotz ihrer relativen Klugheit konnte Usch nicht verhindern, dass sie sich mit 20 Jahren in Klemens Prätorius verliebte, einen abgebrochenen Mathematikstudenten, der sich mit Stadtführungen über Wasser hielt und seine Libido leider Gottes nicht nur an Usch abarbeitete, sondern auch an willigen Touristinnen, und derer gab es viele, nicht nur Touristinnen an sich, sondern insbesondere *willige* Touristinnen, weil Klemens nämlich ausnehmend gut aussah und haufenweise Charme versprühte und alle anderen Hamelner nannten Klemens Prätorius hinter vorgehaltener Hand mehr oder weniger deutlich vernehmbar *Demenz Klitorius*, aber das bekam Usch nicht mit, dafür waren 100 IQ-Punkte dann wohl doch zu wenig, oder aber es entging ihr wirklich und wahrhaftig, weil Liebe ja bekanntlich nicht nur blind, sondern auch taub macht.

»Musst du deine Sachen immer wild im Zimmer verstreuen?«, fragte Usch eines Abends, als Klemens spät von einer Stadtführung kam und seine Klamotten auf dem Weg zur Dusche wild im Zimmer verstreute.

»Männer müssen markieren. Sei froh, dass wir das mit Socken tun und dafür nicht das Bein heben«, erklärte er und drehte den Duschstrahl auf.

Usch seufzte.

Ziemlich genau zwei Tage nach ihrem Kennenlernen war Klemens bei ihr eingezogen. Bei ihr, das hieß in dem reizenden Fachwerkhaus der Lings, in dem ihr Vater unten im Erdgeschoss seinen Betrieb hatte. Die Eltern und ihre sechs

Schwestern teilten sich den ersten und zweiten Stock gemäß dem Motto »eng ist gemütlich« und die Dachkammer gehörte Usch und Klemens.

Usch, die nur kurz in der Abschlussklasse der Theodor-Heuss-Realschule mit Dietmar Müller gegangen war, einem wandelnden Eiterpickel, und mit sonst niemand, weil sie immer der Mutter mit den Schwestern helfen musste, wollte ihren ersten richtigen Freund nicht aufgrund von Pingeligkeit und Kleinkrämerei verlieren, also schlüpfte sie ebenfalls aus ihren Kleidern, die sie jedoch ordentlich über einen Stuhl legte, und ging zur Dusche, um mit Klemens Duschspiele zu spielen, die er weitaus mehr mochte als sie, aber Partnerschaft hieß eben auch geben und nicht nur nehmen.

»Du riechst ja nach süßlichem Parfüm«, sagte Usch und schnupperte, während er schon an ihr knabberte.

»Als ich vor der Douglas Parfümerie vorbeiging, hat mir eine Verkäuferin bei so einer Marketingaktion einen Zerstäuber vors Gesicht gehalten und mich angesprüht«, murmelte Klemens.

»Mit einem Frauenduft?«, fragte Usch entgeistert.

Er verschloss ihr den Mund mit einem Kuss.

Dummheit schützt vor Schönheit nicht und die sieben Töchter der Familie Ling waren in ganz Hameln als Augenweide bekannt. Usch war, wenn man so wollte, die hässlichste der sieben, aber selbst sie hätte bei *Deutschland sucht das Supermodel* noch lässig den ersten Platz gemacht, selbst in einem Kartoffelsack und Birkenstocktretern.

Kein Wunder also, dass Klemens Prätorius alias Demenz Klitorius sich, als der Winter kam und schnelle Nümmerchen mit Touristinnen im Freien, beispielsweise im Stadtpark, nicht mehr wirklich Spaß machten, am heimischen Trog umsah.

»Klemens?«, rief Usch eines Abends, als sie nach Hause kam. Ihr Liebesnest unterm Dach war leer, aber seine Schlüssel und sein Handy lagen auf der Anrichte neben der Tür, er musste also da sein. Vielleicht unten in der Küche der Mutter, dachte Usch, weil Mutter Ling wirklich sensationell kochen konnte, vor allem typische Weserberglandgerichte wie Erbsensuppe mit süßen Grießklößchen und Buttermilchkartoffeln mit falschem Hasen und Steckrübeneintopf.

»Klemens?«, rief Usch gleich darauf zwei Stockwerke tiefer.

Nichts. Die Küche war leer. Die Mutter hatte einen Zettel an die Informationswand im Flur gepinnt: »Bin unten im Laden«.

Usch stieg wieder die Treppe hinauf und im zweiten Stock hörte sie plötzlich ein Geräusch. *Nanu,* dachte Usch noch, ihre Schwestern sollten doch eigentlich alle in der Musikschule sein, *haben wir Ungeziefer im Haus, womöglich eine Ratte?*

Usch lächelte, aber das Lächeln verging ihr, als sie dem Geräusch folgend die Schlafzimmertür ihrer Schwestern Katharina und Waltraud aufstieß. Alle Mädchen waren nach Heiligen benannt worden - Ursula, Elisabeth, Katharina, Waltraud, Diethild, Luitgard und Felicitas -, aber in diesem Augenblick zeigte sich, dass der Name allein noch nicht heilig machte. Nichtmal selig.

Klemens lag nämlich nicht allein im Bett.

Diethild und Elisabeth waren bei ihm.

Alle drei nackt und in eindeutig kamasutrisch zu nennender Stellung.

Usch schluckte schwer.

Männer kommen und gehen. Schwestern hat man nur sechs. Dachte sich Usch und sagte kurze Zeit später: »Hilde und Betty kann ich vergeben. Dir nicht.«

Klemens beteuerte: »Es ist nicht so, wie es ausgesehen hat.« Er sortierte das Kleiderbündel in seiner Hand, warf einen roten BH beiseite (rot war die Lieblingsfarbe aller Ling-Schwestern) und schlüpfte in seine Jeans.

»Die Mädels haben Likör gebechert und mich auf ihr Bett gezogen ...«, fing Klemens an, fieberhaft nachdenkend.

Usch hörte gar nicht hin. Blut war dicker als Wasser, aber auch als Siebenling teilt man seine Spielsachen nicht gern mit seinem Mehrlingsgeschwisterpack.

Sie nahm ihre Querflöte, warf sich ihren roten Trench über und ging. Klemens zog Slipper und einen Pulli an und eilte ihr hinterher. »Hör doch zu, Mäuschen ...«

»Lass mich!«, zischte Usch. Schon früh war sie, wenn sie sich abreagieren musste, irgendwo nach draußen gegangen, um zu spielen. Wie Musik in ihrer Familie überhaupt sehr hoch gehalten wurde. Aber besonders Usch fand beim Flöten ihren Frieden. Am liebsten irgendwo am Schweineberg, im Schatten eines Baumveteranen. Anfangs Blockflöte, jetzt Querflöte.

Klemens sprang zu ihr in den Mini Cooper. Er hatte nicht vor, das gemachte Nest wegen eines kleinen Ausrutschers zu verlieren. »Hör zu, ich liebe nur dich, das weißt du doch, Mausezahn.«

»Das ist jetzt nicht dein Ernst. Steig aus!«, fauchte Usch.

»Erst, wenn du mir verzeihst.«

Usch fuhr mit quietschenden Reifen los.

Klemenz schnallte sich hurtig an. »All die anderen Frauen, die bedeuten mir nichts. Das ist doch nur Gymnastik, völlig ohne Gefühl«, erklärte er.

Usch schnaubte. Das war jetzt eine Beleidigung ihrer Intelligenz. Und ihrer Schwestern.

»Krieg' dich doch wieder ein.« Klemens fand allmählich, dass er sich genug entschuldigt hatte.

Usch fuhr Richtung Holtensen und bog dann zum Wanderparkplatz ab. Es war ein nieseliger Tag, die Märzenbecherblüte war lange vorbei, und so war weit und breit niemand zu sehen.

Sie stieg aus.

Es hätte Klemens stutzig machen müssen, dass sie ihre Querflöte im Mini liegen ließ.

97 Prozent aller Morde sind Beziehungsmorde.

Klemens hatte das gewusst, aber immer gedacht, auf ihn träfe das nicht zu und er sei quasi unkaputtbar, egal, wie viele Herzen er brach. Sich selbst hält ja jeder für die Ausnahme von der Regel.

Ursula Ling, genannt Usch, musste keine Angst vor dummen Fragen haben. Klemens war Vollwaise und wer ihn gekannt hatte, vermisste ihn nicht. Nur sie war seinem Charme länger als für einen Quickie erlegen.

Wie sich Stück für Stück herauskristallisierte, hatte Demenz Klitorius mit all ihren Schwestern geschlafen. Für ihre Mutter wollte sie auch nicht die Hand ins Feuer legen, aber die fragte sie besser nicht.

Bei der Verarbeitung von Trauer und Frust und Wut und überhaupt half Usch die Arbeit im Metzger-Betrieb ihres Vaters.

Wer je in Hameln war, kennt den Laden in der Alten Marktstraße: *Lings Feine Wurstwaren*. Mit einer florierenden Wurstproduktion aus eigener Schlachtung.

Mit selbstgemachter Blutwurst.

Extrem lecker! Eine weit über die Stadtgrenzen bekannte Hamelner Köstlichkeit.

Zwanzig Dosen davon stehen im Keller, nicht zum Verkauf bestimmt, sondern zur Mahnung. An Usch. Auf dass sie nie wieder auf so einen Hallodri hereinfallen möge.

Manchmal, wenn Usch nebenan im Waschkeller die Wäsche aufhängt, schaut sie zu den Dosen und seufzt.

Sehnsüchtig ...

Indisch essen in Itzehoe

Itzehoe. Genauer gesagt: Heiligenstedtenerkamp bei Itzehoe. Am genauesten gesagt: eine Kate in der Hauptstraße von Heiligenstedtenerkamp. Das war die Heimat von Hinnerk Jepsen.

Er liebte seine Heimat. Die weite Landschaft der Krempermarsch, die er auf dem Hollandrad, das schon seinem Opa gehört hatte, zu durchradeln pflegte. Die bodenständigen Nachbarn. Mit dem Helge ging er jeden Montag zum Aale-Angeln an die Stör. Viel weiter war er in seinem Leben auch noch nicht gekommen. Aber das war okay so. Ja, Hinnerk Jepsen war seines Lebens zufrieden. Also, weitestgehend. Wenn da nicht ... na ja ... manchmal fühlte er sich doch etwas allein ...

»Mensch, so'n Kerl wie du, der findet doch eine, wär' doch gelacht!«, sagte Helge und warf die Angel aus.

Hinnerk war fast fünfzig und hatte noch keine gefunden. Statistisch sah das nicht mehr gut für ihn aus. Er selbst sah ja auch nicht so wahnsinnig gut aus. Obenrum irgendwie schütter und am Bauch rum genau das Gegenteil. Wabbelig. Mit O-Beinen unterm Wabbelbauch. Und wässrigblauen Augen. Und abstehenden Segelohren. Kurzum: verkörperte Männerhässlichkeit. Muss man so sagen. Da hilft Schönreden auch nicht.

»Ich weiß nicht«, sagte Hinnerk deswegen. Er klang deprimiert. Im Grunde hatte er sich damit abgefunden, bis ans Ende seiner Tage seine selbstgeangelten, selbstgeräucherten Aale allein zu essen und im Bedarfsfall auf die aufblasbare Gertrud zurückzugreifen. Und mal ehrlich, die Bedarfsfälle wurden mit zunehmendem Alter ja auch seltener.

»Nee, der Mensch soll nicht allein sein«, erklärte Helge. »Das steht schon in der Bibel.«

»Hm«, sagte Hinnerk und dachte Unzüchtiges.

In Heiligenstedtenerkamp an der Hauptstraße gab's ja einen Puff. Da war immer tüchtig was los. Hinnerk wäre ja gern Kunde geworden und er hatte sich auch mal einen ordentlichen Betrag vom Mund abgespart, aber als er dann vorstellig geworden war, hieß es: »Bei dir kostet es extra.« Und extra war einfach nicht mehr drin gewesen. Das war jetzt auch schon wieder zwei Jahre her. Nee, Hinnerk würde den Rest seiner Tage allein verbringen. Er seufzte.

»Hier«, sagte Helge und drückte ihm einen knittrigen Zettel in die Hand. Es war eine Anzeige, grobmotorisch aus dem Kleinanzeigenteil der Samstagsausgabe der *Rundschau* gerissen: DIE LIEBE WARTET AUCH AUF DICH. Dazu eine Adresse in der Bahnhofstraße von Itzehoe.

Hinnerk wurde rot. »Ich krieg' doch nur Hartz IV, das reicht nicht. Ich hab's schon probiert.«

Helge kicherte. »Lies das Kleingedruckte.«

Hinnerk las das Kleingedruckte. Bequem in Raten zahlen. Damit war die Sache klar.

Am nächsten Morgen duschte Hinnerk ausgiebig, legte Sir Irish Moos auf und zog seinen guten Sonntagsanzug an. Dann fuhr er mit dem Bus der Linie 4 zum Bahnhof.

Wie sich herausstellte, hätte er nicht extra duschen und das gute Cologne auflegen müssen. Es handelte sich nämlich um ein Eheanbahnungsinstitut. Auch gut, dachte Hinnerk, nachdem er zehn Minuten unschlüssig vor dem Firmenschild auf dem Bordsteig meditiert hatte, dann mach ich eben Nägel mit Köpfen. Es sollte wohl so sein.

»Unsere Kandidatinnen werden vor Ort von Spezialisten auf Herz und Nieren geprüft«, erklärte ihm eine vollbusige Matrone im Matrosenkleid, die Frau Brodsky oder Frau Rotzky oder Frau Schmidt hieß, das hatte Hinnerk in seiner Aufregung nicht richtig mitbekommen. »Wir sind nämlich ein seriöses Institut.«

Hinnerk blätterte in dem Katalog, den sie ihm mit prallen, stark beringten Fingern in den Schoß gedrückt hatte.

»Die hier würde doch zu Ihnen passen, sie hat so ein liebes Gesicht.«

Mariposa aus Indonesien, stand unter der 9x13-Aufnahme eines übergewichtigen, breit lächelnden Mädchens mit diversen Zahnlücken und einer starken Brille.

»Sehr sympathisch«, sagte Hinnerk und meinte es ehrlich. Ihr gegenüber würde er keine Minderwertigkeitskomplexe haben. Und sie sah aus, als ob sie Aal mochte.

»Ja, eine gute Wahl«, bestätigte die Matrone. »Indonesierinnen, überhaupt Asiatinnen sind für den deutschen Mann ein Segen: treu, liebevoll, zurückhaltend, bescheiden, unbescholten.« Letzteres betonte sie mit einem besonders anzüglichen Grinsen. »Und immer bemüht, für ihren Mann sexy zu sein.«

»Mariposa«, übte Hinnerk schon mal. »Posi.« Dann stockte er, weil er den Preis sah.

Die Liebe gab's nicht für umsonst, hatte die Matrone ihn ja schon gewarnt, aber über 6.000 Euro, das war happig. 2.500 Euro plus Mehrwertsteuer für das Institut, Flugticket für die Auserwählte, Hotelzimmer bis zur Hochzeit, Ausländerkrankenversicherung, Deutschkurs. Das läpperte sich eben.

»Äh«, fing Hinnerk an, aber die Matrone hatte ihn schon durchschaut.

»Wenn Sie in Ihren Ansprüchen leichte Abstriche machen, geht es für Sie auch günstiger«, säuselte sie. »Momentan haben wir als Sonderangebot indische Frauen ab 45. Da sparen Sie bis zu 70 Prozent. Und die Frauen sind auch echt dankbar. Na, was meinen Sie?«

Lalita Guptala aus Kerala traf an einem Montag, mit der Regionalbahn aus Hamburg-Altona kommend, um 19.34 Uhr auf Gleis 2 im Bahnhof Itzehoe ein.

»Boar!«, entfuhr es Helge, der Hinnerk begleitet hatte, weil Hinnerk a) nervös war und b) kein Auto besaß. Natürlich hätte Hinnerk Lalita auf dem Lenkrad sitzend nach Hause radeln können, aber man musste ja davon ausgehen, dass sie großes Gepäck dabei hatte. Das hatten Frauen immer. Zumal, wenn es sich nicht nur um einen Wochenendausflug handelte, sondern um den Rest ihres Lebens.

Hinnerk hyperventilierte. Diese Göttin in dem safrangelben Sari konnte doch unmöglich seine zukünftige Frau sein? Bei Sonderangeboten gab es kein Foto, nur eine Beschreibung der künftigen Gattin, und von Lalita hatte er nur gewusst, dass sie 52 Jahre alt, kinderlose Witwe und Köchin war. Er fragte sich nicht, wie so eine Göttin zur Katalogfrau werden konnte, nahm es einfach hin, wie man es auch einfach hinnahm, wenn es mitten im Februar einen Sonnentag mit über zwanzig Grad gab oder man im Lotto gewann. Ein Fehler?

»Heinrich Jepsen?«, fragte sie in erstklassigem Deutsch.

Hinnerk nickte.

Lalita errötete, senkte den Kopf mit dem prallen, schwarzen Zopf, sah von unten scheu zu ihm auf, dann kicherte sie und sagte: »Was soll's, wir sind doch alle erwachsen«, packte ihn am Revers seines guten Sonntaganzuges und drückte ihm einen nach Kardamom duftenden Kuss auf die Lippen.

Zong!

Wie man ihm später erzählte, hatten Helge, der Bahnhofsvorsteher und ein samaritisch eingestellter Pendler erst den ohnmächtigen Hinnerk und dann Lalitas Gepäck in Helges Auto getragen.

Irgendwann, dachte Hinnerk, als er etwas später mit einem Sabberfaden im Mundwinkel auf dem Rücksitz von Helges Opel Kadett liegend aufwachte, irgendwann schüttet das Schicksal sein Füllhorn des Glücks über jeden aus. Und jetzt eben über ihn.

Dachte er.

»Hinnerk ...« Lalitas Stimme klang wie ein zartes Windspiel, das eine sanfte Frühlingsbrise zum Klingen bringt.

»Ja, min Leevste?«

Es war der Tag nach der Hochzeit. Lalita trug einen orangefarbenen Sari und duftete nach all den Wohlgerüchen des Orients, vornehmlich aber nach Kardamom. Er strahlte sie an, auch wenn es keine Hochzeitsnacht gegeben hatte, weil sie gerade »ihre Zeit des Monats hatte«, wie sie es formulierte.

»Ich möchte dir eine aufopfernde Ehefrau sein«, flötete Lalita in perfektem Deutsch (der Kurs am Goethe-Institut in Hamburg hatte sich echt gelohnt!), wenn auch mit dieser entzückenden indischen Melodiosität. »Eine gute Ehefrau«, wiederholte sie.

»Das bist du, min Leevste, das bist du!«, strahlte Hinnerk.

»Aber ich sehe doch, dass wir uns noch etwas dazuverdienen müssen«, sagte sie mit unschuldigem Augenaufschlag.

Hinnerk hatte sie inzwischen zu knapp zehn Prozent abbezahlt. Mit Hartz IV ließen sich eben keine großen Sprünge machen. Frühestens in sieben Jahren, acht Monaten und zwei Wochen würde sie ganz ihm gehören. Folglich nickte er.

»Weißt du, es gibt noch kein indisches Restaurant in Itzehoe. Wir könnten doch eines eröffnen. Ich bin eine wirklich gute Köchin!« Lalita legte ihm eine warme, olivfarbene Hand auf den Unterarm.

Hinnerk schluckte schwer. Sie kochte wirklich lecker. »Min Leevste, nur zu gern, aber du hast ja keine Ahnung, was es in diesem Land kostet, ein Restaurant zu eröffnen.«

Lalita lächelte fein. »Ach, wir fangen klein an. Und verpfänden meinen Schmuck. Es wird schon gehen.«

»Hinnerk.«

Lalitas Stimme klang wie eine Jalousie, die ein aufkommender Gewitterwind zum Klappern bringt.

An der Dorfstraße zur Stör, in Richtung Hodorf, lag eine umgebaute Scheune. Aus der hatte Lalita keine drei Monate später ein indisches Restaurant gemacht. Mit Elefanten vor dem Eingang und einem goldenen Buddha neben der Theke und mit *allen Köstlichkeiten des indischen Subkontinents*, wie es auf der Speisekarte stand. Hinnerk hatte keinen blauen Dunst, wie sie das geschafft hatte. Aber er dachte auch nicht viel darüber nach. Seine Lalita war eben tüchtig. Und der Anfangserfolg war überwältigend.

»Hinnerk, fährst du mal schnell nach Wellenkamp zu Sky? Wir brauchen noch Kokosmilch.«

»Aber es ist Montag«, beschwerte sich Hinnerk. »Montag ist Aale-Tag mit Helge.« Es gab immer weniger Aale in der Stör, da musste man sich ranhalten. Nicht, dass Hinnerk dem Helge keinen Aal gönnte, wenn er nicht dabei war, aber trotzdem.

»Hinnerk, bitte. Wir servieren keine Aale, Huhn in Kokosmilch aber schon.«

Das mit der Unterwürfigkeit der Asiatinnen stimmte nicht so ganz, fand Hinnerk. Oder lag Indien womöglich gar nicht in Asien? Aber er wollte seine Lalita glücklich sehen. Also radelte er zum Supermarkt.

Heute keine Aale.

»Hinnerk!« Lalitas Stimme klang definitiv streng, mit einem spürbaren Hauch Ungeduld im Obertonbereich. Die Stimme schien aus den flammenden Tiefen der Hölle zu kommen.

»Ja, min Leevste?« Es war Samstag, kurz vor dem aktuellen Sportstudio im Zweiten, und Hinnerk saß verschwitzt mit einer Flasche Bier vor dem Fernseher. Gut, dass er aus Gertrud schon die Luft herausgelassen und sie zurück unters Bett geschoben hatte.

Ja, Gertrud, dachte Hinnerk trotzig. Mittlerweile war er schon ein halbes Jahr mit Lalita verheiratet, aber es war immer noch »ihre Zeit des Monats«. Er wollte Lalita nicht drängen, aber ohne Gertrud ging es nicht.

»Hinnerk, die Gäste sind alle weg. Stellst du die Stühle auf die Tische, damit ich durchfegen kann? Bengt hat doch heute frei.«

»Aber min Leevste, die Sportschau ...«

»Hinnerk!«

Er brummte, nahm einen Schluck Bier und hievte sich vom Sofa. Lalitas *Ganesha Palace* lief so gut, dass sie umgezogen waren und jetzt über dem Restaurant in der Scheune wohnten. Hinnerk vermisste seine Kate an der Hauptstraße. Er vermisste auch Helge, den er schon seit drei Wochen nicht mehr gesehen hatte. Bestimmt, weil Hinnerk schon seit ewigen Zeiten nicht mehr zum Montagsangeln gekommen war. Ja, ganz sicher fuhr Helge jetzt mit dem Ole von Achtern Kamp an die Ostsee zum Angeln.

»Hinnerk!«

Er brummte, stapfte in den Schankraum und fing an, die Holzstühle auf die Tische zu wuchten.

Lalita werkelte nebenan in der Küche. Sonst war niemand mehr da.

Hinnerk fand das Eheleben nicht lustig. Lalita bestand auf sorgfältigste persönliche Hygiene seinerseits, obwohl sie ihn doch nie an sich ranließ und es dann doch egal war, ob sein animalischer Magnetismus auch animalisch roch. Freunde hatte Hinnerk außer Helge nicht, weil man hier in der Gegend Skat kloppte und er Skat nicht ausstehen konnte. Und Helge war ja jetzt mit dem Ole unterwegs. Hinnerk war ganz allein. Er saß in der Falle.

Bei diesen finsteren Gedanken war es kein Wunder, dass er einen der Holzstühle allzu heftig auf den Tisch wuchtete und dabei ein Bein abbrach. Hinnerk seufzte und sah das Holzbein in seiner Hand an.

»Hinnerk? Was machst du da?«, rief Lalita aus der Küche. »Arbeitest du auch, oder lärmst du nur herum?«

Hinnerk sah das Stuhlbein an. Es köchelte in ihm. »Schon gut, min Leevste, da ist ein Stuhlbein abgefallen, aber das haben wir gleich. Das krieg' ich wieder repariert.«

»Hinnerk.« Die Stimme klang männlich.

Hinnerk schlug die Augen auf und sah dem örtlichen Schutzmann in die Augen. Eigentlich Ex-Schutzmann, Frans war schon seit fast zehn Jahren pensioniert.

Hinnerk rieb sich die Augen und richtete sich auf. Er hatte sich im Garten auf die Liege gelegt und musste wohl eingeschlafen sein.

Drüben auf der Terrasse bediente Lalita gerade ein paar Nachmittagsgäste.

Frans schürzte bewundernd die Lippen. »Deine Frau is' 'ne echt fesche Deern.«

Hinnerk nickte. »Ja.« Er seufzte, holte tief Luft und fragte: »Willst du sie haben?«

Frans war Witwer. Hinnerk wusste nicht, ob bei Kauffrauen aus dem fernen Osten ein Weiterverkaufsrecht bestand, aber wenn ja, hätte er es gern wahrgenommen.

Frans hielt das für einen Witz. Er lachte und rammte Hinnerk die Faust gegen die Schulter. »Scherzkeks! Du, sach ma, hast du den Helge in letzter Zeit gesehen? Der is' irgendwie wech. Wie vom Erdboden verschluckt.«

Hinnerk schüttelte den Kopf. »Wie? Wech? Ich dachte, der ist mit Ole Aale angeln an der Ostsee.«

»Ach ja?« Frans guckte skeptisch.

»Hinnerk!«, sagte plötzlich Lalita, die sich auf ihren zugegebenermaßen entzückenden kleinen, olivfarbenen Füßen erstaunlich lautlos anschleichen konnte. »Wolltest du nicht den Ventilator reparieren?« Es war keine Frage, es war ein Tadel.

Hinnerk lag etwas anderes als »Ja, min Leevste« auf der Zunge, aber er sprach es nicht aus. Er nahm die Werkzeugkiste mit dem schweren Schraubenschlüssel darin und stapfte in Richtung Ventilator.

»Wenn du was von Helge hörst, gib Bescheid!«, rief Frans seinem entschwindenden Rücken nach.

Hinnerk brummte nur.

»Hinnerk Jepsen!«, flötete die Frau Brodsky oder Rotzky oder Schmidt, das mit ihrem Namen kriegte Hinnerk in diesem Leben nicht mehr gebacken. Aber es war die Matrone vom Eheanbahnungsinstitut. Das *Palace* lief so gut, dass Lalita schon längst die noch ausstehenden Raten abbezahlt und sich somit freigekauft hatte. »Wie ich mich freue, dass Sie Ihr Glück gefunden haben!« Die Matrone hob ihr Kingfisher-Glas und prostete ihm zu.

Hinnerk brummte nur.

»Wenn Sie übrigens Frans Hansen sehen, schicken Sie ihn zu mir. Wir haben Post von seiner künftigen Frau.«

Hinnerk hatte Ex-Schutzmann Frans das Eheanbahnungsinstitut empfohlen. Frans wollte nicht länger Witwer sein und sich auch so was Schnuckeliges wie Lalita importieren. Hatte er gesagt.

»Den habe ich lange nicht gesehen«, sagte Hinnerk.

Hinnerk sah überhaupt niemanden mehr, seit er Tag und Nacht für seine *Leevste* schuften musste.

Schon wieder hatte sie sich lautlos von hinten angeschlichen, aber dieses Mal hatte er sie kommen riechen. Die Kardamom-Wolke verriet sie. Hinnerk mochte kein Kardamom. Mehr.

»Wir sind sehr glücklich! Sie glauben gar nicht, wie froh ich bin, dank Hinnerk hier in Itzehoe sein zu dürfen«, erklärte Lalita der Matrone mit einem strahlenden Lächeln. »Hinnerk, holst du noch zwei Kisten Kingfisher aus dem Keller?«

Seine Frau schob ihn aus dem Restaurant, mit unerwartet viel Kraft in den schmalen, olivfarbenen Armen. Sie hatte es nicht gern, wenn er sich den Gästen zeigte. Dabei war er die beste Werbung dafür, wie gut sie kochen konnte. Seine Wabbelmitte war seit der Eheschließung noch wabbeliger geworden, dank lecker Mumbai Hühnchen mit Curry, seiner neuen Leib- und Magenspeise und dem absoluten Renner unter den Gästen, die dafür sogar aus Hamburg kamen.

Hinnerk stieg die Stufen in den Keller hinunter. Es gab nicht viele Dinge in seinem Leben, derer er sich ganz sicher war, aber eins wusste er: Das mit der Ehe hatte er sich anders vorgestellt. So was von anders. Statt kuscheliger Abende mit einer verschmusten Exotin vor dem Fernseher knechtete er unter der Knute einer olivfarbenen Eisenfaust. Das musste sich ändern.

Hinnerk blieb vor den Kingfisher-Kisten stehen und holte tief Luft. Nee, das würde er sich wirklich nicht länger gefallen lassen. Eine finale Lösung musste her. Jawohl! Sein Glück würde er von nun an mit Gertrud finden und gut! Sie war ohnehin die Einzige, die ihn verstand.

Aus den Augenwinkeln sah er seinen Werkzeugkasten auf der Tiefkühltruhe stehen. In dem Werkzeugkasten befand sich der schwere Schraubenschlüssel. Hm. Er könnte aller Welt erklären, dass Lalita es im kalten Norddeutschland nicht länger ausgehalten hatte und Hals über Kopf zurück in die Heimat gereist sei.

Langsam ging Hinnerk auf den Werkzeugkasten zu. Ja, gut, er hätte sich mal mit Lalita unterhalten können. Sich alles von der Seele reden. Aber ein echter Heiligenstedtenerkamper redete nicht über Gefühle. Und in Gegenwart von Lalita mutierte Hinnerk zudem zunehmend vom Mann zur Maus. Was er brauchte, waren schlagende Argumente.

Er öffnete den Werkzeugkasten, berührte fast zärtlich den Schraubenschlüssel.

Es musste wieder Ruhe in sein Leben einkehren. Aale angeln, Fußball schauen, Gertrud kosen, fertig.

Hinterher würde er Lalita in die Gefriertruhe legen, da war bestimmt genug Platz, und falls nicht, würde er Platz schaffen. Hinnerk nahm den Werkzeugkasten von der Tiefkühltruhe und hob den Deckel der Truhe an.

Und schluckte.

Von Helge war nicht mehr viel übrig. Ihn erkannte Hinnerk nur an dem ausgefallenen Muttermal an der linken Schulter. Aber Frans war noch sehr gut auszumachen, bei ihm war ja auch noch der Kopf dran. Meine Güte, war das schmackhafte Hühnchen Mumbai etwa gar nie Hühnchen gewesen, sondern immer ...

Und nun dämmerte Hinnerk, dass Lalita – seine wunderschöne, kluge Lalita – womöglich auf der Flucht vor der indischen Polizei zur Katalogfrau geworden war, weil sie im Alleingang versucht hatte, das Milliardenvolk einen Mann nach dem anderen zu Mumbai Hühnchen zu verkochen.

Hinnerk merkte, wie ihm schwindelig wurde.

Und ganz kurz, bevor er in Ohnmacht fiel, nahm er direkt hinter sich eine Kardamom-Wolke wahr ...

Aktenzeichen XY und der Killerkakadu von Krefeld

Guten Abend, meine Damen und Herren. Eine Verbrechensserie von seltener Grausamkeit beschäftigt die Kriminalpolizei der Stadt Krefeld seit dem 12. Januar dieses Jahres.

Die 23-jährige Jaqueline P. ist mit Reinigungsarbeiten in dem Kurzwarenladen in der Bahnhofstr. 34 beschäftigt, in dem sie seit Frühjahr als Aushilfskraft arbeitet. Sie staubwischt gerade das Regal mit den Strapsstrümpfen, als sie auf ein Geräusch aufmerksam wird. Kurz darauf verlöscht das Licht und Jaqueline P. wird niedergeschlagen.

Zur selben Zeit bewundert in der nur wenige Kilometer entfernten Apfelstadt Tönisvorst der 63-jährige Pizzeriakellner Giovanni O. einen Maserati Quattroporte S, der seit 17 Stunden auf einem gegenüberliegenden Behindertenparkplatz steht.

Gleichzeitig verlässt in Meerbusch die 45-jährige Sonnenstudiobesitzerin Susi K. das Haus Am Strümper Busch Nummer 69c, ohne etwas Auffälliges zu bemerken.

Als 30 Sekunden später im Kurzwarenladen in Krefeld das Licht wieder angeht, erwacht Jaqueline P. aus ihrer Ohnmacht und muss feststellen, dass ihr niegelnagelneues iPhone heimtückisch entwendet wurde.

Vom Täter fehlt bis heute jede Spur. Der Tat dringend verdächtig ist der stellungslose Investmentbanker Leon Opphövel-Schulz. Zur Zeit der Tat war er 34 Jahre alt. Es ist anzunehmen, dass er seither Frisur und Barttracht geändert hat. Für die Polizei sind folgende Fragen von größter Bedeutung:

Wer hat Leon Opphövel-Schulz seit dem 12. Januar gesehen? Wer kennt einen iPhone-Besitzer und wundert sich, dass gerade *er* ein iPhone besitzt? Und nun rufe ich Beat Höpfli in Zürich. Haben Sie schon Hinweise?«

»Gruezi. Jawohl. In St. Gallen, Basel, Bern, Zürich und Appenzell sind über 47.128 iPhones gemeldet.«

»Danke, Beat Höpfli. Und Fredi Maschelka, wie sieht es in Wien aus?«

»Joa geh, mir ham halt alle iPhones in ganz Wean vorläufig konfiszieren lassen, nett whoar?«

»Vielen Dank, Fredi Maschelka. Wir hoffen, dass diese heimtückische Tat in Bälde aufgeklärt werden kann. Guten Abend!«

* * *

Man darf den Medien keinen Vorwurf machen. Sie wussten es nicht. Keiner wusste es. Um eine Massenpanik zu verhindern, wurde von Seiten der Polizei gegenüber Presse und Fernsehen ein Mantel des Schweigens über die Krefelder Frauenmorde gebreitet. Nur die Betroffenen, die wussten davon. Die Toten natürlich. Die Ermittler. Und alle Exotenbesitzer in und um Krefeld. Die wurden nämlich einer nach dem anderen befragt. Denn sämtliche Leichen wiesen Kakadubissspuren auf.

Ein Killerkakadu trieb in Krefeld sein Unwesen!

»Nein, was Sie nicht sagen! Das ist ja schrecklich! Wie furchtbar! Noch ein Stück Pflaume?«, flötete Frau Schöppenlau, goss mit der Rechten pechschwarzen Bohnenkaffee in der Konsistenz von Motoröl in die aus gutem Grund noch halbvolle Tasse von Kommissar Eirich und griff mit der Linken nach dem Teller des Kriminalers.

Kriminalassistent Bölke hatte in weiser Voraussicht gar nicht erst an seiner Tasse genippt und war daher sicher vor neuerlichen Nachgießversuchen. Außerdem hatte er sich beim Anblick des selbstgebackenen Pflaumenkuchens spontan als hochgradiger Obst-Allergiker geoutet, auch das höchst clever.

»Natürlich haben wir gegen Sie persönlich keinen konkreten Verdacht, aber Sie verstehen unter den gegebenen Umständen sicher, dass wir alle Krefelder Kakadubesitzer befragen müssen«, erklärte Eirich. Er hatte sich gleich bei der ersten Kuchengabel mit Pflaumenkuchen eine Füllung herausgebissen, sich darüber geärgert und darum Frau Schöppenlau die grausigen Einzelheiten relativ schonungslos um die siebzigjährigen Ohren gehauen. Gott sei Dank hielten die Ohren das aus.

Die Frauenleichen, sieben an der Zahl, grausig verstümmelt von einem – wie der zuständige Rechtsmediziner erst ungläubig, dann aber nach Rücksprache mit mehreren Vogelkundlern zunehmend überzeugter bestätigt hatte – von einem Kakaduschnabel.

»Ich kann das nicht glauben«, erklärte Frau Schöppenlau. »Kakadus sind so liebe Tiere.«

Kakadu Fritz, der hinter Frau Schöppenlau auf der Sofalehne saß und die beiden Polizisten kritisch beäugte, nickte und blähte seine gelbe Haube auf. Deswegen hieß er Gelbhaubenpapagei, hatten Eirich und Bölke sich erklären lassen müssen, obwohl sie nunmehr bereits Experten auf dem Gebiet der *Cacatuidae* waren, nach gefühlten eine Million Befragungen von Krefelder Kakadubesitzern, davon einer kauziger als der andere. Unkauzige Menschen hielten sich einen Hund. Unglaublich, wie viele Menschen so einen gefiederten Exoten ihr Eigen nannten – und das waren nur die mit einer offiziellen CITES-Bescheinigung. Die Dunkelziffer mochte unendlich viel höher liegen. Es stand ihnen noch reichlich Arbeit bevor.

Gelbhaubenkakadu Fritz war Linksfüßer und mit seinem linken Fuß klopfte er nun ungnädig auf die mit transparentem Plastik überzogene Sofalehne. Fritz war nicht stubenrein, aber die Stube war sein Zuhause. Plastikschoner waren daher obligat. Auch Eirich hätte vorhin, als Fritz seine Schulter beehrte, einen Plastikschutz brauchen können, aber nun war es zu spät und eine ähnlich zähe Flüssigkeit wie der Kaffee, nur in weiß, zierte seine gute, dunkelbraune Jack-Wolfskin-Allwetterjacke. Noch so ein Grund, warum er bei der Befragung von Frau Schöppenlau sein übliches, charmantes Naturell vermissen ließ.

Die wiederholte noch einmal kopfschüttelnd: »Kakadus schlüpfen mit einem sonnigen Gemüt aus dem Ei. Und sie lieben Menschen. Nein, ich kann es nicht glauben.«

»Es gibt viele Erklärungsmöglichkeiten«, dozierte Eirich, nannte dann aber nur eine. »Vielleicht wurde der betreffende Kakadu speziell dazu abgerichtet.« Eirich blickte Frau Schöppenlau aus graublaugrünen Augen kühl an. »Ist Ihr Fritz dressiert?«

Frau Schöppenlau hob die Stellen über den Augen, bei denen andere Menschen ihre Brauen trugen, sie jedoch nichts weiter als zwei Kholstriche. *Schief* aufgemalte Kholstriche.

Frau Schöppenlau warf Eirich einen vorwurfsvollen Blick zu. Konnte der Papst das Vaterunser auswendig? War Wasser nass? »Selbstverständlich beherrscht mein Fritz diverse Kunststücke!«

»Zum Beispiel?«, hakte Eirich nach, weil Frau Schöppenlau damit genug gesagt zu haben glaubte.

Er ging nicht wirklich davon aus, dass sie nun Dinge wie »Augenaushacken, Ohrläppchenfiletieren oder Naseabbeißen« sagen würde, aber man wusste ja nie. Wenn sie so stolz auf ihren Vogel war, rutschte ihr womöglich doch etwas Belastendes heraus. Allerdings hatte der Profiler des BKA nach dem sechsten Opfer erklärt, als Täter komme nur ein schlecht sozialisierter Mann um die Dreißig mit körperlicher Einschränkung in Frage. Woher immer er das wissen mochte. So gesehen passte Frau Schöppenlau nicht ganz ins Täterprofil. Aber auf die Meinung von Profilern gab Eirich ohnehin nichts.

»Mein Fritz kann tanzen.« Frau Schöppenlau nickte stolz.

»Tanzen?«, entfuhr es Bölke.

»Er bewegt sich rhythmisch zu Musik«, erläuterte Frau Schöppenlau, weil dieser schnauzbärtige Kriminalassistent zweifellos sein Leben lang noch nicht getanzt hatte, sondern allenfalls zu überlautem Lärm in epileptische Zuckungen verfiel. Einen richtigen Walzer beherrschte die Jugend von heute ja gar nicht mehr.

Frau Schöppenlau stand mühsam und unter Ächzen auf, öffnete ihre Musiktruhe und legte eine Schallplatte auf. Woraufhin die Finkelreuther Münsterspatzen *I mag di, magst mi au?* zu Zither, Mundharmonika und Blockflöte intonierten.

Fritz plusterte sich auf seiner Sofalehne auf, spreizte die Flügel, legte sie wieder an und legte los. Im Rhythmus der Musik hob er abwechselnd die Beine und nickte mit dem Kopf. Bölke fand es putzig und kurios. Eirich stand kurz vor einem cholerischen Ausbruch. Er wollte etwas sagen, aber da klingelte es an der Tür.

Eirich und Fritz legten simultan ihre Köpfe schräg.

Der dreißigjährige, schlecht sozialisierte, klumpfüßige Sohn von Frau Schöppenlau, der kam, um den Kakadu für neue Killertouren abzuholen?

Aber nein.

»Angenehm, Zackwitz!« Der Besucher war Mitte siebzig und entweder nicht mehr Herr seiner Wahrnehmungssinne oder überzeugter Gegner persönlicher Hygiene. Er schüttelte Eirich und Bölke die Hand, wobei er einen säuerlichen Geruch verströmte. Eirich und Bölke hielten die Luft an.

»Herr Zackwitz ist ...«, fing Frau Schöppenlau an und wurde knallrot, »... ein Bekannter.« Sie schien der Geruch nicht zu stören. Im Alter, so hieß es immer und das stimmte wohl auch, konnte man nicht mehr so gut riechen. Und schmecken.

Eirich – der gleich darauf aufgrund akuter Sauerstoffnot abrupt einatmen musste – konnte es plötzlich vor sich sehen: Bei den Toten handelte es sich durchweg um junge Frauen. Die beiden Alten waren eifersüchtig auf das blühende Bild der Jugend, auf den Ausbund an Frische und Schönheit. Deshalb die Morde und die entsetzlichen Verstümmelungen mit Hilfe des debilen Kakadus, der auf der Sofalehne immer noch zu den fidelen Finkelreuther Münsterspatzen schuh- ... äh ... krallenplattelte.

Eirichs Gedanken stürmten weiter. Vielleicht handelte es sich auch um eine sexuell motivierte, perverse Tat? Der alte Zackwitz rächte sich an den jungen Dingern, die ihn abblitzen ließen – und die ihm hörige Schöppenlau diente ihm als Alibi.

Zackwitz hinkte zum Sofa. »Eine alte Kriegsverletzung«, sagte er, als er Eirichs Blick auf sich spürte. »Fremdenlegion«, fügte er noch hinzu, nicht ohne Stolz.

Für Eirich war die Sache damit klar. Er überlegte nur noch, wie er das teuflische Mörderpaar mitsamt seinem diabolischen Killerkakadu überführen konnte.

Bölke starrte derweil gebannt auf Zackwitzens Schultern. Schuppen in dieser Menge kannte er sonst nur aus Anti-Schuppenshampoo-Werbespots. Im realen Leben gab es derlei nicht mehr. Ein Schneesturm auf dunkelblauem Flanell.

»Sie kommen gut mit dem Tier zurecht?«, erkundigte sich Eirich aus heiterem Himmel.

Zackwitz, dem Frau Schöppenlau mittlerweile eine Tasse Bohnenkaffee eingeschenkt hatte, trank auf ex. Angesichts der Kaffeekonsistenz ein deutlicher Beweis dafür, dass der Mann tatsächlich einmal Fremdenlegionär gewesen sein musste und Angst vor gar nichts hatte.

Zackwitz wartete, bis Frau Schöppenlau in die Küche verschwunden war, vermutlich um mit Hammer und Meißel oder besser noch einem Hilti-Bohrer ein weiteres Stück Pflaumenkuchen zu schneiden. »Ich hasse dieses Vieh«, flüsterte Zackwitz, allerdings in einem Bühnenflüstern, das vermutlich bis auf die Straße reichte.

Der Kakadu hielt empört inne, sann sichtlich auf Rache, sprang mit einem Hops auf Zackwitzens Schulter und erleichterte sich.

»Wo waren Sie gestern Abend?«, erkundigte sich Eirich auf einmal sehr freundlich, weil der Kelch weitergereicht worden und nun Zackwitz das Opfer war.

»Bayern gegen Rapid Wien in Gustls Sportbar. Unentschieden. Danach Skat am selben Ort mit alten Kameraden. Gewonnen!«, schoss es aus Zackwitz heraus.

Eirich fand das verdächtig. Unschuldige mussten immer erst überlegen, was sie eigentlich getan hatten, und sei es vor fünf Minuten gewesen.

Bölke notierte diese Aussagen, ohne den Blick von dem Schuppenteppich auf Zackwitzens Schulter zu lösen.

»Warum wollen Sie das wissen?«, erkundigte sich Zackwitz.

»Es geht um die Mordserie der letzten Zeit«, erklärte Eirich. »Die sogenannten Kakadumorde.« Offiziell war dieser Begriff natürlich nicht.

»Ha!«, rief Zackwitz. »Wenn es tote Kakadus wären, käme ich sofort als Täter in Frage. Scheißviecher! Aber so ...« Er verstummte, weil Frau Schöppenlau mit einem Kuchenteller in die gute Stube trat.

»Ich war beim Bauch-Beine-Po-Training in der Frauenfitness Mona«, gab sie an, ohne gefragt worden zu sein, nicht aber, ohne zu erröten.

Eirich stand auf. Sein Verdacht war erhärtet worden. Die Beweisbeschaffung war jetzt nur noch eine Frage der Zeit.

Bayern gegen Rapid Wien war ein klares 3:0 gewesen. Von wegen unentschieden. Und das Frauenfitnessstudio Mona hatte vorletzte Woche Insolvenz angemeldet. Er wusste das, weil seine Inge dort auch vergebliche Versuche der Körpermodellierung gegen das Altern unternommen hatte.

»Vielen Dank für Ihre Hilfe«, log Eirich.

Er und Bölke traten auf den Flur, fuhren mit dem Aufzug nach unten und verließen das Hochhaus in der Montessoristraße um exakt 17.01 Uhr.

»Ob er etwas gemerkt hat?«, fragte Frau Schöppenlau verängstigt, während sie hinter der Gardine zusah, wie die beiden Beamten in ihren dunkelblauen Dienstwagen stiegen.

»Nie und nimmer!«, erklärte Zackwitz und klopfte lüstern neben sich auf das Sofa. Das Viagra fing schon an zu wirken. Aber nur Fritz sprang an seine Seite und hackte kräftig in Zackwitzens linke Hand. »Scheißvieh!«, fluchte Zackwitz und versuchte, Fritz mit einem bestickten Sofakissen zu erschlagen, doch er war nicht schnell genug, weil seine Muskulatur unterversorgt war. Sein Blut hielt sich ja gerade woanders auf.

Frau Schöppenlau bekam von allem nichts mit und starrte weiter dem sich entfernenden Polizeiwagen hinterher. »Niemand darf wissen, dass wir ein Paar sind«, murmelte sie unhörbar. »Ich darf meine Witwenrente nicht verlieren!«

Auf der anderen Straßenseite stand Klaus F., ein stadtbekannter Straßenmusikant. Er trug stets einen nilgrünen Kaftan und spielte neben Didgeridoo auch Trommel. Auf seiner Schulter thronte Mbwana, ein anderthalbjähriger, kräftiger Kakadu männlichen Geschlechts. Ihm fehlte jedwedes Rhythmusgefühl, aber dafür konnte er sich so flauschig aufplustern und sah dann so schnuffig aus, dass Passanten – vor allem Passanten weiblichen Geschlechts – nur allzu gern einen Euro in die ebenfalls grüne Kappe von Klaus F. wandern ließen.

Zur Ehrenrettung der Kakadus sei gesagt: Weder Fritz noch Mbwana vergriffen sich an Menschen. Sie liebten, wenn es denn schon Fleisch sein musste, allenfalls Mehlwürmer.

Keiner von beiden hatte jemals Fleischbrocken aus Frauen gebissen, weder aus toten noch aus lebendigen Frauen.

Kriminalassistent Bölke dagegen, 33, Noch-bei-Mama-Wohner und seit einer Tripperinfektion schwerer Inkontinentiker, hatte bereits sieben Frauen ermordet und mit dem abgetrennten Schnabel seines ehemaligen Kakadus schwer verstümmelt.

Die achte Tote lag in Muttis Keller zwischen den Regalen mit dem Eingemachten und würde in dieser Nacht verstümmelt und entsorgt. Man würde ihm nie auf die Schliche kommen. Er saß schließlich an der Quelle der Ermittlungen und wusste, wie sehr die SoKo durch den Trick mit dem Kakaduschnabel in die Irre geführt wurde.

Und um die Frauen war es nicht schade. Alles Flittchen, semi- und vollprofessionelle Prostituierte, die ihn wegen seiner Windel ausgelacht hatten. Das war kein Mord, das war Großreinemachen. Bölke legte viel Wert auf Hygiene. Er dachte an Zackwitz und musste sich angewidert schütteln.

Vielleicht sollte er mal eine Ausnahme machen. Vielleicht musste demnächst ein Greis dran glauben. Ein Greis mit Schuppen ...

Fisch muss schwimmen

Ich sitze im Restaurant *Vapiano* in Kiel, und während ich der Sprotte in meiner Hand genüsslich den Kopf abbeiße, sehe ich durch die Glasfront hinaus auf den Seehafen, auf das Kreuzfahrtschiff M/S *Color Magic* auf der anderen Fördeseite, das langsam in Richtung Oslo Fahrt aufnimmt, und auf die aufgeblähte Wasserleiche, die die Polizei gerade mit Hilfe eines Krans aus den blauen Fluten der Förde hievt.
Heute wird ein guter Tag!

Was weiß die Welt über Kiel? Nicht genug, so viel steht fest. Ich könnte zu diesem Wissen einiges beitragen, habe ich doch gerade fast fünf sehr zufriedene Monate in der schleswig-holsteinischen Metropole hinter mir, aber mein Rollkoffer ist gepackt und in gut einer halben Stunde werde ich die wenigen Meter vom *Vapiano* zum Hauptbahnhof durch das Herbstlaub stapfen und in den ICE um 18.38 Uhr steigen, der mich – nach nur einmaligem Umstieg in Mannheim – direkt nach Paris bringen wird, die französische Metropole, über die der Normalmensch sehr viel mehr weiß als über Kiel, was ihn aber auch nicht glücklicher macht.

Alles ist im Fluss. Das Leben. Die Liebe. Manches aber ist nicht im Fluss, sondern in der Förde. Die Wasserleiche beispielsweise. Die Polizei hat riesige Scheinwerfer aufgestellt, weil es draußen um diese Uhrzeit ja schon dunkel wird. Ich bekomme trotzdem nicht alles mit. Der Kastenwagen der Spurensicherung verstellt mir den freien Blick. Zwei Streifenbeamte halten außerdem eine karierte Decke hoch. Aber ein bisschen was sehe ich dennoch: einen aufgedunsenen, menschlichen Körper, der den Blaumann, in dem er steckt, sekündlich zu sprengen droht.

Der Mann am Tisch gegenüber wankt plötzlich mit grünlich changierendem Teint in Richtung Toilette.

Ich schiebe mir den Rest der Kieler Sprotte in den Mund, mit Schwanz und allem. Das muss man mögen.

Ich mag es.

Eigentlich wollte ich nur mal die Kieler Woche erleben. Urlaub an der Ostsee. In lässigen Hilfiger-Klamotten an einem Nobelimbissstand stehen und abwechselnd Austern oder Champagner schlürfen und weiß gekleideten Seglern bei ihrem exklusiven Sport zusehen. Wie man sich das eben als Laie aus segelfernen Gefilden so vorstellt. Es ergab sich aber, dass ich schon am ersten Tag mit meinem geleasten Mini Cooper auf einen weißen Jaguar auffahren konnte, an dessen Steuer ein einzelner, grauhaariger Mann im Tweedblazer saß. Ich nütze solche spontanen Gelegenheiten gern. Das Procedere ist immer gleich: Die Hand vor den Mund pressen, aus dem Kleinwagen springen, die Augen aufreißen, die langen Blondhaare in den Nacken werfen, sich nach vorn beugen, um den Schaden in Augenschein zu nehmen, so weit, dass man unter dem Kurzrock meine blütenweiße, förmlich »Jungfrau!« schreiende Unterwäsche sehen kann.

»Nichts weiter passiert!«, tröstete er mich. Ich schätzte ihn auf Anfang sechzig. Teure Uhr am Handgelenk, edle, italienische Treter.

»Es tut mir so unendlich leid«, keuchte ich. Natürlich habe ich solche Situationen fahrtechnisch immer voll im Griff und es handelte sich wirklich nur um einen minimalen Lackschaden, aber die völlig entsetzte, junge Frau zu mimen, hat mir schon des Öfteren diverse Vergütungen eingebracht.

»Sie sind ja völlig durch den Wind«, sagte er. »Möchten Sie eine beruhigende Tasse Tee bei mir im Garten zu sich nehmen? Ich wohne gleich dort drüben. Im Park.«

Natürlich möchte ich.

Entzückende Jugendstilvilla im Schwanenweg, Nähe Literaturhaus. Einzige Frau im Haus: eine mütterlich wirkende Haushälterin. Keine aktuelle Ehefrau. Keine Kinder. Perfekt.

War nur eine Frage weniger Stunden, bis er mir für die Dauer der Kieler Woche sein Gästezimmer anbot.

Und dann bin ich geblieben.

Schon vor über zweihundert Jahren wurden Kieler Sprotten in der Fischauktionshalle, in der heute das Schifffahrtsmuseum untergebracht ist, feilgeboten. Ich winke dem hübschen Kellner. »Noch eine Portion, bitte.«

In den letzten sechs Monaten habe ich diesen zierlichen, goldfarbenen Räucherfisch lieben gelernt. Ob man den in Paris auch bekommt?

»Echt? *Noch* eine Portion?« Ist er jetzt so erstaunt, weil angesichts des grausigen Förderfundes sämtlichen anderen Gästen im Restaurant der Appetit vergangen ist? Oder weil das bereits meine dritte Portion Sprotten ist?

Ich nicke bestimmend und sage: »Jawohl und dazu noch einen Aquavit.«

Er zieht los, den Fisch zu holen. Leichen verderben mir nie den Appetit. Und Mord macht mich immer hungrig.

Frederik – sein Nachname tut nichts zur Sache – war ein sehr großzügiger Sugar Daddy. Ich schwindelte ihm vor, dass ich eine Auszeit von der Uni bräuchte und einfach mal ein halbes Jahr das Leben genießen wollte. Er kleidete mich neu ein und behängte mich mit Schmuck und fuhr mit mir ins Umland in die besten Restaurants. In Kiel selbst wollte er sich mit mir nicht zeigen, dazu war er noch nicht lange genug Witwer, und das fand er nicht schicklich. Ansonsten war Frederik ein ganz Lieber, und es tat mir gut, ein paar Monate lang weiter nichts zu tun, als in der Dänischen Straße, Kiels exklusiver Shoppingmeile, Frederiks Kreditkarten zu schröpfen oder im Wintergarten von Frederiks Villa auf der Chaiselongue zu liegen und historische Romane zu lesen, die in Frankreich spielen, während Frederik – der sich längst aus der aktiven Leitung seiner diversen Unternehmen zurückgezogen hatte, unten im Hobbykeller in voller Heimwerkermontur werkelte. Nach den hektischen Monaten der letzten Zeit und der Beinahe-Katastrophe in Dubai tat mir das richtig gut. Ich wollte Kraft tanken, bevor ich dann noch einmal Vollgas gab und den einen oder anderen DAG abzockte, wobei DAG für »dümmster anzunehmender Geldsack« steht. Lange konnte ich dieses Leben nämlich nicht mehr durchziehen. Die naive Zwanzigjährige kann man allenfalls bis Mitte Dreißig spielen, dann lassen einen auch die besten Gene im Stich.

Ein Hubschrauber steht über der Fundstelle der Leiche. Vor dem *Vapiano* parkt ein Wagen mit dem Logo eines bekannten privaten Schmuddelsenders, aus dem ein Kamera- und ein Tonmann springen. Gott segne die Sensationsgier.

Die Leiche pendelt immer noch am Hebezug des Krans über der Förde. Möwen kreiseln kreischend über ihr.

»Gott, wie furchtbar, ich kann gar nicht hinsehen«, flüstert die Kollegin meines Kellners, der mir meine dritte Portion Kieler Sprotten und den Aquavit serviert, ohne hinzusehen. Sein Blick ist auf die baumelnde Wasserleiche geheftet. Er und seine Kollegin bleiben neben meinem Tisch stehen und gaffen. Von hier aus hat man wirklich den besten Blick.

»Das ist ein Mann, oder?«, fragt sie.

Mein Kellner schüttelt den Kopf. »Lässt sich schwer sagen.«

Seine Kollegin schluckt vernehmlich.

»Ich finde, du wirst allmählich ein wenig zu vertraut mit dem Klempner, *min Lütte*«, lauteten die Worte, die das Ende unserer Idylle einläuteten. Dabei knetete Frederik mir die linke Pobacke.

Zu diesem Zeitpunkt genoss ich schon seit zwei Wochen eine heiße Affäre mit Finn, der die Heiztherme der Villa austauschen sollte, sich dafür aber jede Menge Zeit ließ, weil er ja auch ständig abgelenkt wurde. Von mir.

»Mein süßer Hornfisch«, raunte ich und krallte mich sinnlich in Frederiks eisgraue Brustbehaarung, »da läuft nichts, sei unbesorgt.«

Er küsste mich, aber ich merkte, dass er mir nicht glaubte. Ich konnte es förmlich riechen. Misstrauen riecht alkalisch.

Von da an stand er dann auch immer daneben, wenn Finn kam, um an der Therme herumzuschrauben. Zwei Männer in Blau, einer davon sah aus wie ein sexy *Chippendale*-Stripper, der andere wie ein »Vorher«-Bild bei einem *Pimp-up-my-Handwerker*-Contest.

Wasserleichen findet man, so sie denn an die Oberfläche steigen, in Bauchlage, Kopf nach vorn gekippt, Extremitäten frei treibend. Die Verwesungsgase bilden sich hauptsächlich im Abdomen, typische Ertrinkungsbefunde sind die Ballonierung der Lunge und die Waschhautbildung, also eine gequollene, gefältelte Epidermis, wie man sie bei zu langem

Duschen auch als noch Lebender kennt, nur dass es nach einer Woche Dauerliegen im Wasser die ganze Epidermis überzieht und nicht nur die Fingerkuppen.

Die Bergung der Kieler Wasserleiche geht relativ langsam vonstatten. Ich habe meinen letzten Teller mit Kieler Sprotten schon genüsslich leer geputzt und kippe meinen dritten Aquavit, da hängt der fäulnisgrünblaue Leichnam immer noch am Haken, den die Taucher im Handwerkeroverall befestigt haben.

Der Trick ist, die Sache nicht zu lange auszudehnen. Sagen die alten Häsinnen in meinem Gewerbe. Sobald es vorbei ist, ist es vorbei. Die Zielperson darf nicht wütend werden, höchstens traurig, weil ihr das Herz gebrochen wurde. Dann gibt es in aller Regel auch keine Anzeige, wenn eine popelige Rolex fehlt und die 10.000 Schleifen aus der geheimen Portokasse in der Sockenschublade. Mal nur so als Beispiel genannt. Manchmal sind es auch die goldenen Manschettenknöpfe und eine Ming-Vase.

Bei Frederik dehnte ich es definitiv zu lange aus. Warum? Keine Ahnung. Vielleicht gefiel es mir in Kiel einfach zu gut. Jedenfalls blieb am Schluss nur noch eine einzige Lösung.

Eine finale.

Aber, ehrlich gesagt, war das nichts Neues für mich.

Zwei der Retter sowie ein Streifenbeamter kommen ins *Vapiano,* um sich mit heißer Schokolade zu wärmen. Die Luft kühlt jetzt doch merklich ab, auch wenn das Wasser noch spätsommerlich warm ist, weshalb die Leiche wohl auch so schnell aufgestiegen ist.

»Zahlen, bitte!«, rufe ich meinem Kellner zu, der immer noch an der Fensterfront steht und gafft. Ich ziehe mir am Tisch die Lippen nach, stehe auf und schlüpfe in meinen für die Jahreszeit zu warmen Nerzmantel – also gut, Frederiks Nerzmantel, genauer gesagt, der Nerzmantel seiner toten Frau, aber die wird ihn ja nun wirklich nicht vermissen. Dann ziehe ich meinen Rollkoffer zur Kasse.

»Schrecklich, einfach schrecklich«, sage ich zu dem Kellner, ohne das näher zu erläutern. Ist ja klar, was ich meine.

»Ja, nicht wahr!«, erwidert er deshalb auch gleich und schüttelt den Kopf. Ein Kopf wie von einem antiken, griechischen Bildhauer in Marmor gemeißelt, mit langen, dunklen Locken und markanter Adlernase.

Der Kellner hätte mir auch gefallen. Sieht ein bisschen so aus wie Finn, nur in Dunkel.

»Die arme Frau«, sagt einer der Retter. »Ist offenbar tatsächlich die Vermisste aus Brunswik. Von ihrem Ehemann misshandelt und jetzt wohl auch ermordet worden. Zumindest ist ihr Mann untergetaucht. Scheißkerl!«

Die beiden Retter, der Streifenbeamte, der Kellner und die Kellnerin schauen mit dem Ausdruck größten Bedauerns zu der Toten, die immer noch in der Luft baumelt.

Eigentlich schade, dass ich keinerlei Bedauern empfinden kann. Konnte ich noch nie und werde ich wohl auch nicht mehr lernen. Dabei ist es objektiv bedauerlich, dass ich wie eine Schwarze Witwe alles töten muss, was mich begattet hat. Die Welt ist zweifellos ärmer ohne die Männer, denen mein Verlangen gegolten hat.

Bestimmt lässt mein zwanghaftes Töten Rückschlüsse auf meine früheste Kindheit zu, die ich allerdings nur in allerbester Erinnerung habe.

Keine Ahnung, warum ich tue, was ich tue. Ich tue es eben. Ich kann ja auch nicht erklären, warum ich Sonnenuntergänge, barocke Blockflötenmusik und Kieler Sprotten mag.

Jedenfalls hatte ich Frau Petersen in Urlaub geschickt, Finn und Frederik mit einem sauberen Streich meines Glücksskalpells – von Mama, einer Chirurgin, geerbt – die Kehle durchtrennt und sie anschließend in einem gewerblichen Großkochtopf aus Edelstahl – bei *Intergastro* online bestellt und per Expressbestellung über Nacht zugestellt – entbeint. Das Fleisch zu entsorgen war kein Problem: Ab in kleine Gefrierbeutel und rein in die Tiefkühltruhe. Das Meiste bekamen aber die dänischen Doggen des Nachbarn. Ich liebe Hunde!

Die Knochen von Finn und Frederik habe ich fein säuberlich in meinem Rollkoffer verstaut. Den werde ich irgendwo endlagern. Vielleicht in der Seine in Paris. Oder unterwegs. Mal schauen. Da bin ich spontan. Habe ich bei all den anderen auch so gehalten und bin stets extrem gut damit gefahren.

Jetzt muss ich aber los. Der ICE wartet nicht.

Showdown in Schmallenberg

Zwölf Uhr mittags. High Noon. Bindfadenregen statt gleißender Sonne. Matschschlieren statt Staubwirbel. Irgendwo unsichtbar, aber umso hörbarer, kläfft ein Rauhaardackel statt eines Präriehunds. Aber sonst ist alles echt. Sogar die Ennio-Morricone-Musik. Nicht aus dem Off, sondern aus den Kopfhörern von Hotte.

Hotte in seiner Regenkombi. Da hätte Kalle mal dran denken sollen. Hat er aber nicht. Er ist klatschnass bis auf die Knochen. Wo's doch im Sauerland durchaus häufiger mal regnet, da war Allwetterschutz eigentlich Pflicht. Kalle könnte sich in den Hintern beißen, aber momentan hat er dringlichere Sorgen. Die Sorgen haben einen Namen. Sie heißen Hotte.

Unerträgliche Spannung liegt körperlich greifbar in der Luft.

Kalle umklammert den Metalldetektor, bis seine Fingerknöchel weiß anlaufen.

Hotte schließt die Augen zu schmalen Schlitzen, in der Rechten ebenfalls einen Metalldetektor.

Der Dackel kläfft.

Die Morricone-Musik pfeift.

Kalle und Hotte starren sich blinzellos an.

Ein Kampf auf Leben und Tod. Sie wissen beide: Es kann nur einen geben!

In der Gemeinde der Hobby-Numismatiker hießen sie die »vier Münzketiere«: Schorsch, Walter, Kalle und Hotte. Man sprach mit Respekt von ihnen. Vier, die ihresgleichen suchten – an Hingabe, Eifer und Wissen. Gemeinsam waren sie unschlagbar.

Zweimal im Jahr trafen sie sich, reihum rollierend, nur nicht bei Kalle, der wohnte noch bei seiner Mutter, und die wollte keine Fremden im Haus und auf ihren guten Schonbezügen. Man zeigte sich die jeweils neuesten Schätze, fachsimpelte und diskutierte. Freute sich über die seltenen, aber doch vorkommenden spektakulären Münzfunde.

Wie beispielsweise damals in Schmallenberg. Genauer gesagt, Schmallenberg Ortsteil Bödefeld. Eine urlaubernde Familie aus dem Norddeutschen hatte mitten im Wald, direkt neben dem Wanderweg, eine unglaubliche Entdeckung gemacht. Der neunjährige Sohn der Familie hatte im Grün etwas Goldenes funkeln sehen und geglaubt, es mit einem Schokotaler zu tun zu haben. Doch wie sich nach kurzem Buddeln zeigte, handelte es sich mitnichten um einen Schokotaler, sondern um rund hundertdreißig Münzen (nicht essbar) von 1577 bis 1696 in einem zerbrochenen Krug. Eine Sensation!

In der Fachwelt wurde viel spekuliert über diesen Fund am Wegesrand. Anno dunnemals waren die Münzen etwa fünfzig Taler wert gewesen, ein kleines Vermögen. Hatte ein reisender Händler es aus Angst vor marodierenden Räuberbanden hastig vergraben? War es der Sparstrumpf, will heißen Sparkrug, eines ansässigen Bauern? Das würde wohl auf ewig ein Rätsel bleiben. Die Welt – und auch die vier Münzketiere – hatte den Schatzfund bald darauf wieder vergessen.

Und dann kam der letzte Sommer. Schorsch, der einzige Ehemann unter ihnen, war von seiner Gerda zu einem Kurzurlaub genötigt worden. Während Gerda in Schmallenberg shoppen ging – das konnte man dort ausgiebig und enorm gut –, fuhr Schorsch mit seinem Metalldetektor ins vorgelagerte Bödefeld.

Und da war es passiert. Das Unglaubliche. Das Unfassbare. Sein Metalldetektor schlug an, mitten im farnigen, moosigen Wald, mehrheitlich Fichtenwald, neben rosa blühendem Ziegenzucker. Und als Schorsch mit seinem Klappspaten zu buddeln begann, wurde er auch gleich fündig. Eine mit Grünspan überzogene Münze! Schorsch war außer sich. Es handelte sich um eine *Franckfurter Stadt Müntz* von 1694, Wert sechzig Kreuzer, noch »prägefrisch« bei seiner Versteckung. Genau so eine Münze hatte sich auch im Schatz von Bödefeld befunden. Schorsch war sich sicher: Da lag noch mehr im Boden!

Das hätte er melden sollen.

Das hätte er melden *müssen*.

Tat Schorsch aber nicht.

»Melden kann man das immer noch«, sagte er. »Zuerst muss der Rest gehoben werden. Damit gehen wir in die Geschichte ein! Und werden reich!« Er sagte das nicht zu sich, sondern nach seiner Rückkehr zu seinen drei Mitmünzketieren. Hätte er mal schön bleiben lassen sollen.

»Wir heben den Schatz gemeinsam. Alle für einen, einer für alle!«, erklärte Schorsch, ein Kerl wie eine deutsche Eiche, und strahlte in die Runde.

»Ich kann nicht schwer heben, das wisst ihr. Ich hab Rücken«, warf Walter ein. Klein, schmächtig, schütter. Finanzbeamter, wegen mehrmaliger Bandscheibenvorfälle im Vorruhestand.

»Der Kalle soll heben, der ist noch jung«, scherzte Hotte, was übrigens keine Verballhornung von Horst war, sondern von englisch *hot* kam, was soviel hieß wie *heiß*. Denn Hotte hielt sich für heiß. Das sah man an seinen offenen Hemden, den Goldkettchen um den Hals, der Dauerwelle. Und an den wechselnden Blondinen an seinem Arm.

»Äh«, wandte Kalle ein. Muttersöhnchen. Loser.

»NRW ist fair zu seinen Findern. Wir kriegen die Hälfte des Schätzwertes«, verkündete Schorsch, als hätten sie den Schatz schon gefunden. »Dann teilen wir fifty-fifty. Fünfzig für mich und fünfzig für euch.«

Hotte und Walter sahen sich an. Nur Kalle stutzte nicht.

»Mooment«, unterbrach Walter, der schon immer gut mit Zahlen gekonnt hatte, deshalb war er ja auch Finanzbeamter geworden und nicht, sagen wir mal, Müllmann.

»Wieso kriegen wir drei zusammen so viel wie du allein?«, verlangte Hotte zu wissen.

»Ich habe den Schatz aufgetan! Ohne mich wüsstet ihr gar nicht, dass es in Schmallenberg noch was zu holen gibt.« Für Schorsch war die Sache sonnenklar.

»Das sehe ich anders«, gab Walter zu bedenken. »Wir heben ihn alle gemeinsam. Also teilen wir das Geld gleichmäßig auf. Will heißen: Fünfundzwanzig Prozent pro Nase.« Wie gesagt, er konnte gut mit Zahlen.

»Was soll das werden? Meuterei?« Schorsch lief krebsrot an.

»Meuterei? Sind wir hier auf der *Bounty*? Bist du der Kapitän?« Hotte gab den Fletcher.

»Was?«, rief Kalle, der insgesamtheitlich nur Bahnhof verstand.

»Wir machen es so, wie ich es sage!«, brüllte Schorsch und wurde noch roter. Hummerrot. »Nur *ich* kenne den Fundort der Münze. Ohne mich seid ihr aufgeschmissen.«

Walter und Hotte blickten auf die Wanderkarte *Schmallenberg im Hochsauerland* im Maßstab 1:10.000, auf der ein dickes X die Fundstelle markierte.

Schorschens Augen folgten ihrem Blick.

Hotte fuhr seinen Arm am schnellsten aus.

»Ich sage, jeder für sich!«, rief Hotte noch, dann rannte er auch schon aus dem Nebenraum der Kneipe *Honoria*, in der sie sich zu dieser außerplanmäßigen Sondersitzung getroffen hatten.

»Geht's jetzt los?«, fragte Kalle.

Aber da machten Schorsch und Walter schon Jagd auf Hotte.

»Macht fünfunddreißig fuffzig!«, sagte der Wirt zu Kalle und baute sich mit verschränkten Armen im Türrahmen auf.

Kalle seufzte.

Nur noch 384.403 Kilometer bis zum Mond. Von Schmallenberg aus. Stand zumindest auf dem Holzwegweiser Weststraße, Ecke Hackwiese.

Schmallenberg. Perle im Hochsauerland. Der *Homo Schmallenbergensis*, der gemeine Schmallenberger also, war ein jovialer, dem Frohsinn zugeneigter Mensch. Was man ihm meist erst anmerkte, wenn man ein Sauerländer Bier mit ihm getrunken hatte. Dann aber umso mehr. Tat man das nicht, mochte man ihn für stur halten. Stur, aber effizient. Darum ging es Schmallenberg auch so gut. Zeugnis davon legten die unzähligen, proper gepflegten Häuser im sauerländischen Fachwerkstil mit und ohne Schieferverkleidung ab. Dazu viel Grün und lecker Essen. Ein wahres El Dorado für Touristen, vornehmlich Familien, Ältere, Wanderer und Niederländer sowie Schnittmengen dieser Gruppen.

Für Schorsch, Walter, Hotte und Kalle sollte Schmallenberg also nun zum Shangri La werden.

Natürlich waren sie alle am Tag nach der Sitzung mit Goldgier im Blick losgefahren. Statt »einer für alle« nur eben »jeder für sich«.

Schorsch kam mit seiner Frau im *Hotel Störmann* unter. Für ihn nur das Beste. Vollpension, Zimmer mit Blick auf die *Falke*-Fabrik.

Hotte, der als Einziger von ihnen mit Frauen Sex hatte, schlief bei einer Zufallsbekanntschaft von der Tanke namens Annika, die er mit seinem geballten Hotte-Charme um den Finger gewickelt hatte.

Walter, dessen Vorruhestandspension nicht gerade üppig zu nennen war, buchte eine Ferienwohnung unten an der Lenne.

Kalle lieh sich, auf Anraten seiner Mutter, die ja im Grunde gegen seinen Ausflug war, den Camper seines Onkels, ein Uraltmodell. Dafür wohnte er dann auf dem Campingplatz Bödefeld, fußläufig vom Fundort des alten und des mutmaßlich neuen Schatzes entfernt.

Am Abend ihrer Anreise aßen Schorsch und Gerda ein köstliches Drei-Gänge-Menü aus »Allerlei Köstlichkeiten von Heinz seine Damhirsche«.

Hotte bekam von Annika immerhin noch zwei Gänge, selbst gekocht – und Annika konnte wirklich gut kochen. Sie konnte auch noch andere Dinge, aber die waren nicht jugendfrei.

Walter gönnte sich einen exzellenten Zander an Rotweinsoße bei *Dornseifer*.

Und Kalle machte sich Dosenravioli auf dem Feldkocher heiß.

Der Morgen der Schatzsuche brach an.

In sattem Grün lag das Sauerland rund um Schmallenberg. Wäre man eine Kuh, man würde hineinbeißen und wiederkäuen wollen. Das viele Grün hatte seinen Grund: Es regnete bisweilen. Auch die Nacht über hatte es geregnet. In diesen frühen Morgenstunden lagen wattebauschige Nebelschwaden in den Tälern, schmiegten sich weich an die Hänge.

»Die Füchse rauchen«, raunten sich die Einheimischen zu und grinsten.

»Und die Hasen kochen Kaffee«, witzelten andere weiter.

Vier Männer standen derweil einsam im Wald. Genauer gesagt, standen sie an einer Weggabelung. Hügelaufwärts hinter dem Damwildgehege Bödefeld.

Schorsch hatte den teuersten Metalldetektor. Ein protziges, tausend Euro teures Riesenteil, das noch in fünf Meter Tiefe millimetergenau Metall detektieren konnte und ohne komplizierte Menüführung für gute Tiefenleistung auskam. Schorsch trug eine Barbour-Jacke in Jägergrün und farblich passende Hunter-Gummistiefel. Das einzig Bunte an ihm war sein Gesicht. Schon wieder leuchtend rot. »Ohne mich findet ihr den Schatz nie!«, grölte er. Weit oben im Geäst flog etwas Gefiedertes auf. Schorsch drehte sich um und zog in Richtung Norden davon.

»Du kannst mich mal!«, rief Walter seinem verschwindenden Rücken hinterher und stapfte in südliche Richtung, seinen mediokren Metalldetektor für immerhin noch fünfhundert Euro hinter sich herziehend.

»Ich hab' mich noch nie so köstlich amüsiert«, freute sich Hotte und entschied sich für den goldenen Mittelweg, den er jodelnd entlangschritt.

Kalle blieb noch eine Weile unschlüssig an der matschigen Weggabelung stehen. Dann schaltete er seinen Billigdetektor aus Plastik – Schnäppchenangebot für zwanzig Euro bei *Amazon* – ein. Sofort schlug das Gerät an. Kalle freute sich.

Und die Freude schwand auch nicht, als er mit seinem Spaten kurz darauf ein Euro-Centstück ausgegraben hatte. Es war der Glücks-Cent eines Waldarbeiters, allerdings ein eigensinniger Glücks-Cent, der – wie sich in den kommenden Tagen zeigen würde – sein Glück nicht wahllos verteilte. Also, zumindest nicht an Kalle.

Keiner der vier Männer hatte es eilig. Irgendwo hier musste der Schatz sein. Sie würden ihn finden und wenn sie bis zum jüngsten Tag mit ihren Metalldetektoren den Wald durchstreifen mussten. Ruhm und Ehre warteten auf sie, vom Finderlohn ganz zu schweigen.

Jeden Morgen um halb sieben trafen sie sich an der Weggabelung und musterten sich minutenlang feindselig – vier Münzsucher, die dem anderen spinnefeind waren und ihm nicht das Grünspangrün unter dem Fingernagel gönnten.

Da der ursprüngliche Münzfund am Wegesrand erfolgt war, hielten sich Schorsch, Walter und Hotte an die Wege, und nur Kalle sondierte die Gabelung.

Die Wut köchelte in ihnen. Am dritten Morgen kochte sie über.

»Ihr seid ein ganz fieses Pack!«, donnerte Schorsch, und das Rot seines Gesichts fand sich auf keiner natürlichen Farbskala mehr. »Der Schatz gehört mir!«

»Große Klappe, nichts dahinter«, schmauchte Walter, der seine Pfeife nicht aus dem Mund nahm und beim Reden demzufolge kleine Wölkchen ausstieß. »Wer's findet, darf's behalten.« Das war so nicht ganz richtig, taugte aber als Argument in diesem Kleinkrieg.

Hotte sagte nichts, er feilte sich die Nägel. Annika hatte sich in der Nacht beklagt.

Kalle sagte auch nichts. Er war am Abend zuvor rein zufällig in ein Schützenfest geraten, als er sich auf dem Weg nach Schmallenberg verfuhr, hatte mit den einheimischen Schützen – also quasi mit allen Männern des Dorfes, weil man hier schon bei der Geburt in einen Schützenverein eintrat – ein Bier getrunken und noch eins und noch eins und hatte gemerkt, dass er nicht mithalten konnte, aber da war es schon zu spät, und so hatte er unter einer Bierbank genächtigt und litt jetzt unter Gliederschmerzen und einem ausgewachsenen Kater.

»Ich sage euch: Das lasse ich mir nicht gefallen! Ich werde Maßnahmen ergreifen!«, warnte Schorsch. »Das hier ist noch nicht mein letztes Wort!«

War es dann aber doch. Denn noch am selben Abend fand man ihn tot im Schindergraben.

»Da hat man früher Fleischabfälle entsorgt«, sagte Kalle am nächsten Morgen. Er war erschüttert, seit er im Ort von dem Leichenfund erfahren hatte.

»Dann passt das ja!«, meinte Hotte, der vor nichts Respekt hatte, auch nicht vor den Toten. Einst hatte jemand aus dem Grab des alten Schmallenberger Friedhofs, das in Rufweite zum Schindergraben lag, der Leichenschmausgesellschaft zugerufen: »Die Ewigkeit gibt es doch!«, aber Kalle konnte lauschen so viel er wollte, er hörte Schorsch nicht rufen.

»Und? Wer von euch beiden ist es gewesen?«, fragte Walter und paffte hektisch an seiner Pfeife.

»Was gewesen?«, fragte Kalle.

»Das war doch kein Unfall. Eben droht er uns noch … und gleich darauf ist er tot.« Walter schüttelte wissend den Kopf. »Hotte? Hast du ihn mit einer deiner Goldketten erwürgt?« Walter lachte trocken. »Oder du, Kalle? Hast du ihn mit deinem billigen Plastikklappspaten erschlagen?«

»Was?« Kalle guckte entgeistert.

Hotte blieb ganz ruhig. »Ich nehme dann jetzt die Strecke, die der Schorsch sonst immer gelaufen ist«, sagte er und ging los.

»Das wirst du nicht!« Walter warf sich ihm in den Weg.

»Werd' ich doch! *Du* wirst mich nicht daran hindern.« Ein Schweißtropfen kullerte über Hottes Stirn und anschließend im Slalom durch seine Drei-Tage-Bart-Stoppeln.

»Und wie ich das werde!«, schmauchte Walter wie eine Dampflok.

Gleich darauf musste Kalle entgeistert zuschauen, wie sich Hotte und Walter im Matsch windelweich kloppten.

Kalle machte da nicht mit. Am nächsten Tag ging er ins Stadtarchiv und ließ sich dort sehr freundlich erklären, dass es sich bei den ursprünglich gefundenen Münzen – die mittlerweile in einem Schaukasten der Schmallenberger Sparkasse ausgestellt waren – mit hoher Wahrscheinlichkeit, ja höchster Wahrscheinlichkeit um einen Einzelfund handelte und es keine weiteren Münzen geben würde. »Die Fachleute aus Münster haben sich das ganz genau angesehen. Sie verschwenden nur Ihre Zeit.«

Kalle wollte sich aber von niemandem mehr sagen lassen, was er zu tun oder zu lassen hatte. Weder von Mama noch von einem Historiker, mochte er auch noch so freundlich sein. Und überhaupt fand er es an der Zeit, das Steuerruder seines Lebens herumzureißen. Kalle pumpte sich mit Optimismus auf wie ein Maikäfer, bevor er in die Lüfte geht. Seine Siegesgewissheit war grenzenlos.

Bis er abends auf dem Campingplatz von einem Standnachbarn hörte, dass man in einer Ferienwohnung in Schmallenberg einen Toten gefunden hatte. Einen Walter irgendwas. Mit eingeschlagenem Schädel. Die erkaltete Pfeife noch im Mundwinkel.

Kalle schluckte schwer.

Und nun war es soweit.

Sie standen sich gegenüber. Mit geblähten Nüstern. Die Metalldetektoren im Anschlag.

»Du glaubst allen Ernstes, dass du gegen mich eine Chance hast?«, lästerte Hotte.

Kalle würdigte ihn keiner Antwort. Gary Cooper oder Clint Eastwood sagten ja auch nichts, wenn sie sich mit dem Bösewicht ein Duell lieferten. Spuckten höchstens in den Sand. Kalle hätte gern in den regennassen Matschboden gespuckt, aber vor Angst war er völlig dehydriert und somit spuckelos.

Kalle starrte Hotte an. Dieser Fatzke, den er für einen Freund, ja einen Numismatiker*bruder* gehalten hatte, war verantwortlich für den Tod von zwei Menschen. Unvorstellbar. Die Gier nach Gold hatte aus Hotte ein Monster gemacht. Hotte würde ihn mit seinem Metalldetektor erschlagen, da war sich Kalle sicher.

Hotte wiederum starrte Kalle an. Hatte er ja schon immer gewusst, dass dieses mickrige Kerlchen einen an der Waffel hatte. Dieser Loser. War zum psychopathischen Serienkiller mutiert. Vor Kalles Plastikdetektor hatte er eigentlich keine Angst, aber man wusste ja, dass diese Durchgeknallten übermenschliche Kräfte entwickeln konnten, und womöglich hatte Kalle Schorsch und Walter sogar mit bloßen Fäusten erschlagen.

Die Zeit verstrich.

Man hörte nur das Plätschern des Regens.

Und das Rauschen des Blätterdaches.

Ein Käuzchen rief.

Ein Wildschwein grunzte.

Der Moment der Entscheidung nahte ...

- Ende -

P.S.:

Gerichtsmediziner Plassberg schaltete das Diktiergerät aus. Zwei verdächtige Todesfälle binnen einer Woche, das hatte man im idyllischen Hochsauerland nicht oft. Aber wie sich zeigte, hatte einer der beiden beim Abendspaziergang mit seiner Frau einen schweren Herzinfarkt erlitten und war tot zusammengebrochen – hatte offenbar schon seit Langem an akutem Bluthochdruck gelitten – und der andere war vor den Augen dreier entsetzter Nachbarn betrunken die Treppe zu seiner Ferienwohnung heruntergefallen und hatte sich das Genick gebrochen. Plassberg zog den weißen Kittel aus. Ausnahmsweise mal pünktlich Feierabend. So lobte er sich das.

P.P.S.:
»Gironimo!« und »Fandango!« schreiend rennen Hotte und Kalle aufeinander zu, ihren jeweiligen Metalldetektor schwingend, Mordlust in den Augen blitzend.

Auf halber Strecke stolpert Kalle und fällt bäuchlings in den Matsch.

Und gerade als Hotte ihn erreicht hat und den Detektor schwer auf Kalles niegelnagelneues Toupet sausen lassen will, fährt Kalles durch den Sturz tief in den Schlamm gekrallte Rechte triumphierend nach oben. Etwas in ihr glitzert.

Eine original *Franckfurter Stadt Müntz* ...

Natürlich wild!

Seid's ihr noch bei Trost? Macht's, dass ihr wegkommt! Aber sofort! Schleicht's euch!« Der Grünberockte stapft mit wuchtigen Schritten durchs Unterholz auf unser Zelt zu. Die gezwirbelten Enden seines voluminösen Backenbartes wippen. Sie wippen ungnädig.

Jäger hassen Wildcamper.

Jetzt und für alle Zeit und immerdar. Auch noch nach dem Ende unserer Erde, wenn die Sonne erst zum roten Riesen und dann zum weißen Zwerg und letztlich zum schwarzen Loch wird, wenn das Universum beschließt, doch wieder in sich zusammenzufallen, selbst dann noch, in dieser zeitlich unendlichen Ferne, werden Jäger Wildcamper hassen.

Weil wir angeblich die Beute vertreiben. Oder eine Brandgefahr für den Wald darstellen. Alles haltlose, aber typische Vorurteile gegen Wildcamper.

Wir Wildcamper sind jedoch ganz anders. Wir machen kein offenes Feuer, wir lassen keinerlei Müll zurück, wir sind mucksmäuschenstill und wir vertreiben kein Wild. Im Gegenteil. Mir hat schon mal ein Damhirsch aus der Hand gefressen. Wahre Geschichte! Ich kann enorm gut mit Tieren.

Onkel Schorsch und ich sind überhaupt gut zur Natur. Das müssen wir auch, denn wir sind eins mit ihr. Wir gehören nämlich zu den letzten, natürlich lebenden, wirklich freien Menschen auf diesem Globus - zu den Wildcampern.

Den Hardcore-Wildcampern!

Hardcore-Wildcampen ist die angesagteste neue Trendsportart. Sagt Onkel Schorsch.

Es ist im Grunde ganz einfach: Man gibt blind Koordinaten in sein GPS-System ein und fährt dann los. Wo immer man landet, da wird gecampt. Keine Ausnahmen! Wir lagerten schon an den unglaublichsten Locations. In der Ortsmitte von Pissen im Landkreis Merseburg-Querfurt. Wahrer Name! Auf dem Gelände der Kläranlage von Murrhardt im Rems-Murr-Kreis. Oder eben im tiefen, tiefen Wald. Wie jetzt gerade. Im Bayrischen Wald.

Mein Onkel Schorsch hat das Hardcore-Wildcampen erfunden. Mein Onkel Schorsch erfindet so allerlei. Ist nicht immer sinnvoll oder nützlich, aber wer bin ich, dass ich was dagegen sage, schließlich hat mich mein Onkel aufgenommen, als meine Mutter mit dem Postboten durchgebrannt ist. Da war ich zehn. Wer mein Vater war, kam nie raus. Der Postbote jedenfalls nicht, der hat einen afrikanischen Migrationshintergrund. Mein Vater muss aber aus Asien kommen. Weil ich aussehe wie Mao selig. Sagt Onkel Schorsch.

Meine Mutter war offenbar immer schon multkulti.

Onkel Schorsch macht das nichts. Für ihn bin ich Schorschi junior und damit gut.

Der Backenbart-Jäger in seiner schmucken Loden-Tracht schwingt im Näherkommen drohend seine Flinte. Er scheint echt sauer zu sein. Vielleicht, weil sein Wald jetzt ein Loch hat?

Als wir an der Stelle angekommen sind, die das GPS-System ausgespuckt hat (also, fast an der Stelle, der Wald wurde irgendwann zu dicht für unseren Geländewagen und da hat Onkel Schorsch beschlossen, dass der Annäherungswert auch gilt), war es früher Nachmittag.

Onkel Schorsch hat gleich die Kettensäge rausgeholt und eine Schneise ins buschige Unterholz geschlagen, damit ich das Zelt aufbauen kann. Also, okay, das ist jetzt irgendwie schon ein Eingriff in die Natur, aber beim Wildcampen muss ein Mann manchmal tun, was ein Mann tun muss. Sagt Onkel Schorsch. Ursprünglich hat er das zu mir gesagt, als wir einmal in einem Maisfeld nahe Halle an der Saale ohne Toilettenpapier campierten und ich nötig musste. Damals habe ich ganz praktisch gelernt, dass die Blattspreiten von Maisblättern leicht rau, mitunter zerstreut behaart und zum Rand hin wellig sind. Beim Wildcampen lernt eben nicht nur der Kopf, sondern auch der Hintern. Mehrwert, nennt Onkel Schorsch das.

Während ich das Zelt aufbaute und die überzähligen Häringe – bei mir sind immer Häringe überzählig – in Form eines Glück bringenden Pferdehufes in den Boden rammte, hat er den Platz rundherum nach Spuren von Wild überprüft, nach Fußabdrücken, aber auch nach Ausscheidungen. Nicht, dass wir mitten in der Nacht von einem Bären aus dem Zelt gezerrt und gefressen werden. Onkel Schorsch achtet immer sehr auf Sicherheit.

Mir ist nie wohl, wenn wir im Wald wildcampen. Nicht wegen der Tiere. Wegen der Menschen. Marodierende Rumänenbanden. Oder eben Jäger.

»Was, wenn uns mal einer erschießt?«, habe ich den Onkel gefragt. »Das kann doch passieren.«

»Ja klar, oder dir fällt ein Meteor auf den Kopf«, hat er geantwortet. Damit war für ihn das Thema erledigt.

Aber jetzt, angesichts des grantigen Backenbarts, kommen meine Ängste wieder hoch. »Schleicht's euch, hob i gsagt!«, dröhnt er und schwenkt die Flinte.

Onkel Schorsch und ich kommen aus Hannover, wo man Hochdeutsch spricht, deswegen verstehe ich die Eingeborenendialekte in den entlegeneren Winkeln der Republik nicht immer, aber es ist doch eindeutig herauszuhören, dass der Mann uns hier nicht haben will.

Onkel Schorsch bleibt die Ruhe selbst.

Ich bekomme dagegen stressinduzierten Schluckauf. Wie immer, wenn ich unter Druck stehe. *Hicks*.

Plötzlich schießt aus dem Unterholz – und wegen demselben bis dato unsichtbar - der Rauhaardackel des Backenbartjägers hervor.

Ich vergesse kurz meinen Schluckauf, weil ich Tiere total lieb habe und ich enorm gut mit Tieren kann, also beuge ich mich vor, um dem Dackel meine Hand entgegenzustrecken, damit er daran schnuppern kann. Die Geschosslaufbahn des Dackels führt auch direkt auf mich zu und ich lächele schon der schleckenden Hundezunge entgegen und der Dackel hechelt schwer und ... verbeißt sich knurrend in meine Hand.

Ich schreie.

Und bekomme wieder Schluckauf. *Hicks*.

Weil man aber nicht gleichzeitig schreien und Schluckauf haben kann, muss ich abwechselnd schreien – *aaaah* – und hicksen – *hicks*.

Aaaa, hicks, grrr, aaah, hicks, grrrr, aaah, hicks.

Onkel Schorsch und der Jäger stehen daneben und schauen uns an.

»Pfeifen Sie Ihren Hund zurück«, verlangt Onkel Schorsch.

»Ihr Bub hat Waldi provoziert«, verteidigt der Jäger seine Kampfmaschine.

Ich höre nur heraus, dass der Jäger mich für den Sohn von Onkel Schorsch hält, und freue mich riesig, weswegen ich den Schmerz kurzzeitig vergesse und nur noch hickse. *Hicks*.

Grrrr.

»Gutes Hundi«, sage ich zu dem Dackel, aber der funkelt mich nur aus schwefelgelben Hundeaugen diabolisch an. Das ist kein Tier, sondern eine Kreatur der Hölle. Kein Wunder, dass er mich gebissen hat. Ein echter Hund hätte das nicht getan. Weil ich nämlich enorm gut mit Tieren kann. *Hicks.*

»Hören Sie, guter Mann ...«, fängt Onkel Schorsch an, wird aber von dem Jäger schnöde unterbrochen.

»I bin net Ihr guter Mann. Und ihr fangt's euch eine Anzeige wegen unerlaubten Campens ein, damit des klar is'. Wenn's hier einen Handy-Empfang hätt, hätt i schon längst die Polizei verständigt.« Der Jäger zieht einen Notizblock aus der Lodenjackeninnentasche und notiert sich das Kennzeichen von Onkel Schorschens Kleinwagen.

Grrrr.

Hicks.

Ich versuche, Waldi abzuschütteln, aber der Dackel hat offenbar so eine Beißsperre und hängt fest und lässt auch dann nicht locker, als sein Körper wie eine Marionette hin und her geschleudert wird. Das mache ich natürlich nicht lange, damit der Hund kein Schleudertrauma bekommt.

»Ich bitte Sie, wir können uns doch sicher gütlich einigen«, verhandelt Onkel Schorsch. »Wie wäre es denn erst einmal mit einem schönen, kühlen Bier? Schorschi, hol die Kühltasche aus dem Kofferraum.«

»Nix! Ihr verjagt's mir das Wild«, brummt der Jäger und steckt das Notizbuch wieder weg. »Und ihr habt's euch am Wald vergangen.« Anklagend zeigt er auf die Kettensäge, die Onkel Schorsch noch in der Hand hält.

Ein echter Kerl hat auch eine echte Säge, sagt Onkel Schorsch immer. Er sägt gern. Nicht immer punktgenau. Seine Kumpels nennen ihn Acht-Finger-Schorsch.

Ich weiß noch – das ist eine meiner schönsten Kindheitserinnerungen –, eine Kettensäge war das erste Weihnachtsgeschenk von Onkel Schorsch an mich, als ich damals für immer zu ihm kam. Das Kinderkettensägen-Set »Bosch mini«: eine kleine Kettensäge mit realistischem Sägegeräusch, die beim Sägen blinkte, und dazu einen Helm und gestreifte Arbeitshandschuhe.

Also, Onkel Schorsch hat nicht wirklich viel weggesägt, nur ein paar Büsche und so ein paar nadelige Babybäume. Wir haben ja auch nur ein Zwei-Mann-Zelt, das braucht nicht viel Platz.

»Lassen Sie uns doch wie Erwachsene darüber reden«, sagt Onkel Schorsch und ... geht auf den Jäger zu und ... stolpert über den Glücksbringerpferdehuf aus den überzähligen Heringen, die ich in den Boden gerammt habe, und ... im Stolpern geht irgendwie die Kettensäge an und ... Onkel Schorsch fällt nach vorn und ganz knapp am Jäger vorbei ... und die jaulende Kettensäge fällt auch nach vorn ... aber nicht am Jäger vorbei.

Tja ...

Onkel Schorsch hat immer gesagt, man kann gar nicht früh genug zum Mann initialisiert werden, und hat mich von Anfang an zu den sonntäglichen Horrorfilmabenden mit seinen Kumpeln mitgenommen. Ich habe Popcorn spachtelnd *Saw* 1 bis 3, *Final Destination* 1 bis 4, *Haus der 1000 Leichen*, *Kill Bill* und natürlich *Texas Chainsaw Massacre* gesehen, aber nichts davon war so gruselig wie die Blutfontäne, die jetzt aus dem Schulterstumpen spritzt, an dem eben noch der linke Arm des Jägers hing.

Der Jäger ist so entsetzt, dass er nicht mal schreit.

Waldi ist so entsetzt, dass er aufhört zu knurren und mich loslässt.

Ich bin so entsetzt, dass ich in Ohnmacht falle.

Als ich wieder aufwache, herrscht Totenstille im Wald und der Jäger liegt am Boden. Seine Beine zucken zwar noch, aber Onkel Schorsch sagt: »Der ist hinüber.«

Wenn es Handyempfang gegeben hätte, hätten wir den Notarzt verständigen können, aber das hätte wohl auch nicht viel gebracht: Wir waren mitten im Wald, da kann kein Hubschrauber landen.

Ich rappele mich auf.

Waldi macht »Wuff!«, wedelt mit dem Schwanz und packt den abgetrennten Arm in Höhe des Handgelenks.

»Schau dir den an, der will apportieren«, freut sich Onkel Schorsch.

Ich erbreche mich in unseren Picknickkorb, woraufhin sich Onkel Schorsch schon weniger freut.

»Was machen wir denn jetzt?«, frage ich, nachdem alles aus mir raus ist, und wische mir mit dem Hemdsärmel über den Mund.

Onkel Schorsch wirft die Kettensäge wieder an.

»Hol schon mal die Kühltasche«, sagt er zu mir.

50.33851 N Breite, 6.95498 E Länge, Höhe 588,4 Meter. Das sind unsere neuen GPS-Koordinaten.

Was geil ist, denn das liegt quasi direkt am Nürburgring. Auge in Auge mit dem Asphalt, Nase an Nase mit den Auspuffgasen.

An einer Wiese in Hanglage mit Blick auf einen etwas abgelegeneren Streckenabschnitt. Es findet gerade kein Rennen statt; offenbar werden nur zwei neu entwickelte Autos getestet, das muss so sein, denn die tragen alle so eine Art Verhüterli, einen Überzug, damit die Industriespione der Konkurrenz keine Details erkennen können. Hat Onkel Schorsch gesagt.

»Hast du den scharfen Senf bekommen?«, fragt Onkel Schorsch, als ich mit Waldi vom Einkaufen zurückkomme.

Ja, Waldi.

Wir haben Waldi natürlich nicht zurückgelassen. Allein im Wald hätte der Dackel doch nicht überlebt.

»Es gab nur den mittelscharfen Senf«, sage ich zu Onkel Schorsch.

Er brummt unzufrieden.

Vor ihm auf dem Holzkohle-Kugelgrill brutzelt das Fleisch. Für meinen Geschmack schon ein bisschen zu gut durch, aber Waldi baut sich sabbernd vor dem Grill auf und wartet auf seinen Anteil.

Man liest ja immer, es würde wie Huhn schmecken. Manche sagen auch, wie Pute. Andere wie Schwein. Ich finde, man schmeckt immer durch, was es in Wirklichkeit ist. Darum bekomme ich das Fleisch auch nur mit viel Senf runter. Der scharfe Senf wäre besser gewesen, aber den gab's nicht.

Plötzlich taucht – wie aus dem Nichts – ein eleganter, älterer Herr mit einem Weimaraner auf.

Waldi und der Weimaraner beschnüffeln einander.

»Ist Ihre Dackelin rollig? Dann müssen wir eingreifen, mein Thor ist nämlich nicht kastriert«, sagt er, statt einer Begrüßung.

Ich schaue auf der Plakette am Halsband von Waldi nach und tatsächlich, da steht Waldburga. Also gut, was soll's, ich habe nie behauptet, dass ich im geschlechtlichen Auseinanderhalten besonders gut bin.

»Ich hoffe, es ist okay, dass wir uns hier für eine Nacht niedergelassen haben?«, fragt Onkel Schorsch, immer noch im Campinghocker sitzend. »Ein Bier?«

»Ich bitte Sie, wir sind doch ein freies Land«, sagt der Herr. »Und zu einem Bier sage ich nicht nein.«

Onkel Schorsch zieht zwei Henkelflaschen aus der Kühltasche.

»Wollen Sie mitessen? Es ist genug für alle da«, bietet Onkel Schorsch an, obwohl ich heftig den Kopf schüttele.

»Sehr gern«, sagt der Herr.

»Schorschi, hol den zweiten Klappstuhl und den Gästeteller«, befiehlt Onkel Schorsch.

Ich starre ihn nur an.

»Nun mach schon, Junge. Lass unseren Gast nicht warten.«

Also mache ich es.

Neben unserem Geländewagen kopulieren Weimaraner Thor und Dackel Waldi. Das gibt dann demnächst wohl Weimardackel. Oder Dackleraner.

Unser Gast beugt sich zum Grill vor. »Riecht köstlich«, befindet er.

Ich stelle den zweiten Klappstuhl gleich neben Onkel Schorsch auf. Der sticht eine Gabel in eines der Fleischstücke, wuchtet es auf einen Pappteller, schnüffelt kurz und sagt: »So lobe ich mir das: gutes Essen, über einem nichts als der Himmel und dazu ein kühles Bier. Ja, das ist das wahre Leben.«

»Wie recht Sie haben«, kommentiert der Herr und beißt ab. »Hm«, sagt er gleich darauf, »schmeckt etwas eigenartig.«

Onkel Schorsch beißt ebenfalls zu, kaut und spuckt in hohem Bogen wieder aus. Der Gast entsorgt seinen Bissen vornehm in seinem Taschentuch.

»Was ist das?«, verlangt Onkel Schorsch von mir zu wissen und springt auf die Beine.

»Kräutertofu, extra zum Grillen. Der Arzt hat gesagt, du sollst kein Fleisch mehr essen, Onkel Schorsch. Und außerdem, finde ich, sollte man keine Tiere essen.«

Wie gesagt, ich mag Tiere.

Was jetzt?

Haben Sie etwa geglaubt, dass wir den Jäger in Einzelteilen zerlegt im Kühlbeutel mit uns führen und häppchenweise in unserem Verdauungstrakt entsorgen?

Unsinn! Den toten Jäger haben wir im bayrischen Wald verbuddelt. Er ruhe in Frieden.

Also echt, Hardcore-Wildcamper sind doch keine Kannibalen! Das ist übrigens auch eines dieser haltlosen, aber typischen Vorurteile ...

Wer ko, der ko – wer ned ko, der ko ned, au ned im Chiemgau ...

Dass ich zum Auftragskiller wurde, hat eine Frau zu verantworten. Konkret gesagt, die Uschi. Sie hat mir meine Unschuld genommen, meinen Glauben an die Menschheit und meinen Daihatsu Cuore. Danach war ich nie wieder derselbe. Für eine abgeschlossene Lehre hat's nie gereicht, aber Leute niederknüppeln konnte ich schon immer, also dachte ich, mach' ich einen Beruf daraus. Es läuft noch nicht ganz rund, aber jedes Ein-Mann-Unternehmen hat ja erst einmal mit Anlaufschwierigkeiten zu rechnen, nicht?

Der Anruf kam morgens um sieben. Wer denkt, Auftragskiller hätten ein lockeres Leben mit Ausschlafen und so, der irrt.

»Bist du kurzfristig einsetzbar?« Die geschlechtslose Stimme gehörte meiner Agentur.

Ich bin quasi Unterauftragsnehmer. Oder so was Ähnliches. Eine Festanstellung wäre mir zwar lieber gewesen, gibt's aber in meinem Metier nicht. Hätte nämlich steuerrechtliche Konsequenzen, meint die Agentur. Als ob ich Steuern zahlen würde.

»Kurzfristig? Klar!«, antwortete ich mit pelzig belegter Stimme. Die leere Bierflasche kullerte mir vom Bauch. War spät geworden gestern.

»Auftragsort: Gstadt. Zielperson: Henry Mayèr, Exil-Franzose. Zu erledigen bis nächste Woche Montag. Honorar: das Übliche. Richte der Zielperson zum Abschied aus, dass man ›Diego nicht ungeschoren ans Bein pinkelt‹.«

»Das Übliche« war mir eigentlich zu wenig, vor allem, weil ich immer noch kein neues Auto hatte, aber da hatte die Stimme schon aufgelegt.

Gleich darauf plingte mein Smartphone und ich bekam ein grobkörniges Foto der Zielperson: Ein mittelalter Mann mit fleischiger Nase und vollem, schwarzem Haar.

Gstadt. Wo genau lag denn das? Ich googelte es mit meinem schlauen Handy.

Aha. Im Chiemgau. Tschechien. Da wollte ich immer schon mal hin!

Wie sich herausstellte, lag der Chiemgau in Bayern, und Bayern gehörte wohl noch zu Deutschland, wie mir der Beamte am Bahnschalter sagte. War aber trotzdem total schön da. Ich kam Freitagspätvormittag in Gstadt am Chiemsee an, und die Sonne ließ den See funkeln, das glaubt man nicht. So schön!

Ich hatte das »verlängerte Schnupperwochenende« gebucht: in einem guten Gästehaus mit Frühstück, inklusive Schifffahrt zu den Inseln, Besichtigung und Führung Schloss Herrenchiemsee, für 99 Euro pro Person im Einzelzimmer. Da ich meine Zielpersonen immer gleich plattzuklatschen pflege, konnte ich mir lässig noch einen Kurzurlaub gönnen. Dachte ich.

Die Gästehauswirtin gab mir ein Telefonbuch, aber einen Henry Mayèr fand ich darin nicht.

»Kennen Sie einen, der so heißt?«, fragte ich die Dirndl tragende Wirtin, die bestimmt hundert Jahre alt war und jeden in Gstadt kennen musste. So groß war Gstadt schließlich nicht.

»Nein, der ist sicher nicht von hier. Ist das ein Freund von Ihnen?«

»Ja«, log ich, was ich eigentlich nicht gut kann, weil ich dabei immer hektische, rote Flecken im Gesicht bekomme. Ich zeigte ihr das grobkörnige Handyfoto, das sie mit riesigen Augen hinter dicken Lesebrillengläsern studierte, aber sie schüttelte nur den Kopf.

»Das kann höchstens ein Gast hier im Ort sein. Den finden's dann bestimmt heute Abend beim oberbayrischen Spektakel.«

»Beim was?«

»Oberbayrisches Spektakel. Wir bieten unseren Gästen immer eine schöne, einheimische Unterhaltung. Drüben am ehemaligen Campingplatz. Mit dem Unterschwillacher Bauernballett und dem fröhlichen Jodlerspatz. Wird sicher lustig.« Die Wirtin lächelte mir aufmunternd zu.

Ich lächelte skeptisch zurück.

Ich bin dann an meinem ersten Abend in Gstad zu diesem Spektakel, wo ich allen möglichen Leuten mein Handy vor die Nase hielt und mich nach Henry Mayèr erkundigte. Ohne Erfolg.

Na schön, es war einen Versuch wert gewesen. Dann eben morgen.

Den Rest des Abends ließ ich mir das bayrische Bier schmecken.

Am nächsten Mittag – okay, ich hatte bärig verpennt – zog ich aus, Henry Mayèr zu erschlagen.

Den Baseballschläger ließ ich allerdings im Koffer auf meinem Zimmer. Offen gestanden hatte ich ihn wegen meiner Bierbirne schlichtweg vergessen, aber dann kam ich pragmatischerweise zu dem Schluss, es sei ohnehin besser, mich erst mal unverbindlich umzusehen. So ein Baseballschläger wär ja doch irgendwie auffällig gewesen. Die Bayern trugen alles Mögliche mit sich herum, aber eher keine Baseballschläger.

In der Eisdiele am Seeplatz gönnte ich mir die volle Dröhnung – fünf Kugeln Vanilleeis, ich bin schließlich ein großer Kerl – und genoss die Sonne und den Anblick der hübschen Touristinnen. Die hübschen Touristinnen genossen allerdings meinen Anblick nicht so sehr, schien es mir zumindest, wie ich mit Frauen überhaupt so meine Probleme habe – meine Ex, die Uschi, meinte zum Abschied, auf der Liste mit den zehn überzeugendsten Gründen für sexuelle Enthaltsamkeit würde ich die ersten fünf Plätze belegen.

Mit einem Auge hielt ich nebenher auch Ausschau nach einem mittelalten Kerl mit fleischiger Nase und üppigem, schwarzem Haupthaar.

Der Nachmittag verstrich ein wenig arg lässig, das muss ich zugeben. Aber ich war immer schon ein Anhänger der These: In der Ruhe liegt die Kraft. Oder wahlweise: Alles, was sich ergeben soll, ergibt sich von selbst.

Ich hätte zum Strandbad Inselblick gehen können, das Wetter wäre dafür genau richtig gewesen, aber dafür brachte ich ebenso wenig Energie auf wie für meine im Schnupperwochenpreis inbegriffene Inseltour oder die Vogelbeobachtung am Ganszipfel.

Am Kiosk *Läufer* besorgte ich mir die BILD – ja, ich lese! – und fragte, ob der Henry Mayèr hier bekannt sei, was er nicht war. Dann schlenderte ich durch Gstadt, schoss Handyfotos von den besonders idyllischen Ecken und erkundigte mich in der Bäckerei Huber, in der ich mir ein belegtes Brötchen besorgte, das hier aber Semmel hieß, ob jemand den Henry Mayèr kannte, aber keiner kannte ihn.

Also, ehrlich gesagt, das Ganze verlief eher unergiebig.

Bis zum frühen Abend.

Am frühen Abend übermannte mich der Hunger, und da kam mir im Restaurant *Hofanger*, dem »kulinarischen Fenster zur Fraueninsel«, von meiner Gästehauswirtin heiß empfohlen, urplötzlich die Erleuchtung. Ich saß auf der Terrasse, vor mir das glitzernde Bayerische Meer, über mir der tiefblaue Himmel und mit der kühlen Luft vom Ufer des Chiemsees klang der sonnendurchflutete Tag langsam aus. Das ist nicht von mir, das stand auf der Speisekarte vom Restaurant.

Für mich war der *Hofanger* eigentlich einen Ticken zu vornehm. Natürlich trage ich während der Arbeit Armani oder doch wenigstens Hugo Boss, schließlich bin ich Vollprofi, das musste meine Gästehauswirtin falsch eingeschätzt haben. Im Grunde bin ich aber eher so der Currywursttyp.

Also, wie gesagt, ich saß da mit Blick auf den See, als die Erleuchtung glühbirnengleich meinen Kopf zum Strahlen brachte: dieser Exil-Franzose Henry Mayèr nannte sich hier in Gstadt einfach anders, nämlich Heinrich Mayer. Um nicht aufzufallen. Um wie ein Einheimischer zu klingen. Wahrscheinlich trug er sogar Krachlederne zu Kniestrümpfen.

Mann, wenn er *mich* damit täuschen wollte, musste er aber früher aufstehen!

Ich ließ mir vom Kellner ein Telefonbuch bringen und gleich darauf war die Sache geritzt.

Nachdem ich am nächsten Morgen im Café *Inselblick* drei Weißwürscht mit süßem Senf und einer Brez'n verputzt hatte – natürlich vor dem 12-Uhr-Läuten, weil die Weißwürste sich nach dem 12-Uhr-Läuten im Magen aufblähen und einen von innen zerreißen und man dann aufplatzt wie ein entzündeter Blinddarm, wie jeder weiß –, schob ich mir den Baseballschläger unter das Brioni-Jackett und marschierte los. Es wurde mir unterwegs dann doch ziemlich heiß, denn es war ein sonniger Sonntag, und der Heinrich Mayer wohnte außerhalb, man musste ewig in Richtung Kräuterzauber oder wie das hieß laufen, und ich laufe ja nicht so wahnsinnig gern, aber irgendwann war ich dann da, und ich sehe ihn auch gleich, wie er hinter einem so gar nicht typisch bayrischen Haus in typisch bayrisch-speckigen Kniebundlederhosen mit Hosenträgern Holz hackt: mittelgroß, mittelalt, fleischige Nase, volles, schwarzes Haupthaar. Heinrich Mayer alias Henry Mayèr!

Ich beobachte ihn ein paar Minuten, zünde mir eine Fluppe an, schätze die Lage ab, komme zu dem Schluss, dass er allein auf weiter Flur ist, trete die Fluppe aus, nehme den Baseballschläger in beide Hände und marschiere auf ihn zu.

Er hält im Hacken inne, als er mich sieht, wirkt unbesorgt. »Grüß Gott«, ruft er noch.

Ich rufe: »Dem Dingsbums pinkelt man nicht ungestraft ans Bein!« – den Namen habe ich leider vergessen – und hebe wuchtig meinen Baseballschläger.

Doch dann: Überraschung!

Der blöde Mistkerl hebt zeitgleich seine Axt, und hätten wir *Schere, Stein, Papier* gespielt, dann hätte er gewonnen. Die Axt halbiert meinen Baseballschläger völlig mühelos.

Wäre ich nicht Vollprofi, ich hätte mich davon womöglich beeindruckt gezeigt. So aber bohre ich ihm den Baseballschlägerstumpf in den Solarplexus. Was ihm weniger ausmacht, als ich gedacht hatte, weil vor seinem Solarplexus so ein blümchenbestickter, lederner Querriegel ist, der die beiden Hosenträger miteinander verbindet. Blöde Eingeborenentracht!

»Ja, hol mi doch der Deifi ...«, brüllt er wutentbrannt.

Ich will ihm den Ellbogen ins Gesicht rammen, aber da haut er mir schon den Griff der Axt in die Kniekehlen. Ich gehe zu Boden.

Das Letzte, was ich sehe, ist das stumpfe Ende der Axt, das sich zügig in Richtung meines Gesichts bewegt.

Ich blieb nicht lange ohnmächtig. Noch während der Mayer im Haus mit der Polizei telefonierte, man hörte ihn bis in den Garten brüllen, nicht ängstlich, sondern in höchstem Maße echauffiert, rappelte ich mich hoch und schleppte mich davon. Die Bullen würden nichts weiter finden als eine Pfütze Blut und mehrere maiskornartige Gebilde: meine Vorderzähne.

Der Mayer hatte mir auch das rechte Ohr halb abgerissen und bis ans Ende meiner Tage würde meine Sonnenbrille jetzt schief sitzen, aber das war alles noch nicht das Schlimmste.

Das Schlimmste war der Anruf bei der Agentur. Ich wollte noch ein paar Tage rausschlagen. Irgendwie kriege ich diesen Mayer noch erledigt, lispelte ich vollmundig, auch wenn mir mehr danach war, zu Oma zu fahren und mich mit Milchsuppe gesundpflegen zu lassen.

Da stellte sich plötzlich heraus, dass mein Heinrich Mayer doch nicht *der* Henry Mayèr war und ich Gstadt mit Gstaad verwechselt hatte. Dieses Gstaad liegt allerdings nicht im Chiemgau, sondern in der Schweiz. Zwei Orte, die gleich heißen. Ja, mein Gott, woher soll ich das denn wissen? Hab' ich etwa Abitur?

Die Agentur war stinksauer und erklärte unsere Zusammenarbeit ab sofort für erledigt.

Ich kam dann zu dem Schluss, dass ich umsatteln sollte. Habe die restlichen 5000 Visitenkarten *1a Auftragsmorde aus Profihand*, die ich seinerzeit hatte drucken lassen, handschriftlich in *1a Currywurst aus Profihand* umgeändert.

Wenn Sie zufällig mal am Hauptbahnhof Gelsenkirchen vorbeikommen, besuchen Sie mich in meiner mobilen Currybude! Meistens steht die Oma an der Fritteuse, und ich bin mir selbst der beste Kunde. Sie erkennen mich gleich an meinem vorderzahnlosen Grinsen. Bis die Tage, dann!

Liebe à la carte im Schatten der Berge

Ich bin keine Pornozunge, die steif und mechanisch ihr Ding durchzieht. Ich bin – nach jahrelanger Übung – ein Meister des Cunnilingus. Und was ich tue, tue ich gern. Ich liebe es, Frauen mit dem Mund zu verwöhnen, weil sie gut schmecken und sich gut an meinen Lippen anfühlen.

Eine feste Methode habe ich dabei nicht. Jede Frau will anders behandelt werden. Aber gewissen Orientierungspunkten folge ich natürlich schon. Erst schlecke ich den Bauchnabel aus und danach geht es tiefer, immer tiefer, wie ein Ritter der Tafelrunde auf der Suche nach der heiligen Perle. Manchmal weist ein pelziger Pfad den Weg nach Süden, aber ich finde mein Ziel auch ohne. Dort unten ist es jedes Mal anders – ein naturbelassener Dschungel, ein getrimmter Kulturwald oder komplett rasierte, babypopozarte Nacktheit. Abenteuer pur. Und in dem Moment, in dem ich mein Ziel erreiche, gibt es tatsächlich keinen Ort, an dem ich lieber wäre. Ich beginne das Lecken mit langen Zungenstreichen, unterbrochen von kurzen, tiefen Züngelstößen der Zungenspitze, sondiere auf diese Weise gewissermaßen die gesamte Vulva, bevor ich mich langsam zum Zielpunkt vorarbeite: der Klit. Manchmal tauche ich auf und frage: »Ist es gut so?«

Und es ist immer gut so.

Meine Hände sind natürlich währenddessen nicht untätig. Ich streichele ihre Hüfte, ihre Innenschenkel, ihren Bauch. Am Schluss folgt stets die »gemischte Platte de luxe« – meine Zunge an ihrer Klitoris und je ein Finger in ihrer Vagina und ihrem Anus.

Penispenetration gibt es bei mir nicht. Ich könnte, wenn ich wollte, ich bin ja kein Rohrkrepierer – aber ich will nicht. Na ja, meistens nicht. Das ist im Room Service üblicherweise nicht inbegriffen.

Ich bin nämlich Zimmerkellner, kein Bezahltoyboy.

»Nenn mich doch Cécile.« Frau Houpflé presste ihren schweißnassen Körper an mich und knabberte postorgasmisch an meinem rechten Ohrläppchen.

»Madame, es wäre mir eine Ehre, aber ich darf mich nicht an Vertraulichkeiten gewöhnen. Unten im *Chez Antoine* muss ich wieder den Förmlichkeiten des Hauses entsprechen.« Der Room Service lief nebenher – eigentlich kellnerte ich im hoteleigenen Vier-Sterne-Restaurant mit Panoramablick auf die Zugspitze.

Madame Houpflé legte ihren brünetten Lockenkopf in meiner Halsbeuge ab, immer noch schwer atmend. »Oh René«, hauchte sie. Es war ein zutiefst befriedigtes Hauchen. Kein Wunder – sie hatte ausnahmsweise das volle Programm bekommen. Den *ganzen* René.

Cécile war jung, schön, rassig. Mit ihr zu vögeln war ein echter Bonus.

»Immer gern zu Diensten«, flüsterte ich zurück. Ein Blick auf die Uhr sagte mir, dass ich noch alle Zeit der Welt fürs Nachkuscheln hatte, erst in einer guten Stunde musste ich los. Nachtportier Roland drückte immer ein Auge zu, aber wenn der alte Humperdinger zur Morgenschicht eintraf, bevor ich gegangen war, würde es Ärger geben. Schließlich waren wir ein hochanständiges Sterne-Haus, kein Stundenhotel.

Ich verlangte auch nie offen Geld, aber ich ließ subtil durchblicken, dass ein Aufschlag fällig war, wenn ich nach dem Servieren von Salade Niçoise oder einer Flasche Taittinger noch Sonderleistungen erbrachte. Die Meisten schnallten das auch, bei dem Rest bediente ich mich einfach selbst, sobald die Damen eingeschlafen waren: immer Bargeld, selten Schmuck.

»Oh René«, hauchte Frau Houpflé neuerlich.

Ich stellte mir Monsieur Houpflé vor. Bestimmt doppelt so alt wie seine betörende Frau und im Bett eine Null, dafür im Aufsichtsrat verschiedener Großkonzerne und somit unanständig reich.

In Einzelfällen gönnte ich mir ein erkleckliches Zubrot durch Erpressung. Das wollte natürlich gut kalkuliert sein. Politikergattinnen eigneten sich dafür am besten, weil die keinen Skandal wollten. Und wenn man sich bei der geforderten Summe zurückhielt, zahlten sie ohne großes Aufmucken. Allerdings galt das nur, wenn ihre Ehemänner im Mittelfeld agierten: Hinterbänklern war der Skandal egal und die Alpha-Rüden der hohen Politik hetzten einem ukrainische Knochenbrecher auf den Hals.

Moralisch war das für mich kein Problem – ja, ich liebe Frauenkörper, aber ich kann eine Frau trotzdem wie eine Kuh um Geld ausmelken. Ich esse ja auch Spanferkel, obwohl ich Ferkel nicht erst seit *Schweinchen Babe* total süß finde. Alles eine Frage der Relation.

Bei der Houpflé war Erpressung allerdings kein Thema. Ihr Gatte wusste bestimmt, dass sie sich ihre körperliche Befriedigung außerhäusig suchte. Womöglich steckte er ihr extra für solche Gelegenheiten bei ihrer Abreise aus der elsässischen Familien-Villa einen zusätzlichen Tausender ins Prada-Täschchen.

Madame Houpflé war für fünf Nächte in unserem Grandhotel am Fuß der Zugspitze gebucht, sie würde bestimmt noch mehrmals meinen *Room Service after hours* ordern. Ich war gespannt, wie sie sich erkenntlich zeigen würde. Wie gesagt, ich betrachte mich nicht als Stricher, ich verlange nie explizit Geld. Ich weigere mich aber auch nicht, es anzunehmen.

Die meisten meiner Frauen, fast alle Matronen um die Fünfzig und extrem unerfüllt in Fragen des Matratzensports, haben ohnehin immer das Gefühl, mir etwas zustecken zu müssen. Sie stopfen mir heimlich mehrere Hunderter in die Kellneruniformhose, wenn ich im Bad bin, oder drücken mir das Geld verstohlen in die Hand, wenn ich sie an der Hotelzimmertür noch einmal zärtlich auf den Hals küsse. Die Alten sind einfach dankbar.

Madame Houpflé war jedoch einen Tick zu jung. Die jungen Frauen geben nichts. Nie. Die denken, es sei ihr gottgegebenes Recht, von einem Adonis wie mir beglückt zu werden. Madame Houpflé schätzte ich auf Ende dreißig, noch alles Natur. Und so, wie sie aussah, hielt sie womöglich die Tatsache, dass sie – die Societydame – mit mir – dem Servierwagenschieber – poppte, für Lohn genug. Hm. Ich gebe zu, ich habe mich da ein wenig hinreißen lassen. Von solchen wie ihr lasse ich normalerweise die Finger. Aber man ist ja auch nur ein Mann.

»Bist du bereit für eine zweite Runde?«, gurrte Madame Houpflé in diesem Moment in mein Ohr.

Ich musste lächeln. Triumphierend. Das konnte sie im gedimmten Licht der Luxus-Suite natürlich nicht sehen. Ihre Anfrage schmeichelte mir. Wobei es natürlich noch nie Beschwerden gegeben hatte. Immer nur Bestnoten. Daran erinnere ich mich deshalb so deutlich, weil ich ein Einnahmentagebuch mit Angabe des Dienstleistungsumfangs führe. Wenn eine Nachschlag verlangt, ist sie hinterher immer sehr spendabel. Und falls sich Cécile Houpflé doch nicht als großzügig erweisen sollte, so hatte ich schon die Patek Philippe auf dem Nachttisch entdeckt. »Eine zweite Runde? Für Sie immer, Madame!«

Sie hob mir mein Champagnerglas an die Lippen und ließ mich trinken. Den letzten Schluck aus ihrem eigenen Glas träufelte sie auf meinen Schwanz und leckte ihn dann genüsslich ab.

Ich schreckte aus tiefem Schlummer hoch.

Mein erstes Empfinden war Schock. Hatte ich verschlafen? Nein, ein Blick auf die Uhr zeigte, dass ich noch bequeme zehn Minuten bis zum Eintreffen von Blockwart Humperdinger hatte.

Meine zweite Empfindung war, dass ich auf etwas Feuchtem lag. Ich musste lächeln. Die letzte Nummer war filmreif gewesen: 100 Punkte für Ausgefallenheit und Intensität, mit einem leichten Abzug in der B-Note wegen mangelnder Ausdauer des männlichen Hauptdarstellers. Aber ich hatte bereits einen langen Arbeitstag und eine akrobatische erste Runde hinter mir. Cécile Houpflé würde sich sicher nicht beschweren.

Ich drehte mich zu ihr um.

Das Bett war leer.

Dafür aber enorm fleckig. Nicht die üblichen Flecken.

Rote Flecken.

Blut!

Mit einem Satz war ich aus dem Bett und presste mich mit dem Rücken gegen die Spiegelwand. Der Bettvorleger schmatzte unter meinen Füßen, auch er klatschnass vor Blut. Meine weiße Uniformjacke über dem Lederfauteuil neben dem Bett – blutverschmiert. Die schwarze Hose auch.

Angesichts der ungeheuren Menge an Blut war mir klar, dass hier jemand zu Tode geblutet sein musste.

Das durfte doch nicht wahr sein. Ich träumte!

»Cécile?«, rief ich. Zu spät fiel mir ein, dass nur zwei Menschen in diesem Zimmer gewesen waren, und wenn *ich* noch lebte, musste der andere tot sein. Nur, dass ich die Leiche von Madame Houpflé nirgends sah. Nach einem raschen Rundgang, bei dem ich blutrote Fußspuren hinterließ, war klar, dass ich mich allein in der Suite befand.

Was tun?

Ich konnte natürlich unmöglich die Polizei verständigen. Wie sollte ich meine Anwesenheit erklären? Dann wäre ich meinen Job – und meinen einträglichen Nebenjob – los. Nein, am besten, wenn ich mit der ganzen Sache nichts zu tun hatte. Bloß weg hier!

Aber um nichts in der Welt wollte ich in meine blutverschmierten Sachen steigen. Ich sah also im Kleiderschrank nach. Die Houpflé war eine große Frau gewesen, aber irrsinnig schmal. Ich passte in keine ihrer Hosen. Zur Auswahl standen ein rosa Negligé und ein knielanger, schwarzer Persianer.

Am Ende verließ ich die Suite nur mit einem Badetuch um die Hüften, meinen blutverschmierten Sachen unter dem Arm und der Patek Philippe am linken Handgelenk. Über das hintere Treppenhaus wollte ich in die Tiefgarage zu meinem Fahrrad. Draußen war es noch dunkel, ich würde problemlos nach Hause radeln können, wo ich in Ruhe über mein weiteres Vorgehen nachdenken wollte.

Die Kameraüberwachung auf diesem Stockwerk war seit gestern ausgefallen und würde erst am kommenden Nachmittag repariert. Ich fühlte mich vom Glück begünstigt.

Bis ich die Tür zum Treppenhaus öffnete.

Und mich dem Sondereinsatzkommando gegenübersah.

»Was haben Sie mit der Leiche gemacht?«

»Ich sagte doch schon, es gab keine Leiche! Als ich aufwachte, war ich allein.«

Keine Ahnung, wie der Typ hieß, der mich verhörte. Ich wusste nur, dass er schmierig und gemein aussah und es nicht für nötig hielt, mir zu meinem Badetuch eine Jacke oder wenigstens eine Decke anzubieten. Halb nackt saß ich vor ihm und dem Kerl in der Lederjacke, der an der Wand lehnte und kein Wort sagte.

»Sie waren ganz sicher nicht allein. Keine zehn Minuten nach Eingang des Notrufs war das Sondereinsatzkommando im Hotel. So schnell kann man eine Leiche nicht im Klo hinunterspülen. Was haben Sie mit der Frau gemacht? Aus dem Fenster geworfen, und ein Komplize von Ihnen hat sie dann im Auto abtransportiert?«

Das war einfach lächerlich. »Hören Sie, ich gebe zu, dass ich mit Cécile Sex hatte. Es war ...« Wie viel sollte ich jetzt schon zugeben? »... es war Begehren auf den ersten Blick. Ich weiß, damit gefährde ich meinen Arbeitsplatz, aber zwischen uns hat es gefunkt. Warum sollte ich sie umbringen? Ich bin doch kein Mörder!« Die Absurdität meiner Lage wurde mir bewusst. »Da will mir einer etwas reinwürgen!« Ich dachte da spontan an Humperdinger.

Der Lederjackenträger stieß sich von der Wand ab und trat auf mich zu. »Aha. Übles Komplott gegen einen Zimmerkellner? Ich sehe schon die Schlagzeile vor mir: *Die Anti-Roomservice-Aktivisten schlagen wieder zu.*« Seine Stimme troff vor Hohn. Dann riss er schlagartig meinen linken Arm hoch. »Kellnern muss neuerdings gut bezahlt werden, wenn man sich eine echte Patek Philippe Nautilus leisten kann!«

Ich schluckte. Das war jetzt blöd. Ich hätte die Uhr liegen lassen sollen. »Okay, okay, ich schlafe gelegentlich für Geld mit weiblichen Hotelgästen. Und ja, manchmal stecke ich auch eine Uhr ein. *Aber ich bin kein Mörder!*« Die letzten Worte schrie ich, weil mir klar wurde, wie tief ich in der Scheiße saß.

Später stellte sich heraus, dass sich in meinem Champagner K.O.-Tropfen befunden hatten. Vielleicht hätte mir das etwas genützt, wenn die Analyse des Blutes nicht ergeben hätte, dass die über drei Liter Blut im Zimmer tatsächlich von Cécile Houpflé stammten. So ging man davon aus, dass ich Cécile betäubt und aus niederen Beweggründen ermordet hatte.

Ich bekam fünfzehn Jahre – ohne Chance auf vorzeitige Entlassung, weil ich mich »weigerte«, die Namen meiner Komplizen zu nennen.

»Klein, Sie haben Besuch.«

Meine Mutter schaute jeden Monat vorbei, war aber erst letzte Woche da gewesen. Ansonsten wusste ich nicht, wer mich besuchen sollte. Ich ging natürlich trotzdem mit in den Besucherraum – jede Abwechslung war gut – und Hauptsache raus aus der Zelle.

Ich erkannte sie sofort wieder.

»Hallo, mein süßer Zimmerkellner. Geht es dir gut?«

Mein Gesicht blieb ausdruckslos. Ich war jung und zart gebaut und saß in einem überfüllten Gefängnis mit lauter Schwerverbrechern ein. Wie sollte es mir da gut gehen?

»Ich bin nur gekommen, um dich ganz lieb zu grüßen.«

Die Frau war eindeutig durchgeknallt. Vielleicht Altersdemenz?

»Von Cécile«, zwitscherte sie weiter.

Jetzt hatte sie meine Aufmerksamkeit. »Sie lebt?« Ich richtete mich abrupt auf.

Kirsten Wagenholz-Schenkmeyer, Ex-Gattin des bayrischen Wirtschaftsministers, nickte. »Aber natürlich. Es geht ihr hervorragend. Sie wohnt jetzt auf einer Insel unter südlicher Sonne – der Name tut nichts zur Sache.«

»Aber wie ... warum ...?«

»Weißt du, süßer René, ich muss zugeben, dass ich dir die Erpressung übel genommen habe. Es ging mir nicht einmal so sehr ums Geld. Aber ohne dich wäre ich heute noch Ministergattin. Gesellschaftlich ist es ein böser Abstieg, nur die Ex zu sein.« Sie seufzte. Schwer. Und verbittert.

»Was ...?«

»Weißt du, ein paar von uns haben sich zusammengetan. Liliane – du erinnerst dich? – und Eugenie und Chantal und Bärbel und ... aber das ist ja auch egal. Wir haben alle sehr viel mehr verloren als nur ein paar tausend Euro. Das fanden wir nicht lustig. Aber weißt du, was uns dann wieder aufheiterte? Der Gedanke, dich dafür bluten zu lassen. Cécile ist eine Cousine von mir. Sie kam aus der Ehe mit diesem entsetzlichen Houpflé nicht heraus. Eher hätte er sie erschossen, als von seinem Statusweibchen verlassen zu werden. Das hätte er als Demütigung empfunden. So ist sie eben untergetaucht. Und als zusätzlichen Bonus haben wir dir die Erniedrigungen heimgezahlt. Weißt du, Kleiner, es ist nicht gut, sich Frauen zu Feinden zu machen.«

Ich schaute wohl immer noch perplex. »Das Blut ...?«

»Ja, ja, drei Monate lang hat sich Cécile immer wieder Blut abgenommen und eingefroren. Bis wir so viel beisammen hatten, dass ein Überleben von jedem Sachverständigen ausgeschlossen würde. Genial, nicht? Haben wir bei einer Schweizer Krimiautorin gelesen. Hat funktioniert!« Kirsten lächelte.

Ich nicht.

Noch zehn Jahre.

Manchmal liege ich in meiner Zelle, lausche dem Schnarchen von Boris (Mädchenhandel, schwere Körperverletzung, Verstoß gegen das Betäubungsmittelgesetz – noch acht Jahre) und dem Zähneknirschen von Ufuk (schwere Körperverletzung, Brandstiftung, Schutzgelderpressung – noch fünf Jahre) und hänge meinen Wachträumen nach. Dann sehe ich Frauenkörper vor mir: alabasterfarbene Gliedmaßen, der betörende Duft zwischen ihren Beinen, das leise Stöhnen der Lust, die spitzen Schreie des Höhepunkts.

Aber ich muss zugeben, ich bin schwer enttäuscht. Womöglich will ich mit Frauen nie wieder etwas zu tun haben!

Wenn die Frauen wüssten, was ihnen da entgeht ...

Reifferscheids Rübezahl

Kuno Kümmerich auf Reisen

Von hohen Bergen rings umgeben,
von allen Seiten schön gelegen,
liegt unser Heimatort.
Reifferscheid, ein stolzes Wort.
Hermann Urhahn

Kuno Kümmerichs Toupet spielte Hasch-mich mit dem Wind. Und der Wind hoch oben auf dem Turm der Burgruine Reifferscheid hatte einiges an Power zu bieten, aber Kümmerichs Toupet war mit taiwanesischem Haarteilkleber auf seinem Schädel festzementiert. Nichts unterhalb von Windstärke 12 hatte auch nur entfernt eine Chance.

Kümmerich stand vor der grünen Schautafel und seufzte. Er hätte zu gern gewusst, was er da mit diesem herrlichen Panoramablick eigentlich zu sehen bekam, aber jemand hatte ein gelbes Jackett über die Tafel geworfen. Man sah nur noch die Ecke unten links, wo der Steinbruch Kupferhardt erwähnt wurde. Den hatte Kümmerich schon bewundert: bläulich-grünlich-rötlich-lila leuchtend lag er auf der anderen Seite des Tales. Stand da irgendwo, wie das Flüsschen in der Talmitte hieß? Falls ja, war es unter dem Jackett verborgen. Und Kümmerich war zu gut erzogen, um es einfach beiseite zu schieben.

Komisch, dachte Kümmerich noch, wo kommt das Jackett her, ich bin doch allein hier auf dem Turm. Es war ja auch erst Vorsaison bei leidlichem Wetter. Kümmerich war auf der

Ruinenanlage keinem Menschen begegnet und hätte schwören können, die einzige lebende Seele weit und breit zu sein.

Gleich darauf schaute er hinter der Schautafel über das Turmgeländer nach unten und stellte fest, dass er wirklich die einzige lebende Seele war. Der Körper, der zweifelsohne zum Jackett gehörte, lag nämlich mit verrenkten Gliedmaßen und augenscheinlich tot im Gras zu Füßen des Turmes.

Doch nein, Kümmerich hatte sich geirrt. Da war noch jemand. Ein vierschrötiger Mann in einer Art Felljacke stand neben einem Geräteschuppen und sah im selben Moment, als Kümmerich von oben nach unten schaute, von unten nach oben, stieß daraufhin ein bärenartiges Geheul aus und lief davon.

Jeder andere wäre jetzt in Panik geraten oder hätte per Handy die Polizei verständigt oder auch beides zeitgleich, aber Kuno Kümmerich war nicht jeder andere. Zum einen war er durch und durch Gemütsmensch und kannte Panikattacken nur vom seinem Kleinbildfernseher, wenn kurvenreiche Blondinen in alten Hollywoodfilmen von einem Sumpfmonster oder wahlweise einem Riesengorilla verschleppt wurden, zum anderen war er wohl der letzte Mensch der westlichen Hemisphäre, der kein Handy besaß. Er brummte folglich nur »hmmm«, stieg die Holztreppe im zugigen Turm hinunter, während er sich die topographischen Gegebenheiten der Burganlage auf der mitgeführten Karte *Historischer Rundgang Reifferscheid* besah, und machte sich dann auf den Weg zum mutmaßlichen Aufschlagort des Toten.

Kümmerich war von Natur aus gründlich. Vielleicht war der Springer ja halbtot und nicht mausetot, dann musste der Notarzt und nicht die Polizei informiert werden. Das musste er doch klären, bevor er die Anwohner auf dem Burgberg aus ihren Häusern klingelte.

Kurz darauf stand er vor einem hingestreckten Männerkörper, der definitiv tot war. Es war aber kein Springer, das erkannte man an der Unversehrtheit der Außenhülle, wie Kümmerich befand. Der Tod war vermutlich durch das Messer eingetreten, das im Rücken der Leiche steckte. Um genau zu sein: ein riesiges Brotmesser mit blauem Griff und der Aufschrift *Hotel Schumacher Reifferscheid*. Neben der Leiche lag eine rote Rose.

Von dem Bärenheuler im Felljäckchen war weit und breit nichts mehr zu sehen. Dafür musste irgendwo in der Nähe Schulschluss in einer Grundschule gewesen sein, denn mit einem Mal marschierte eine Handvoll Knirpse in leuchtend grünen Zwergenkostümen durch die Gasse und johlte dissonant »Heiho, heiho, wir sind vergnügt und froh.« Kümmerich faltete die Reifferscheid-Karte auseinander und legte sie über den Toten, damit ihn kein zufälliger Kinderblick erhaschte und zu frühkindlichen Traumata führte.

Also, Kümmerich wollte ja nichts gesagt haben, aber dafür, dass er sich noch keine drei Stunden im Eifelort Reifferscheid befand, konnte er sich über mangelndes Entertainment nicht beklagen.

Kuno Kümmerich hatte vierzig Jahre als Hausmeister gearbeitet. Getreu seinem Namen hatte er sich um alles gekümmert, was knarzte, klemmte oder knirschte. Doch dann war er – für ihn unverhofft – mit einem Blumenstrauß in den Ruhestand verabschiedet worden. Was tun?

Kümmerich kaufte sich eine übergroße Deutschlandkarte, mit der er den röhrenden Hirsch in seinem Junggesellenschlafzimmer ersetzte, und fing an, einmal im Monat Dart-Pfeile zu werfen. Wo immer ein Pfeil stecken blieb, da reiste er hin. Auf diese Weise war er schon in Heiligenstedtenerkamp, Netzschkau, Kleinumstadt und Allach gewesen. Und nun eben in Reifferscheid.

Ein Auto hatte Kümmerich nie besessen, darum war er – aus Süddeutschland kommend – mit der Bahn nach Köln und weiter nach Kall gefahren, stieg um in den Bus und nochmal in einen anderen Bus, und dann stand er an einem Dienstag im März in dem idyllischen Eifelörtchen Reifferscheid. Ein paar Meter Fußweg zu seiner Ferienwohnung im Schatten des Burgberges und schon konnte das Abenteuer Reifferscheid beginnen.

Kümmerich hatte nie viel dabei, eigentlich nur seine Reisetasche mit der Zahnbürste, dem Toupetkleber und einer Unterhose zum Wechseln. Wer aussah wie Kümmerich, der musste sich um Eitelkeit keine Gedanken mehr machen. Vollkommen zwecklos. Das Toupet, mit dem er aussah wie Donald Trump, also wie einer, der als Kind von einer radioaktiv verseuchten Bisamratte gebissen worden war, dazu die Brille mit den daumendicken Gläsern und dann noch der birnenförmige Körper – da machte es auch nichts mehr aus, dass Kuno Kümmerich, der vielleicht aufgrund seiner Initialen eine Vorliebe für den Buchstaben K entwickelt hatte, stets Karohemden zu tragen pflegte – langärmelige zu ausgebeulten Cordhosen im Winter, kurzärmelige zu ebenfalls karierten Bermudashorts im Sommer. Kuno Kümmerich war kein George Clooney, aber immerhin: Wer ihn einmal gesehen hatte, dem blieb sein Anblick in die Netzhaut eingebrannt.

»Sie haben also die Leiche gefunden?«, sagte Kommissar Jebes zusammenfassend zu Kuno Kümmerich. »Und Sie sagen, Sie haben einen Affenmann gesehen?« Der Kommissar blickte stirnrunzelnd auf die Notizen, die sein Assistent angefertigt hatte und die völlig unentzifferbar waren, ihm aber dennoch durch ihre bloße Existenz als Erinnerungshilfe dienten. »Oder war es ein Wolfsmensch? Ist heute etwa Vollmond?«

Kümmerich schüttelte den Kopf. Heftig. Sein Haarteil ließ dabei Schuppen schneien, worauf Kümmerich immens stolz war – das war sozusagen das i-Tüpfelchen der Echtheit bei einem Toupet. »Ich sagte, ein Mann in einer Felljacke, der mir etwas Unverständliches zurief.«

Da Kümmerich in seiner Erstaussage von Bärengeheul gesprochen hatte, lag nun in der Luft, dass er, der Zugereiste, das einheimische Eiflerisch mit brabbelnden Tierlauten verglich. Kommissar Jebes und sein Assistent tauschten bedeutungsschwere Blicke.

»Nä, dat war keiner von hier!«, sagte einer der Stammgäste an der Theke im *Haus zum Wappen*.

Kümmerich hatte ja zum Chinesen gewollt. Am Zehntweg gab es in einem ehemaligen Wohnhaus *Kwans Kulinarikum* mit zwei großen Steinlöwen vor der Tür und einem handschriftlichen Zettel »Kellner gesucht« auf der Tür.

Kwans Kulinarikum: Doppel-K. Kümmerichs Nüstern hatten vorfreudig vibriert, auch wenn er eigentlich nicht so gern asiatisch aß. Aber als er die Tür aufgestoßen hatte und sich sofort in den Anblick einer asiatischen Göttin versenkte, die ihn – in rote Seide gehüllt – aus großen Mandelaugen ansah, kam ihm der chinesische Wirt hemdsärmelig entgegengelaufen, schubste seine Frau zur Seite und verneigte sich tief vor Kümmerich.

Mittlerweile gab es ja in ganz Deutschland Menschen, die äußerlich braun, schwarz, gelb, rot oder gescheckt aussahen und doch, sobald sie den Mund öffneten, eindeutig als porentiefe Sachsen, Schwaben oder Schleswigholsteiner in dritter Generation zu erkennen waren. Herr Kwan gehörte nicht dazu. Sein Migrationshintergrund war eindeutig frischer, deshalb hatte er nasal geknödelt: »Tut mil leid, die gloße Elöffnung ist elst am Fleitag.« Kümmerich hatte genickt, dann war er in der Hüfte eingeknickt, weil er die chinesische Höflichkeitsgeste adäquat erwidern wollte, und war den Burgberg wieder hinunter ins Tal gegangen, wo er im *Haus zum Wappen* einkehrte.

Kümmerich saß an einem Zweiertisch in Hörweite der Stammgäste an der Theke und tat so, als meditiere er über die niedlichen, orangenen Plastikblümchen auf seinem Tisch. Es gab Männer, die stellten sich in fremden Kneipen immer gleich an die Theke und waren sofort mit allen per du. Kümmerich war kein solcher Mann.

»Der Rübezahl ist harmlos, das ist ein Kind im Körper eines Mannes, der bringt keinen um!«, erklärte ein anderer Stammgast.

Noch am Nachmittag war Grün-Weiß-Schleiden mit zwei Streifenwagen vor dem Verschlag angerückt, in dem der Wohnsitzlose Heribert L. (44, ortsbekannter Felljackenträger) angeblich hauste, und hatte ihn mitnehmen wollen, aber der dringend Tatverdächtige blieb verschwunden. Radio Euskirchen hatte das in seinen »Nachrichten aus der Region, aus Deutschland und der Welt« gemeldet, so hatte Kümmerich davon erfahren. Der possierliche Zwei-Meter-Mann hieß im Volksmund Rübezahl, weil man ihn meistens an bewaldeten Berghängen anzutreffen pflegte. Angeblich stammte er aus Reifferscheid und hatte nach einer schweren persönlichen Krise den gesellschaftlichen Halt verloren. Nichts Genaues wusste man nicht.

Die Männer an der Theke tranken Pils. Kümmerich trank ein Kölsch. Kümmerich fand ja, dass Kölsch ein Frauengetränk war, aber seine Vorliebe für alles mit K war stärker als sein männlicher Stolz: Kirmesbesuche, Karaoke, Krautsalat, Klöppeldeckchen und eben Kölsch. Das war seine Welt.

»Wie kommen die nur auf den Rübezahl?«, sinnierte die Kellnerin.

»Den soll ein Zeuge gesehen haben«, rief der Jungkoch aus der Küche.

Kümmerich machte sich noch kleiner, als er ohnehin war, und mutierte zu unsichtbarer Reglosigkeit.

»Tja, wen die Polizei erstmal in den Klauen hat ... das sieht nicht gut aus für den Rübezahl«, seufzte die blonde Kellnerin, dann ging sie in die Küche und holte den Toast Hawaii, den Kümmerich sich bestellt hatte. Sehr lecker. Nicht nur mit Ananas, sondern auch noch mit einem Pfirsich obendrauf. Der Eifeler Touch!

»Den finden die nicht!«, behauptete ein weiterer Stammgast. »Der kommt aus einer alten Schmuggelfamilie und kennt hier jedes Schlupfloch.«

Die berüchtigten Eifelschmuggler. Kümmerichs Ferienwohnungswirtin hatte das auch schon erwähnt. Noch Heriberts Vater soll als junger Bursche Zigaretten und Kaffee über die belgische Grenze geschmuggelt haben, hatte sie ihm zugeraunt.

»Hier gab's Schmuggel?», hatte Kümmerich sie gefragt.

Seine Wirtin hatte genickt. Es war ein stolzes Nicken gewesen: »Wenn in der Eifel alles, was über Schmuggel finanziert wurde, leuchten würde, läge Tag und Nachte ein gleißender Atompilz über der Region!«

Kümmerich wanderte zum Ehrenfriedhof oberhalb von Reifferscheid. Es war ein herrlicher Weg durch den Wald, der sich irgendwann schlagartig in eine baumlose Hochebene verwandelte und dann stand man auch schon ergriffen vor über tausend mahnenden Kreuzen.

In der kleinen Kapelle lag das Buch mit den Namen der Gefallenen aus, und Kümmerich schlug nach, ob womöglich einer seiner Vorfahren dazugehörte. Reines Wunschdenken. Seit der Erschaffung des allerersten Kümmerichs hatten alle Männer seine Familie schon in zartem Alter an Haarausfall, Zehenfehlstellungen und gewaltigen Sehfehlern gelitten. Für den Dienst am Vaterland waren sie durch die Bank weg untauglich. Es war ja überhaupt ein Wunder, wie sie es immer wieder geschafft hatten, sich fortzupflanzen. Das war der Beweis dafür, dass es Frauen nicht aufs Äußere ankam: Generationen von Kümmerichen sprachen da eine eindeutige Sprache. Der momentane Kümmerich war allerdings der Letzte seiner Art und wenn nicht noch ein spätes Wunder geschah, starb der Name Kümmerich im Mannesstamme aus.

Auf dem Rückweg hinunter ins Tal hörte Kümmerich ein Rascheln im Gebüsch. Er blieb stehen. »Hallo?«

Der Felljackenträger lugte um einen Baumstamm herum. Ein sanfter Riese. Er gab ein bäriges Heulen von sich. Konnte der Mann sich überhaupt zivilisiert artikulieren? Kümmerich kam sich vor wie im Zoo, nur ohne Gitter. Ihn überkam der Drang, das Fellwesen zu füttern. Er kramte in seiner bordeauxroten Herrenhandtasche nach dem Bio-Fruchtriegel Pflaume-Mandel, den er auf seinen Spaziergängen für den Fall eines Hungerastes immer mit sich führte.

Da kam ein Wagen den Hang hochgefahren. Heribert L. – Kümmerich musste sich zwingen, ihn innerlich nicht ständig als Bärenmann zu bezeichnen, sondern mit Namen an ihn zu denken – wurde eins mit dem Grün.

Das Allradfahrzeug kam neben Kümmerich zum Stehen. Kommissar Jebes stieg aus. »Hundertschaften durchkämmen gerade die Wälder rund um Reifferscheid nach dem Verdächtigen«, sagte er ohne Begrüßung.

»Ich glaube, er war's nicht«, meinte Kümmerich.

»Wissen Sie, wo er sich aufhält?«, fragte der Kommissar.

Kümmerich blieb stumm.

»Wenn Sie Kenntnis von seinem Aufenthaltsort haben und ihn uns nicht mitteilen, ist das ein Straftatbestand!«, mahnte der Kommissar.

Kümmerich schürzte seine wulstigen Lippen. Das machte seinen Gesamteindruck nicht gerade schöner. »Ich glaube, der Bä ... der Herr L. war nur zufällig am Tatort. Es handelte sich bestimmt um eine Beziehungstat. Ein abgewiesener Liebhaber. Oder ... öhm ... eine Eifersuchtstat! Denken Sie an meine Worte!«

Kommissar Jebes sagte nichts, hob nur eine Augenbraue, stieg wieder in den Wagen und fuhr weiter.

Kümmerich schüttelte den Kopf. Der Mann war ein Opfer seiner Ausbildung. Hätte er bei diesem Kürzestverhör auch nur ein Mal intensiv Luft geholt, hätte er gemerkt, dass er sich keine fünf Meter vom Gesuchten entfernt aufhielt. Denn auch wenn Heribert L. kein Mörder war, der mangelnden Köperhygiene hatte er sich definitiv schuldig gemacht.

Der Gedanke, dass der Kommissar ihn, Kümmerich, als Quelle des Gestanks vermutete, kam Kuno Kümmerich nicht.

Reifferscheid hatte im Laufe der Geschichte seinen Anteil an Bränden gehabt. Besonders erwähnenswert wäre in diesem Zusammenhang sicher das Großfeuer vom 23. Juni 1669, als aufgrund der Unvorsichtigkeit eines Soldaten die Burg, Teile der Kirche und einige Häuser lodernd entflammten.

Den entsprechenden Passus im hellblauen Historienführer hatte Kümmerich direkt vor dem Einschlafen gelesen. Vielleicht erwachte er deswegen mit Weltuntergangsvisionen, als mitten in der Nacht die Sirenen losgingen. Er schaffte es gerade noch rechtzeitig, sich die schwere Brille über den Nasenrücken zu stülpen und zum Fenster seines Ferienzimmers zu eilen, als er auch schon den Wagen der Freiwilligen Feuerwehr Löschgruppe Oberreifferscheid-Reifferscheid mit Blaulicht vorbeifahren sah.

Kümmerich schlüpfte in Karohemd und Cordhose und lief ins Freie.

Der Feuerschein war weithin zu sehen. Kümmerich überkam ein ganz ungutes Gefühl.

Es waren nur wenige Meter bis zur Umgehungsstraße, dann über die Brücke und nach links. Der Reifferscheider an sich war gesellig und engagiert und deshalb gab es für die etwas über 600 Einwohner über zehn Vereine. Drei davon hatten ihr Vereinsheim in direkter Nähe zum Feuer. Aber Gott sei Dank hatte es weder den Schützenverein, noch den Musikverein und auch nicht den VfL erwischt.

Kümmerich schnupperte. Da würde doch wohl nicht ...? Er nahm erneut Witterung auf. Es roch nach verbranntem Fleisch! Kümmerich wurde übel.

Was auch dann nicht wirklich besser wurde, als Kommissar Jebes mit einer angekokelten roten Wurst neben ihn trat und mit vollem Mund spuckte: »Da wollte einer Hinweise auf die Tat beseitigen. Wir konnten in den Flammen die Brieftasche des Toten sicherstellen. Ein Belgier.«

Dem Eifeler war der Belgier, was dem Schwaben der Türke war.

Jebes zuckte mit den Schultern. »Der wollte hier offenbar in der Gastronomie arbeiten. Tja, das war dann wohl nichts.«

Als Kümmerich am nächsten Morgen aus der Tür seiner Pension trat, sah er an der Hauswand des gegenüberliegenden, leer stehenden Gebäudes eine Aufschrift: Hotel Schuhmacher.

Hatte auf dem Brotmesser im Rücken des toten Belgiers nicht Hotel Schuhmacher gestanden?

Kümmerich machte auf dem Absatz kehrt und fragte seine Pensionswirtin: »Ist das Hotel Schuhmacher umgezogen?«

»Nein, das ist zu. Schon lange.«

»Meinen Sie, da sind noch Sachen im Gebäude ... äh ... beispielsweise Besteck?«, stotterte Kümmerich.

Die Pensionswirtin lachte. »Nix, das Haus ist leer. Da gibt's nicht mal mehr Mäuse. Bei der Auktion vor ein paar Jahren wurde alles verscherbelt. Ich habe auch einiges erstanden. Hier, die Gabeln zum Beispiel.« Sie hob das Beweisstück hoch.

Kümmerich überlegte ganz kurz, ob es zu der Gabel ein passendes Brotmesser gab und ob seine nette Pensionswirtin mit den Grübchen den Belgier erstochen haben könnte?

Aber dann entschied er sich dagegen. Wer seinen einzigen Hausgast mit so leckeren Pfannkuchen zum Frühstück beglückte, der war kein Meuchelmörder.

An diesem Morgen erklomm Kümmerich wieder den Burgberg, um sich die Pfarrkirche St. Matthias anzusehen. Ihm war ein wenig besinnlich zumute. Schließlich fand man nicht jeden Tag einen Toten. Unterwegs freute er sich an den zahlreichen Blumen, die der Verschönerungsverein des Ortes gepflanzt hatte, und wunderte sich nicht, dass Reifferscheid bei »Unser Dorf soll schöner werden» schon Gold und Silber gewonnen hatte. Er freute sich auch, dass die Kirche unverschlossen war. Und sie war ein Kleinod. Allerdings war es an diesem grauen Märzvormittag recht dunkel und Kümmerich nahm im ersten Moment nur die unübersehbare Gotischkeit wahr. Dann sah er den Schalter an der Wand, über den man –

bei Einwurf einer Münze – das Licht betätigen konnte. Kümmerich ließ es hell werden.

Und bemerkte die Frau in der hintersten Bankreihe. Sie drehte sich zu ihm um, als habe sie ihn jetzt erst bemerkt, und sah ihn aus großen Mandelaugen an. Mandelaugen, die er sofort wiedererkannte. Über ihrem rechten Ohr steckte eine rote Rose im nachtschwarzen Haar.

»Verzeihung«, sagte Kümmerich. Er fand es ungehörig, sich wie ein Tourist die Kirche anzuschauen, während die Frau sichtlich ins Gebet vertieft war.

Also setzte er sich auf eine Kirchenbank auf der anderen Seite des Mittelgangs und ging in sich.

»Sie haben ihn gefunden?«, fragte ihn die Frau plötzlich in einer herrlich melodischen Singsangstimme.

Kümmerich wusste gleich, was sie meinte, und nickte.

Sie weinte.

»Was geht hiel vol?« Die Kirchentür wurde heftig aufgestoßen und Herr Kwan trat in einem gelben Jackett ein. Man sah ihm an, was er dachte: Er hatte seine Frau mit einem anderen Mann erwischt! Der Umstand, dass die beiden durch einen breiten Gang getrennt waren, und sie sich überhaupt in einer kalten, und mittlerweile wieder dunklen Kirche befanden, minderte seine Wut nicht. Er rief etwas auf Chinesisch und die Frau huschte verängstigt hinaus.

Kümmerich schluckte schwer.

Wer ging zu Auktionen, auf denen Hotelleriebesteck verschachert wurde? Pensionswirtinnen und Restaurantbesitzer. Der Tote hatte in der Gastronomie gearbeitet und auf der Tür zu *Kwans Kulinarikum* stand »Kellner gesucht«. Kümmerich sah es glasklar vor sich: ein eifersüchtiger Wirt hatte bei seinen frühmorgendlichen Tai-Chi-Turnübungen auf der Turmspitze seine Frau mit dem Kellner erspäht, war überstürzt hinuntergeeilt und hatte den Nebenbuhler aus Eifersucht ermordet.

Dummerweise stand der Wirt nun zwischen Kümmerich und der Tür. Ob der Chinese sich auf Kampfkünste verstand? War er ein verkappter Ninja und würde Kümmerich gleich mit einem gezielten Handkantenschlag vom Leben zum Tode befördern?

Kümmerich fiel ein, dass der Kellner erstochen worden war, also war der Wirt ein ganz normaler Mann und brauchte Werkzeug zum Morden. Das hätte jetzt ein beruhigender Gedanke sein können, wenn Kwan nicht in diesem Moment ein Messer aus seiner Jackentasche gezogen hätte. Es blitzte im Licht der Kirchenfenster auf. Wie viele riesige Brotmesser hatte es im Hotel Schuhmacher gegeben, verdammt und zugenäht?

Mit einem heiseren Kiai-Schrei stürzte sich Kwan auf Kümmerich. Kümmerich wuselte gerade noch rechtzeitig nach rechts durch die Kirchenbankreihe ins Seitenschiff und dann nach vorn durch die Tür ins Freie.

Menschen, die Erfahrung mit dem Verfolgtwerden haben, wären nun nach unten gelaufen, den Burgberg hinunter in Richtung Hauptstraße, wo die Chance, auf jemand zu treffen, groß war. In Kümmerich lebte aber noch der Urmensch, und der Urmensch pflegte auf Bäumen zu leben und floh deshalb immer nach oben. Kümmerich rannte also nach links oben zur Burg. Es rächte sich, dass er auf ausgewogene Ernährung und viel Bewegung nie großen Wert gelegt hatte. Obwohl Kümmerich, durch Angsthormone angetrieben, für seine Verhältnisse schnell rannte, holte der sehnige Chinese rasch auf.

Erfahrene Verfolgungsopfer hätten lauthals »Hilfe!« oder »Mörder!« gebrüllt, aber Kümmerich murmelte nur abgehakt »oi, oi, oi« und konzentrierte sich ansonsten aufs Luftholen. Schwer schnaufend hastete er immer weiter, sah plötzlich links im »Café Eulenspiegel« eine Bewegung – Rettung! – und lief darauf zu. Er meinte, den heißen Atem seines Verfolgers im Nacken zu spüren.

Und dann konnte er nicht mehr. Er konnte einfach nicht mehr. Es waren nur noch etwa fünf Schritte zum Eingang des Cafés, aber er konnte nicht mehr. Also blieb er stehen. Doch ein Kümmerich ist kein Kümmerling - er wollte nicht kampflos sterben. Mit all seiner Restkraft wirbelte er herum und schlug mit seiner bordeauxroten Herrenhandtasche zu.

Klong, machte es, als Lederimitat auf Schläfe traf.

Mit einem gurgelnden Laut ging Kwan zu Boden.

Und blieb liegen.

Spiel, Satz und Sieg für Kuno Kümmerich!

»Danke, dass Sie meinen Ruf wiederhergestellt haben.«

Der Reifferscheider Rübezahl füllte ihre Tassen reihum mit Kaffee. Sie saßen zu dritt in der schmucken Villa zwischen Reifferscheid und Hellenthal, die Heribert L. von seinen Eltern geerbt hatte. Von wegen Waldbewohner. Nachdem er dank seines Erbes nicht mehr arbeiten musste, liebte er es, seine Tage damit zu verbringen, als ›Mann im Urzustand‹, wie er es nannte, durch die Eifelwälder zu streifen. Als Naturbursche. Frei, ungebunden, unrasiert, ungewaschen. So, wie Gott sich den Mann gedacht hatte, als er ihn schuf.

Kommissar Jebes prostete mit seinem Kaffeebecher in die Runde. »Wer hätte das gedacht. Der Mörder war der Chinese.«

Kümmerich prostete dem Kommissar zwinkernd zu. »Hab' ich Ihnen doch gleich gesagt: Tatmotiv Eifelsucht!«

Es prickelt so schön in meinem Bauchnabel

Ich trinke Champagner, wenn ich glücklich bin und wenn ich traurig bin. Manchmal trinke ich Champagner, wenn ich allein bin. In Gesellschaft geht es gar nicht ohne. Wenn ich keinen Hunger habe, mache ich mir mit ihm Appetit, und wenn ich hungrig bin, lasse ich ihn mir schmecken, sonst aber rühre ich ihn nicht an – außer natürlich, wenn ich Durst habe ...

Mme Lilly Bollinger

Die Werbung lügt – Weizenbier im Bauchnabel prickelt nicht, es klebt. Was dagegen wirklich prickelt, ist Champagner.

Ich muss es wissen: ich liege nämlich gerade vor dem flackernden Kamin der Präsidentensuite im Berliner *Waldorf-Astoria* und François tröpfelt mir aus seinem Glas die letzten Reste des teuersten Champagners der Welt – einem 1995er *Krug Clos d'Ambonnay* zu 3000 Euro die Flasche – in meinen Bauchnabel. Dann streicht er sich die langen, schwarzen Locken aus der Stirn, lächelt mich mit seinen unglaublich gletscherblauen Augen an, beugt sich vor und schleckt lasziv meinen Bauchnabel aus.

Ich stöhne.

Und taste nach der zweiten Flasche.

Reisen soll ja mehr sein als nur ein Ortswechsel. Man taucht ein in eine andere Kultur. Wird eins mit dem, was bislang fremd war. Kehrt reich an neuen Erfahrungen und neuen Einsichten nach Hause. Ich tauchte ein in Berlin, die pulsierende Weltmetropole. Aber ob ich nach Hause zurückkehren würde, war mehr als fraglich. Also ... zurückkehren würde ich schon, möglicherweise allerdings in einem Bleisarg. Mein Name tut nichts zur Sache, ich arbeite für den Bundesnachrichtendienst, und ich sollte in Berlin einen der abgebrühtesten Verbrecher des noch jungen 21. Jahrhunderts aufspüren.

Und ihn töten.

Mit einem Champagnerkorken.

Die Nacht vor dem Treffen war der reine Horror. Ich hatte meine Schlaftabletten nicht dabei, und meine Schlaflosigkeit wusste das ganz genau. Egal, wie ich mich auf den luxuriösen Laken des Fünf-Sterne-Hotels drehte und wendete, es war immer unbequem. Außerdem gingen mir zu viele Dinge durch den Kopf. Ob sich beispielsweise für eine BND-Agentin ein Bausparvertrag wirklich rentierte? Und ob ein langes Leben bei Aldi an der Kasse nicht doch besser war als ein kurzes, intensives Leben beim deutschen Geheimdienst? Bevor mir vor lauter Grübeln die Gehirnwindungen durchschmorten, musste ich etwas unternehmen. Ich klingelte nach dem Roomservice und bestellte eine Flasche *Veuve Clicquot Ponsardin Brut*. Strohgelbe Farbe, fruchtig und gleichzeitig fein, mit einem Hauch von Aprikose, im Nachklang trocken und frisch. Wenn ich die Wahl gehabt hätte – die ich nicht hatte, weil mein Spesenkonto keine großen Sprünge erlaubte –, dann hätte ich einen *Laurent-Perrier Cuvée Rosé Brut* gewählt: heller Lachston, fruchtiges Aroma, weich und rund, feinperlig und elegant. Was Champagner angeht, kenne ich mich aus.

Das mit dem Korkenkillen muss ich erst noch üben.

Eigentlich arbeite ich ja im mittleren Dienst beim Bundesnachrichtendienst in Pullach. Abgesehen von meiner Ausbildung und dem jährlichen Training im Schießstand hatte ich meine Dienstwaffe exakt ein einziges Mal in der Hand gehalten: für ein Fotoshooting. Mittels Anzeigen sollte für mehr Frauen im BND geworben werden.

Ich wollte auch nie Agentin werden. James Bond ist überhaupt nicht mein Ding. Viel lieber hätte ich die Weinhandlung meines Vaters übernommen. Und daraus eine Champagnerhandlung gemacht. Ich glaube, ich bin die weltgrößte Expertin für Schaumwein aus der Champagne. Als Jugendliche war ich zwei Mal als Praktikantin in großen Häusern, durfte bei *Moët & Chandon* in Épernay die Rüttelroboter bedienen und bei *Drappier* in Urville das Etikett auf die Melchisedech-Flasche – Fassungsvermögen 30 Liter – kleben, die ein japanischer Geschäftsmann bestellt hatte. Aber mein Vater – voll der Patriarch aus dem vorigen Millennium – fand, dass mein älterer Bruder Kai den Laden übernehmen sollte. Das muss man sich mal vorstellen. Kai! Der zur Einstimmung in den Feierabend gern *Freixenet* trank. Und lecker fand. Es war eine reine Trotzreaktion meinerseits, dass ich mich daraufhin beim BND bewarb. Nicht für den operativen Dienst, wohlgemerkt. Reines Schreibtischagententum.

»Ah, da sind Sie ja. Nehmen Sie doch bitte Platz.«

Der BND ist weder MI5 noch CIA. Das Büro vom Chef meines Chefs war kein chromglänzendes Hightech-Headquarter, sondern ein unscheinbares Rechteck mit Uralt-Rollschrank und Gummibaum. Das typisch deutsche Beamtenbüro eben. Es gab auch keine Schalthebel der Macht, wiewohl eine Standleitung zum Verteidigungsminister.

Ich bin kein junges Küken mehr, aber die fünf Männer mittleren bis höheren Alters – mein Chef, sein Chef und drei stämmige Top-Fahnder, die ich sonst aus Akten mit dem Vermerk *Top Secret* kannte – schüchterten mich doch ein wenig ein. Mit einem Nicken in die Runde setzte ich mich an den Besprechungstisch.

»Sehen Sie sich diese beiden Fotos an.«

Ich beugte mich vor und sah gestochen scharfe Bilder von einer Frau, die aussah wie ich: sehr weiblich gerundet, klein, aber mit enorm großen Füßen. Sie trug erkennbar Designerkleidung, ich hüllte mich in H&M, sie war dunkelhaarig, ich blond, aber abgesehen davon hätten wir Schwestern sein können.

»Verblüffend, nicht wahr?«, fand der Chef meines Chefs.

Ich nickte nur und ließ meinen Blick fragend über fünf paar Männeraugen schweifen.

»Diese skrupellose Frau hat vermutlich sieben Tote auf dem Gewissen«, erklärte mein Chef, der sich gern moralisch gab.

Ich schluckte.

»Wir kennen die Identität dieser Serienmörderin noch nicht. Das sind die ersten Fotos von ihr, an die wir eher zufällig gerieten. Ihre Mordmethode ist einzigartig: Champagnerkorken.«

Ich musste wohl eine Augenbraue angehoben haben.

»Genial«, befand einer der drei Stämmigen. »Sie lässt Champagnerkorken punktgenau an die Schläfen der Opfer knallen. Wenn man die richtige Stelle trifft und die Schläfenarterie erwischt ...« Er ließ den Rest offen.

»Tot?«, hauchte ich entgeistert.

Die Herren tauschten bedeutsame Blicke. Tenor: Was konnte man von einer Frau im mittleren Dienst schon an intellektuellen Leistungen erwarten?

»Tot«, bestätigte mein Chef.

»Und wir vom BND sollen sie jetzt ausfindig machen?«, fragte ich, wohl wissend, dass der BND sich mit Kleinkram wie Einzelmördern nicht aufhält. Wir jagen Topterroristen oder hochrangige Nasen des organisierten Verbrechens, keine Kleinkriminellen. Unter fünfzig Toten fangen wir quasi gar nicht erst an. Aber es juckte mich, das blonde Dummchen zu geben.

Mein Chef räusperte sich. »Letzten Monat ... der Familienminister ... das war kein Autounfall.« Er sah seinen Chef an, der wiederum angelegentlich seine manikürten Altmännerhände studierte. »Wir haben aus Rücksichtnahme auf seine Familie nachträglich einen Unfall inszeniert, aber ...«

»Das ist eine schwarze Witwe? Sie bringt die Männer um, von denen sie sich begatten lässt?« Jetzt klang ich vielleicht einen Tick zu begeistert. Das war der Stoff, aus dem Hollywoodfilme sind!

»Nein!«, erklärte prompt der Chef meines Chefs. »Aber es geht nicht an, dass die Welt erfährt, wie leicht man einen deutschen Minister umbringen kann.« Er guckte finster. Bestimmt waren da einige Personenschützerköpfe gerollt. »Die Sache ist persönlich geworden. Die Frau muss weg.«

Mein Chef griff rasch ein. »Sie ist eine Auftragsmörderin, vermutlich aus Osteuropa. Wir haben einen codierten Email-Kontakt entschlüsselt. Sie trifft sich demnächst mit dem Kopf eines internationalen Kartells in einem Berlin Hotel. Offenbar nimmt sie Aufträge nur persönlich an. Wir denken uns das so: Per Mail verlegen wir den Termin zwei Stunden vor, Sie treffen sich mit dem Kartellmenschen und schalten ihn aus, wir ersetzen ihn durch einen Kollegen und wenn die Zielperson eintrifft, erwarten wir sie mit einem gebührenden Empfangskomitee.«

»Wer? Ich?«

»Sie sehen der Frau ähnlich genug, um den Kartellmann zu täuschen.«

»Aber ...«

»Wir müssen wissen, wer den Mord an unserem Familienminister beauftragt hat!«, unterbrach mich der Chef meines Chefs. »Sind Sie bereit, Ihrem Land einen Dienst zu erweisen?«

Es war eine rhetorische Frage.

Berlin im Frühling.

Als ich in meinem weißen Leih-Mantel von *Dolce&Gabbana* mit dem Leih-Koffer von *Louis Vuitton* einen Tag vor dem vereinbarten Termin am Hauptbahnhof eintraf, regnete es. Wohl wissend, dass sich so gut wie alle BND-Agenten in der Stadt befanden, witterte ich in jedem einen Kollegen, auch im nörgeligen Taxifahrer. Ich bezog die vorbestellte Suite im *Waldorf-Astoria* und orderte je eine Flasche *Pommery Brut Royal, Ruinart Blanc de Blancs Brut* und *Roederer Cristal Millésimé*. Dann ließ ich übungsweise die Korken knallen. Aus den Formel-Eins-Siegerehrungen wusste ich bereits, dass man ordentlich schütteln musste, damit der Korken so richtig kräftig herausschoss, aber es kostete mich unendliche Überwindung, denn zusammen mit dem Korken schoss ja auch das kostbare Nass. Und Champagner sinnlos zu verschwenden, kam in meinem Andachtsbuch einer Todsünde gleich. Nach dem dritten, böllerartigen Korkenknallen beschwerten sich die GSG9-Jungs, die in den beiden angrenzenden Zimmern postiert waren.

Der Einsatzleiter rief auf dem abhörsicheren Handy an. »Was machen Sie denn da?«

»Ich übe«, sagte ich, aber schon nicht mehr ganz zungenfertig, weil ich natürlich den Rest in den Flaschen austrank.

»Wozu das denn? Unterlassen Sie das! Und hören Sie auf, zu trinken. Sie sind im Einsatz und müssen einen klaren Kopf behalten. Und denken Sie gefälligst an den deutschen Steuerzahler und bestellen Sie morgen *Asti Spumante!*«

Asti Spumante? Ignorant!

Also unternahm ich zum Ausnüchtern einen kleinen Spaziergang.

Die Situation war surreal.

Natürlich hatte ich bei Verbrecherkartell an Waffen, Drogen oder Mädchenhandel gedacht. Aber der Kartellmensch entpuppte sich als französischer Käsehersteller, der – so reimten sich das meine Chefs zusammen – das weltweite Käsemonopol mit weit illegaleren Mitteln als nur Preisabsprachen anstrebte. Halb Europa hatte er schon in der Tasche. Meine mordende Doppelgängerin sollte offenbar den deutschen Käsemarkt für ihn öffnen.

Killen für Käse? Das konnte man doch nicht ernst nehmen, oder?

Außerdem hatte ich nur einen Teaser dabei. Mit dem sollte ich den Käsemagnaten ausknocken. Sobald er zuckend auf dem knöchelhohen Teppich lag, würden die in den angrenzenden Zimmern wartenden GSG9-Jungs einfallen.

»Es gibt überhaupt kein Risiko für Sie«, hatte mein Chef zum Abschied noch gemeint. »Sobald der Käsemann betäubt ist, übernimmt ein altgedienter Agent dessen Rolle, und Sie verlassen die Suite. Es geht nur darum, dass der Käsemann Sie für die Auftragskillerin hält und nicht vorzeitig abspringt. Wir müssen eine gelungene Falle für die Mörderin aufstellen. Das schaffen Sie!«

Ich hatte genickt. Und in Pullach klang das auch wie ein Kinderspiel. Aber in Berlin lief alles irgendwie nicht rund.

Das Wetter war schlecht. Die Kollegen waren mies drauf. Und als ich mitten in der schlaflosen Nacht mit meiner *Veuve-Clicquot*-Flasche im Bett lag, ging die Tür auf, und der Käsemann trat ein!

Und nun liege ich hier.

In meiner Präsidentensuite. Der Kamin flackert. Im Hintergrund spielt leise Miles Davis. Und einer der bestaussehenden Männer meines Lebens schleckt mir den teuersten Champagner der Welt aus dem Bauchnabel. Sehr viel besser kann es nicht werden.

Wer hat gesagt, dass ein böser Käsemonopolist hässlich sein muss? Nein, er ist schön wie ein griechischer Gott. Und duftet nicht nach Munster, sondern nach Aramis. Als Liebhaber ist er kenntnisreich und ausdauernd. Hoch lebe der Käse!

Ich ziehe die zweite Flasche *Krug Clos d'Ambonnay* aus dem Sektkübel und biege wohlig stöhnend den Rücken durch, während François langsam tiefer gleitet. Hm ...

Um die Abhörgeräte mache ich mir keine Gedanken. Die sind sieben Häuserblocks weit weg. Ebenso wie die Scharfschützen. Und die GSG9-Jungs.

Mein Ausnüchterungsspaziergang hatte mich nicht einmal ums Hotel herumgeführt, sondern schnurstracks in ein Café, wo ich den *Dolce&Gabbana*-Mantel mit dem GPS-Peilsender auf der Damentoilette entsorgte und durch die Hintertür entschwand. Dann hatte ich mich im *Adlon* eingecheckt und den Käsemann per Mail umgelenkt.

Mich hatte ja beinahe der Schlag getroffen, als mir mein Chef im Büro seines Chefs Fotos von mir bei meinem kleinen Nebenverdienst präsentierte. Von wegen aus Osteuropa. Ich war das! Und mittlerweile lief es so gut, dass ich den Nebenjob zum Hauptjob machen würde. Adieu Pullach!

Während François selbstvergessen meine tieferen Regionen verwöhnt, schüttele ich – schweren Herzens – den Edelschampus, lege an ... und lasse den Korken knallen ...

Holzwickedelics

Hitchcock pur! Aber nicht in Hollywood, sondern in Holzwickede.

Die erste Krähe stürzte sich direkt vor der katholischen Liebfrauenkirche auf Karl-Heinz G., der wie jeden Morgen auf dem Weg von seiner Wohnung in der Sölder Straße zur Arbeit den Vorplatz vor der Kirche überquerte. Der Vogel ließ erst nach mehreren Minuten von ihm ab. Der Rest des Schwarms, der in den drei Bäumen vor der Kirche zu ruhen pflegte, tat es kurz darauf der Vorreiterkrähe gleich. Karl-Heinz G. ging in die Knie und lag schließlich rücklings, schreiend und wild mit den Armen rudernd auf dem Asphalt, über ihm – wie eine wogende, schwarze Wolke – schätzungsweise 25 Krähen.

Die Zeugen waren sich uneins. Einige behaupteten, die Vögel hätten dem 45-jährigen Einzelhandelsfachverkäufer die Augen auspicken wollen. Sie forderten Schrotflinten für alle Bürger und dass man endlich die eigentlich geschützten Krähen zum Abschuss freigab. Andere, darunter auch das Opfer, erklärten, die Krähen hätten sich in überbordender Begattungslaune auf den Mann gestürzt und eindeutige, nicht jugendfreie Handlungen an ihm vollzogen. Diese Deutungsvariante fand allerdings keinen Eingang in die Medien. Der Zwischenfall ließ den seit Langem schwelenden Streit darüber, was mit den lästigen Vögeln zu geschehen habe, erneut heftig aufflammen.

Da sich in unmittelbarer Nähe der katholische St. Aloysius-Kindergarten mit angeschlossener Grundschule befand und eine Gefährdung der Kinder zwingend ausgeschlossen werden musste, wurden noch am selben Abend auf Anweisung von ganz oben diplomierte Tierfänger aus Dortmund-Brackel damit beauftragt, die Krähen einzufangen und in angemessen großer Distanz – vorzugsweise nicht vor Niederbayern – wieder auszusetzen.

Einen Tag später das Unfassbare.

Im frisch renovierten Emscherpark lief die 21-jährige Corinne G. aus Opdenhoevel mit ihrem zweijährigen Zwergpinscher-Rauhaardackel-Mischlingsrüden Brutus gegen 14 Uhr von der *Glück-auf*-Lore in Richtung Teich, als sich ein Erpel mit gesträubtem Gefieder im ungehemmten Liebesrausch auf sie stürzte. Der in seiner Begleitung befindliche zweite Erpel warf sich zeitgleich mit eindeutigen Absichten auf den völlig überraschten Brutus. In dem nachfolgenden Gerangel waren noch bis zur Hauptstraße wilde Flüche (Corinne), ängstliches Jaulen (Brutus) und begeistertes Geschnatter (Erpel eins und Erpel zwo) zu hören.

Corinne und Brutus blieben körperlich, wenn auch nicht seelisch unversehrt. Erpel eins wurde von einem helfend herbeigeeilten, namenlosen Passanten gefangen und am folgenden Wochenende zu Ente à l'Orange verarbeitet – ein Akt des Gemeinwohls, wie der Mann fand, schließlich durfte so ein Tier sich doch nicht weiterhin in einem idyllischen Stadtpark tummeln, in dem Mütter mit Kindern Erholung suchten.

Erpel zwo konnte unerkannt entkommen.

Der Vorfall wurde nicht publik.

Ungleich mehr mediale Aufmerksamkeit erhielt allerdings der peinliche Zwischenfall an der Emscherquelle. Eine Besuchergruppe, die auf der hölzernen Aussichtsplattform die Quelle der Emscher in unzähligen Digitalbildern festhielt, wurde hinterrücks von einer hemmungslosen Formation weiblicher Ringeltauben angefallen. Die Vögel, man kann es nicht anders sagen, schmiegten sich verliebt an die verdutzten Touristen. Dabei verlor allerdings ein übergewichtiger Junggeselle aus Klein-Wernigerode das Gleichgewicht und stürzte in den Quellteich. Er schluckte reichlich Emscherwasser und wurde zur Beobachtung in das Krankenhaus Unna eingeliefert, wo er – extrem erotisiert – ausgiebigst mit den Krankenschwestern flirtete.

Daraufhin war klar: Die Emscher war vergiftet worden! Mit einer psychedelischen Substanz, die in Mensch und Tier erotische Gefühle weckte!

Die Bild-Zeitung titelte deutschlandweit: *Holzwickedelics – eine Stadt im Rausch der Psychodroge.*

Anfangs fand das die Bevölkerung zu weiten Teilen noch erheiternd und man zwinkerte sich bisweilen verschwörerisch zu – vor allem, als bekannt wurde, dass auch die Fische im Regenbogensee amouröse Abenteuer mit Menschen suchten und sich zwar den Ködern der Mitglieder des Angelvereins Regenbogen Holzwickede-Opherdicke e.V. verwehrten, sich dafür aber von sich aus den Anglern in brennender Leidenschaft an die Brust warfen. Manch einer wurde sogar dabei beobachtet, wie er Emscherwasser in leere PET-Flaschen füllte.

Aber all das endete abrupt am frühen Sonntagmorgen. Da fand man den 54-jährigen Justus K. vor Haus Opherdicke in der Graefte dümpelnd.

Tot.

»Mein Gott, habt ihr je so was Entsetzliches gesehen?« Kommissar Schmülling und seine Teamkollegen standen vor dem

Toten, den die Jungs von der Spurensicherung mittlerweile auf dem trockenen Ufer deponiert hatte.

Der Tote grinste sie an. Er grinste anzüglich. Die starren Augen schienen lüstern zu blicken. Das war selbst für hartgesottene Kriminalisten nicht leicht auszuhalten.

»Macht dem mal einer die Augen zu?«, verlangte Schmülling.

Sein Team inspizierte geflissentlich die Rundbogenfenster und die Seitentürme des malerischen Wasserschlosses, zu dem die Graefte gehörte. Alles, nur nicht dem Toten in die libidinösen Augen schauen!

Der Gerichtsmediziner, der neben der Leiche gekniet hatte, erhob sich, ohne dem Wunsch Schmüllings zu entsprechen. »Auf den ersten Blick keine äußere Verletzung zu erkennen. Könnte Gift sein, vielleicht dieses ominöse Emscher-Psychopharmakum, von dem gerade alle Welt spricht?« Er grinste. »Genaueres natürlich erst nach Autopsie und toxikologischem Befund. Und? Kommt ihr heute Abend alle mit zum Kegeln?«

»Unser Leitungswasser ist sicher!«, erklärte der Bürgermeister und nahm einen kräftigen Schluck von demselben. Er stand vor dem grünen Tor des Wasserturmes im Stadtteil Hengsen und demonstrierte Zuversicht in sämtliche Holzwickeder Fließgewässer. Es wurden Häppchen gereicht.

Surrende Kameras zoomten sich auf den Bürgermeister ein, wachsame Reporteraugen, vor allem vom *Hellweger Anzeiger* und der *Westfälischen Rundschau*, versuchten, selbst die kleinste Veränderung in ihm wahrzunehmen. Aber es veränderte sich nichts. Er strahlte weiterhin Amtswürde und Kompetenz, aus und das blieb auch so, nachdem er mit weiteren Schlucken das Glas vollends geleert hatte.

»Ein sehr mutiges, eindrückliches Signal, aber sind Sie wirklich sicher, dass man jedes Risiko für die Bevölkerung ausschließen kann?«, rief eine geschlechtslose Stimme aus dem Reporterpulk, die zu einem Arm gehörte, in dessen Hand ein Mikro von *antenne unna* steckte.

Der Bürgermeister hob beruhigend die Hände und versicherte: »Noch liegen keine schlüssigen Beweise auf eine großflächige Vergiftung der Emscher vor. Außerdem beziehen wir in Holzwickede unser Leitungswasser nicht aus der Emscher, sondern aus der Ruhr. Es besteht also absolut keine Veranlassung zur Panik!«

»Was halten Sie als Holzwickedenser ... Holzwickedaner ... Holz ... äh ... also, Sie als Bürger dieser Stadt, was halten Sie von diesen Vorkommnissen?«

Der Jung-Reporter eines überregionalen Boulevardblattes hielt dem Mann in dem karierten Sakko, der sich eben im Ristorante *Ratskeller* mit echt italienischer Mittagsküche gestärkt hatte und ahnungslos ins Freie getreten war, das Mikrofon seines Aufnahmegeräts vor den Mund.

»Interessant, dass Sie gerade mich fragen«, fing der Karierte an und hob seine buschigen Augenbrauen. »Ich bin zufällig Chemiker im Ruhestand und habe selbst einige Emscher-Wasserproben analysiert, und ich kann Ihnen versichern, dass die Bevölkerung sicher ist.«

Das war gut und schön und auch beruhigend, aber nicht das, was als Schlagzeile für ein Boulevardblatt taugte. Der junge Reporter betrat den *Ratskeller* und konnte sein Glück kaum fassen, als er dort Kommissar Schmülling und seinen Assistenten Waxmann beim Mittagessen vorfand. Er setzte sich scheinbar unbeteiligt an den Nebentisch, um in Ruhe den Fachsimpeleien der Polizisten zu lauschen.

Das Gespräch ließ sich aber bestenfalls als stockend bezeichnen. Und auch nicht wirklich als fachlich.

»Super Nudelsoße, muss man echt sagen!«, lobte der Kommissar mit vollem Mund.

»Hm«, nickte Assistent Waxmann.

Zehn Minuten später kamen noch ein »Bitte zahlen« und ein »Getrennt« dazu. Das war's.

Vor dem *Ratskeller* erwiesen sich die Journalistengötter schon als gnädiger. Eine Passantin erklärte dem jungen Reporter, dass sie sich nur noch mit Flaschenwasser die Zähne putzte und auch nur mit Flaschenwasser kochte – deutsches Mineralwasser zum Zähneputzen, französisches für die Küche. Man musste sich eben nur zu helfen wissen.

»Hören Sie, Schmülling, machen Sie Ihren Jungs und Mädels mal Dampf unterm Hintern. Es bricht ja schon Panik aus!«, verlangte der Polizeichef mit dröhnender Stimme.

Schmülling hmpfte.

»So was wie gestern darf nicht nochmal passieren!«, bellte der Polizeichef, der – wenn er sich in diesem Leben als Hund inkarniert hätte – Molosser geworden wäre.

Am gestrigen Tag – knapp eine Woche nach der ersten Krähenbegattungsattacke und zwei Tage nach dem Fund der Leiche – hatte irgendein Scherzbold gegen 15.30 Uhr in der *Schönen Flöte* lauthals gerufen, das Wasser des Freibads sei mit der Liebesdroge durchsetzt. Daraufhin hatte es ein spontanes Massenknutschen gegeben. Besser, man fragte gar nicht groß nach, wer da alles mit wem im Arm gelegen hatte. Selbst die eigentlich nicht betroffen sein könnenden Solariumsbesucher und Beachvolleyballer warfen sich einander an den Hals. Die Leitung der Schwimmbadanlage hatte selbstverständlich umgehend Polizei und Notärzte alarmiert, die mit einem Großaufgebot angerückt kamen. Später stellte sich im Labor heraus, dass die Feuchtgebiete der *Schönen Flöte* jungfräulich unangetastet waren.

Unterm Strich schien das zwar die harmloseste und für alle Beteiligten angenehmste Form einer Massenpanik, aber natürlich konnte so etwas unmöglich geduldet werden. Dem Spuk musste ein Ende bereitet werden.

»Ich verlasse mich auf Sie!«, betonte der Polizeichef und sah Schmülling streng an.

Schmülling erklärte mit fester Stimme: »Das können Sie auch!«

In Wahrheit hatte er noch keine heiße Spur, nicht einmal eine lauwarme.

»Hmpf.« Machte Schmülling.

Bürgerpatrouillen sicherten den Lauf der Emscher von der Quelle bis zur Stadtgrenze von Holzwickede. Jeder, der sich in Flussnähe aufhielt, wurde kritisch beäugt und im Zweifel angesprochen. Doch wenn das Verhalten der Vögel und Fische als Anhaltspunkt dienen konnte, dann war die Zeit der Psychodroge vorbei. Niemand wurde mehr von begattungsfreudigen Gefieder- oder Schuppenträgern belästigt. Was aber auch daran liegen konnte, dass die Verwaltung mittels riesiger Tankwagen Ruhrwasser in die Emscher einfüllen ließ, damit etwaige chemische Substanzen bis zur Unwirksamkeit verdünnisiert wurden.

Der junge Reporter des Boulevardblattes fand das unbefriedigend. Seine Kollegen von den anderen überregionalen Zeitschriften recherchierten – gemäß der Prämisse, der Blitz schlage nie zweimal an derselben Stelle ein – längst andernorts. Er jedoch war überzeugt, dass der Täter immer an den Ort der Tat zurückkehrte und machte es sich folglich mit seinen belegten Broten auf einem Baumstumpf an der Graefte bequem.

Es war ein milder Tag. Haus Opherdicke sah im Licht der Sonnenstrahlen besonders eindrucksvoll aus. Irgendwo zwitscherte eine Amsel.

»Wissen Sie, das mit dem Toten, das war ich nicht!«

Der Reporter fuhr wie von der Tarantel gestochen zusammen. Er hatte den Mann nicht kommen hören. Und weil er auf seinem sonnigen Baumstumpf gerade mit halb geschlossenen Lidern den Blick nach Süden ins Tal der Ruhr genossen hatte, hatte er ihn auch nicht kommen sehen. Und – zugegebenermaßen – hatte er gestern im Biergarten der *Phuma Bar* womöglich ein oder zwei oder mehr Bier zu viel gekippt und war ohnehin an diesem Tag nicht der Fittesten einer.

Dabei ... auf den zweiten Blick kam ihm der Mann mit den buschigen Augenbrauen und dem karierten Sakko irgendwie bekannt vor. Natürlich! Vor dem *Ratskeller*: Das war der erste Holzwickeder, den er nach seinem Eintreffen interviewt hatte.

Der Mann schien sehr erregt. »Ich gebe Ihnen mein Wort! Der Tote geht nicht auf mein Konto! An B4538CHG kann man nicht sterben, das ist völlig ausgeschlossen. Stoffwechsel und Kreislauf werden in keinster Weise beeinträchtigt. Selbst bei größter Überdosierung scheidet der Körper den Wirkstoff nebenwirkungsfrei aus. Man hat allerhöchstens multiple ... äh ... Befriedigungserfahrungen. Aber mein Mittel ist ansonsten absolut harmlos!«

Der Reporter zückte seinen Notizblock. Er witterte eine Schlagzeile und konnte sein Glück kaum fassen. »Sie geben also zu ...?«

»Ich gebe gar nichts zu!«, echauffierte sich der Karierte. Gleich darauf schrumpelte er in sich zusammen wie ein schottischer Luftballon, aus dem man die Luft gelassen hatte. »Ich räume allerdings ein, dass ich aufgrund meiner traumatischen Entlassung womöglich etwas zu voreilig in meinen Handlungen war...«

»Was meinten Sie mit B4-Dingelskirchen?«

»B4538CHG – ein von mir entdeckter Wirkstoff zur Anregung der Libido. Eigentlich ein Nebenprodukt. Wir waren ursprünglich auf der Suche nach einem Inkontinenzmittel.«

»Aha.« Der Reporter schrieb eifrig mit. »Sie wurden von einem Chemieriesen entlassen und haben aus Rache die Emscher vergiftet!«

»Nein, nein, so war das doch gar nicht.« Der Karierte plusterte sich wieder auf. »Ich habe Ihnen doch eben versichert, dass das Mittel ungiftig ist. Es wird sich als Segen für die Menschheit erweisen. Zorn, Zwietracht, Kriege – alles gehört der Vergangenheit an, wenn das Mittel weltweit dem Trinkwasser beigefügt wird.«

»Weil wir infolgedessen eine Konfliktlösung wie bei den Bonobo-Affen pflegen werden?« Der Reporter guckte skeptisch. Mit seiner Freundin konnte er sich dergleichen ja noch vorstellen, aber mit jemand anderem? Also, mal angenommen mit seinem Chef?

»Mein Arbeitgeber wollte die Formel einstampfen. Einstampfen! Ist das zu glauben? Da habe ich natürlich nicht mitgemacht. Die Welt braucht dieses Mittel! Ich bin ein Kind der 68er. Ich wollte mit einer flächendeckenden Demonstration die Wirksamkeit meines Mittels beweisen. Und dabei ist es noch kostengünstig in der Herstellung. Aber jetzt ...« Wuchtig holte er mit dem rechten Arm aus und zeigte auf die Gräfte, in der der Tote gedümpelt hatte. Der Reporter konnte sich gerade noch rechtzeitig ducken, um nicht von dem karierten Männerarm geköpft zu werden. »Aber jetzt hat irgendein Wahnsinniger einen Mord begangen! Und ich stehe dumm da. Sie müssen mir helfen, meinen Namen reinzuwaschen!« Er sah den Reporter aus großen Welpenaugen hilfesuchend an.

»Wie denn?«

»Sie wissen, wie man schnüffelt, und ich weiß, wo!«

»Gibt es einen Grund, warum irgendjemand Ihrem Mann den Tod gewünscht haben könnte?«, fragte der junge Reporter. Das Aufnahmegerät in seiner Hand zitterte. Er hatte noch nie zuvor eine trauernde Witwe interviewt.

Hannelore K., 49, schüttelte den Kopf. Neben ihr saß Gabriele K., 55, ihre Schwägerin. Die beiden Frauen hielten sich an den Händen.

Obwohl die Identität des Toten noch nicht bekannt gegeben worden war, wussten die Einheimischen natürlich Bescheid. Der Karosakkoträger hatte den Reporter in seinem alten VW Passat zu dem Einfamilienhaus des Opfers im Neubaugebiet Auf der Bredde chauffiert. »Ich warte im Wagen auf Sie«, hatte er gesagt und den Reporter förmlich hinausgeschubst.

»Mein Mann war sehr beliebt.« Sie seufzte schwer. »Er war ein Segen für die Menschheit. Er war an der Entwicklung unzähliger Medikamente beteiligt. Sein größter Erfolg war natürlich die Enthaarungscreme für Nasen- und Ohrenhaare. Juckreizfrei und antiallergen.«

Die Medikamentenforschung musste einträglich sein, denn nicht nur das Haus war enorm beeindruckend, der Schmuck, den Hannelore K. trug, war es ebenfalls.

Nachdem der Damm gebrochen war – will heißen, nachdem Hannelore K. erst einmal angefangen hatte zu reden –, kannte sie kein Halten mehr. Der Reporter wagte nicht, sie zu unterbrechen. Die Sekunden auf dem Display seiner Digitalarmbanduhr tickten dahin, dann die Minuten. Eine halbe Stunde später wusste er, dass 312 Menschen an der Hochzeit von Justus und Hannelore teilgenommen hatten, dass Tochter Susanne exakt neun Monate und sieben Tage später als Zangengeburt zur Welt gekommen war und heute als Klangschalentherapeutin in Wuppertal arbeitete, dass Justus stetig Karriere gemacht und sie ihm dafür den Rücken freigehalten hatte. Endlich verstummte Hannelore K. und sah seufzend zu dem Ölbild über dem Kamin, an dem eine schwarze Schleife prangte. Justus K. hatte sich für sein Alter erstaunlich gut gehalten. Hannelore K. auch, aber leider sah man ihr an, dass dafür diverse Schönheitschirurgen und Kosmetikfachfrauen nötig gewesen waren.

»Also liebten ihn alle?«, fragte der junge Reporter, und weil er sich in diesem Moment nach vorn beugte und die Restlaufzeit seines Aufnahmegeräts überprüfte, entging ihm der bedeutungsschwangere Blick, den die beiden Frauen tauschten.

Kommissar Schmülling lehnte an der Theke der Bezirksdienstaußenstelle Holzwickede, blies den Kaffee in seiner Hand kalt und sah durch die Gardine auf die andere Seite der Opherdicker Straße, hinüber zu den Ausläufern des Viertels, das manch ein Alteingesessener wegen der vielen Bungalows immer noch »Legoland« nannte.

Holzwickede. Ein Ort mit unterdurchschnittlicher Kriminalitätsrate. Aber überdurchschnittlichem Wohnkomfort. Mitten im Grünen und doch mit exzellenter Anbindung an alle relevanten Großstädte. Ein Ort, an dem man seine Kinder großziehen möchte. In einem der Flachbauten auf der anderen Straßenseite.

Doch nun ging ein Ungeist um. Und er, Karl-Uwe Schmülling, musste ihn austreiben. Wiewohl die Autopsie zeigte, dass Justus K. nicht an Gift, sondern an einem Stich mitten ins Herz verstorben war, ausgeführt mit medizinischer Präzision und einem enorm scharfen Gegenstand wie beispielsweise einem Skalpell.

Was die Öffentlichkeit in diesem Moment noch nicht wusste: Es war ein zweiter Toter gefunden worden. Auf einer der Bänke unter dem Hilgenbaum, einer Eiche, die sich seit Menschengedenken an der Kreuzung Massener Straße und Goethestraße etwas außerhalb des Ortskerns stolz in den Himmel reckte. Nun ja, nicht diese spezielle Eiche, die war erst in den 80er Jahren an alter Stelle neu gepflanzt worden, aber die Eiche als Symbol an sich, als Hilgenbaum, Teil des Holzwickeder Wappens. Und an die Eiche hatte jemand einen gelben Zettel geheftet, auf dem *Schwein* stand.

Hier war nicht nur ein Baum geschändet worden.

Ganz Holzwickede war entweiht!

»Hmpf.« Machte Schmülling.

»Hmpf!«, machte auch der junge Reporter, wiewohl mit ungnädigem Timbre, vor allem deshalb, weil er auf dem Teppichboden im Wohnzimmer der Witwe K. lag, an Armen und Beinen gefesselt und mit einem Knebel im Mund.

Neben ihm standen zwei Samsonite-Trolleys. Und zwei Frauen in flotter Reisekleidung.

»Was machen wir jetzt mit ihm?«

»Dasselbe wie mit unseren Männern. Unten im Einmachkeller. Wenn wir ihn auf den Boden der Tiefkühltruhe packen, findet den erst mal so schnell keiner.«

»Der ist aber zu schwer für uns, den können wir nicht tragen.«

»Wer spricht von Tragen? Wir schubsen ihn die Treppe runter. Mit etwas Glück bricht er sich das Genick.«

»Hmpf!«, machte der junge Reporter erneut und es klang definitiv panisch.

Auf der Fahrt zum Haus des zweiten Opfers stachen Kommissar Schmülling die unzähligen, gelben Zettel mit der Aufschrift *Schwein* ins Auge. Zumeist mit einem perfiden Alleskleber angeleimt. Die würden schwer wieder zu entfernen sein. Kommissar Schmülling sah vor seinem inneren Auge schon die kostenlose Ausgabe von Plastikkratzern an alle Bürger und eine Aktion wie damals das »Kratzen gegen rechts«.

Die Identität des zweiten Opfers hatte ebenso schnell gelüpft werden können wie beim ersten, wobei es hilfreich war, dass beide Tote ihre Personalausweise bei sich trugen: Hannes K., 50, Bruder des ersten Opfers, bekannter Frauenarzt.

So viel Zufall konnte nicht sein, weswegen sich Kommissar Schmülling mit seinem Assistenten Waxmann auf den Weg zu den Witwen machten, beide übrigens – wie der Kollege von Bezirksdienstbereich 11 ihm vor der Abfahrt noch schnell erzählt hatte – ehemalige Krankenschwestern.

Als das Zivilfahrzeug vor der Villa zum Stehen kam, rutschte weiter vorn ein Mann in einem karierten Jackett in den Fußraum eines VW Passat. Die Beamten stiegen aus und klingelten an der Villa. Der Karierte ließ aus dem Fußraum den VW an.

In diesem Moment hörten Schmülling und Waxmann im Innern der Villa ein lautes Poltern. »Hallo? Hier ist die Polizei. Bitte öffnen Sie die Tür!«, rief Schmülling. Als er durch das schmale Fenster neben der Eingangstür schaute, polterte gerade ein gefesselter Mann eine Treppe hinunter. Schmülling brüllte seinem Assistenten »Ruf Verstärkung!« zu, dann zerschlug er mit dem Ellbogen die Fensterscheibe und kletterte hinein. Draußen rollte langsam ein VW Passat vorbei. Am Steuer schien niemand zu sitzen. Nur ein buschiges Augenbrauenpaar war über dem Lenkrad zu sehen.

Schmülling zog seine Dienstwaffe. Aus dem Keller drangen Stöhngeräusche, hinter ihm von der Treppe hörte er das Klacken von Stöckelschuhen. Schmülling zog seine Dienstwaffe.

Zu spät – eine Frau mittleren Alters in einem cremefarbenen Chanel-Kostüm und mit wehender Strähnchenfrisur kam vom Treppenabsatz auf ihn zugeflogen, in der Hand ein Skalpell. »Hanni, gib's ihm!«, rief Gabriele K.

Doch Schmülling machte nicht umsonst seit zwanzig Jahren Formationstanz. Mit einem raschen Quickstep entkam er dem Skalpellangriff. Hannelore K. knallte unsanft auf den Läufer im Flur und schlug mit dem Kopf am Schuhschrank auf. Sie blieb bewusstlos liegen. Schmülling öffnete die Haustür, brüllte »Waxmann!« und rannte zu Gabriele K., die mit ihrem Beautycase wild um sich schlug.

»Sie haben es nicht besser verdient. Alle beide nicht. Die haben alles vernascht, was nicht bei drei auf den Bäumen war. Aber jetzt ist Schluss!«, kreischte sie. »Endgültig Schluss. Mit uns nicht mehr!«

Schmülling bekam eine volle Breitseite ab, ging schnaufend zu Boden. Wäre Gabriele K. nicht schluchzend auf dem Perserteppich zusammengebrochen, mit dem Skalpell hilflos die Luft durchschneidend, der Ausgang des Zweikampfs hätte bedenklich sein können – für ihn persönlich und für die Senioren/Standard-Formation Unna bei dem anstehenden Verbandsturnier Ruhr.

In der Ferne hörte man Polizei- und Krankenwagensirenen. Das Grauen hatte ein Ende.

Oder doch nicht?

Tags darauf saß Schmülling auf dem Krankenbett des jungen Reporters, der sich bei seinem Treppensturz böse Prell- und Quetschwunden sowie einen doppelten Rippenbruch zugezogen hatte.

»Die Frauen hatten sich also ihrer Ehemänner entledigt und hofften, das mit den Stichen ins Herz würden wir erst herausfinden, wenn sie es mit dem Ersparten nach Brasilien geschafft hatten.« Schmülling löffelte den Krankenhausjoghurt. »Das Zeug in der Emscher bot ihnen die perfekte Tarnung. Sie erstachen ihre Männer im Liebesspiel und schoben die Morde somit dem Psychodrogenmann unter.« Er sah den Reporter an. »Leider ist dieser Chemiker, dieser Ferdinand von Irgendwas, untergetaucht. Sie wissen nicht zufällig, wo er ist?«

Der junge Reporter schüttelte heftig den Kopf. Was für eine Story! Und er hatte sie exklusiv. Blöd nur, dass er den Karosakkomann nicht mehr befragen konnte. Wo war der nur abgeblieben?

Ferdinand von Sch. umklammerte die Thermoskanne mit der blassgrünen Flüssigkeit. Er hatte seine Siebensachen gepackt und Holzwickede verlassen. Aber aufgeben würde er niemals – es galt, eine hehre Mission zu erfüllen!

Ferdinand von Sch. stand an einem schnell fließenden Fluss, der der Trinkwassergewinnung diente. Seine Hand zitterte.

Er musste die Welt von seinem Mittel überzeugen. Liebe und Frieden und Harmonie, ohne Nebenwirkungen – vom möglichen Zuwachs der Bevölkerungszahlen einmal abgesehen.

Vorsichtig öffnete er die Phiole und schüttete den Inhalt in das Fließgewässer. 0,01 Milliliter auf einen Liter Fluss hätten eigentlich schon genügt. Mit seiner vollen Thermoskanne würde der Fluss bis an seine Mündung gesättigt sein. Hunderttausende – ach was Millionen! – im Liebestaumel. Ferdinand lächelte beseelt.

Gestern war es die Emscher, heute die Ruhr und morgen ... morgen ganz Deutschland!

Pulp Kitchen

Nein, das sind keine Falten, das sind Zeilen im Drehbuch meines Lebens!

Den Film meines Lebens hatte ich mir, ehrlich gesagt, immer anders vorgestellt: Mehr so als Doris-Day-Komödie oder Audrey-Hepburn-Romanze. Aber irgendwie war es, als hätte ich mich in einem riesigen Cineplexx-Kino in den falschen Saal verirrt und statt *Charade* oder *Bettgeflüster* lief jetzt *Das Kettensägenmassaker*. Nicht die *Frei ab 18*-Version, sondern der blutige Directors Überlängencut, den man sich erst ab 81 ansehen sollte, damit es nicht mehr so viele Jahre gibt, in denen man von furchtbaren Albträumen heimgesucht wird.

Nur, dass ich nicht die Blondine war, die schreiend vor dem Kettensägenmonster davonlief. *Ich* war das Kettensägenmonster.

Also, natürlich nur bildlich gesprochen. Ich arbeite nie mit Kettensägen. Ich bin schließlich Schwäbin. Kettensägen machen *immer* eine Sauerei, und dann fühle ich mich, vermutlich aufgrund eines vertrackten schwäbischen Kehrwochen-Gens, dazu verpflichtet, alles aufzuwischen. Ich kann einfach keinen blutverschmierten Tatort zurücklassen. Das widerstrebt mir zutiefst. Darum gibt es bei mir nur saubere Leichen. Wobei so etwas wie eine klinisch reine Leiche natürlich gar nicht existiert – ein bisschen Blut, Panik-Urin oder Schaum vor dem Mund ist immer.

Aber auch ganz generell können Sie froh sein, wenn Sie von mir ermordet werden: Schnell, schmerzlos, sauber! Mit dieser Devise bin ich jetzt schon fast zwanzig Jahre freiberuflich tätig, und obwohl es immer noch eine männerdominierte Branche ist, laufen die Geschäfte sehr gut. Ich bin eine alte Häsin und im Grunde dachte ich, mich könnte nichts mehr überraschen.

Aber weit gefehlt!

»Nele! Mehr Speckwürfel, aber zackig!«

Seit einer guten Stunde würfelte ich Speck. Davor hatte ich über eine Stunde altbackene Brötchen gewürfelt. Die Arbeit in einer Restaurantküche hatte ich mir abwechslungsreicher vorgestellt, aber ich war ja auch nur die Aushilfe. Die Würfel-Aushilfe.

»Wird das heute noch was?«

Und *er* war der Chef.

Wolfgang Bürzele. Groß, dunkelhaarig, adlernasig. Eine der weltweit fünf Maultaschenlegenden des neuen Jahrtausends. Endlich war die schwäbische Maultasche – das Flaggschiff der schwäbischen Kulinarik – nach EU-Recht geschützt und nicht jeder dahergelaufene Irgendwer durfte seine aus Wurstbrät, Ei, Brot, Petersilie, Zwiebeln und Lauch gefüllte Teigtasche zur schwäbischen Maultasche hochloben.

Prompt waren unter der Kochmützenelite heiße Kämpfe um die »beste« schwäbische Maultasche entbrannt.

Bürzele lag bislang vorn.

Doch das sollte sich ändern.

»Betrachten Sie es doch als neue Herausforderung!«

Mein anonymer Auftraggeber hatte am Telefon – natürlich eine sichere Leitung – mit Engelszungen und im breitesten Stuttgarter Honoratiorenschwäbisch auf mich eingeredet. Er hatte sogar, als Zeichen seines guten Willens, bereits ein Drittel meines Honorars auf mein Cayman-Islands-Konto überwiesen, obwohl ich noch gar nicht zugesagt hatte. Das stimmte mich natürlich gewogen.

»Ich bin Auftragskillerin, keine Industriespionin«, hatte ich mich dennoch ein wenig geziert. Dank eines Stimmzerhackers war meine Stimme für ihn nicht erkennbar.

»Es ist doch überhaupt kein großer Akt. Sie schmuggeln sich in die Küchen ein, stehlen die Rezepte, bringen die Köche um. Fertig.«

Ich bezweifelte, ob Pjotr der Ukrainer oder Adebundo der Kenianer – die beiden gefürchtetsten Auftragsmörder unserer Zeit – diesen Auftrag angenommen hätten. Sie killten Staatschefs und Topterroristen und Drogenbosse, keine Maultaschenköche.

Aber mich reizte dieser Auftrag. Zum einen, weil ich Maultaschen liebe. Zum anderen, weil ich Schwäbin bin und endlich mal wieder in meiner Heimat arbeiten konnte.

Sie ahnen es ja vielleicht, aber besonders viele Auftragsmorde gibt es im Schwabenland nicht. Der Schwabe an sich ist eher behäbig und sitzt Schwierigkeiten lieber mit einer Engelsgeduld aus, anstatt aktiv finale Lösungen einzuleiten.

Jedenfalls waren das zwei gute Gründe.

Und außerdem war es ein Großauftrag und somit lukrativ.

»Also gut, ich mach's!«

Kelle killt Koch titulierten die *Stuttgarter Nachrichten* hinten im Lokalteil, als Schorsch Nägele aus Waiblingen tot in seiner Küche aufgefunden wurde, punktgenau in der Schläfenmitte mit einer Suppenkelle erschlagen. Und zwar von mir. Ich hatte mir – besonders sexy gestylt – als Vertreterin eines Profiherdproduzenten einen Termin nach Restaurantschluss bei Nägele besorgt und ihm, mit Schlafzimmerstimme gurrend und tief dekolletiert, fast zu mühelos sein Maultaschenrezept entlockt. Der Rest war Routine. Wobei ich sonst eher zu Schusswaffen greife.

Als Herrmann Laible aus Rottweil mit einem sauberen Herzschuss in seinem Kühlraum, zwischen zwei Schweineschwarten hängend, gefunden wurde, beklagte die *Stuttgarter Zeitung* auf Seite eins des Lokalteils den Verlust eines weithin bekannten und beliebten Maître de Cuisine, der sein beliebtes Maultaschenrezept mit ins Grab genommen habe. Weit gefehlt. Das Rezept, angepinnt an eine Korkwand in seinem Büro, hatte ich an mich genommen.

Doch nach der dritten Küchenchefleiche – Egloff Maisch aus Ulm – gab es kein Halten mehr. *Die Maultaschenmafia schlägt zu* titelte die Stuttgart-Ausgabe der BILD-Zeitung in fetten Lettern. Denn die Polizei hatte mittlerweile herausgefunden, dass man den Köchen nicht nur gewaltsam das Leben genommen, sondern auch ihre preisgekrönten Maultaschenrezepte entwendet hatte.

Jetzt waren nur noch zwei Köche übrig: Bürzele und Pfleiderer.

»Hier, die Speckwürfel«, sagte ich zu Bürzele und hielt ihm die Schüssel entgegen.

»Gut, stell's da hin. Und nach deiner Pause hilfst du der Bärbel beim Spülen!« Bürzele nahm mich gar nicht richtig wahr. Die Aushilfen wechselten hier in Hypergeschwindigkeit. Die meisten waren auch nicht sozialversichert.

»Ist gut«, sagte ich und lief im Slalom durch die hektisch wuselnden Köche und Küchenhilfen in Richtung Flur. Doch anstatt nach draußen in die Raucherecke zu gehen, wie ich es die letzten Tage immer getan hatte, um dort so zu tun, als würde ich während meiner Pausenkippe den Blick auf den

Stuttgarter Talkessel genießen, schlich ich mich die *Zugang verboten – Privat!*-Treppe nach oben.

Mein Auftraggeber hatte vor ein paar Tagen per Mail auf Tempo gemacht; ihm ging das alles nicht schnell genug. Und obwohl ich normalerweise lieber gründlich als zügig war – auch so eine schwäbische Tugend –, wollte ich an diesem Abend Nägel mit Köpfen machen. Ober besser gesagt: einen Kopf rollen lassen. Erst das Rezept, dann der Mord.

Doch das Büro von Bürzele bot eine herbe Enttäuschung.

Es war aufgeräumt. Und es hatte einen Safe. Bei Nägele, Laible und Maisch tobte das kreative Chaos und die begehrten Maultaschenrezepte lagen frei zugänglich herum, im Fall von Maisch war das Rezept gar mitten in der Küche an einer Korkwand festgepinnt. Bei Bürzele jedoch lag nichts auf dem Schreibtisch und es hing auch nichts an der Wand. Ich fand aber in seiner Schreibtischschublade eine Übersicht, wo welche Ordner aufbewahrt waren. Aktueller Quittungsordner: Regalwand, Mitte links. Personalordner: Regalwand, Mitte rechts. Rezeptordner: Tresor.

Wer, bitteschön, schließt ein Maultaschenrezept in einen Safe ein? Antwort: Bürzele.

Ich kann einen Menschen auf 212 verschiedene Arten vom Leben zum Tode bringen, aber einen Safe knacken kann ich nicht. Das hieß natürlich, dass ich Bürzele würde foltern müssen, um an sein Rezept zu kommen. Foltern ist ein unguter Teilaspekt meiner Tätigkeit. Aber in jedem Beruf gibt es ja Dinge, die man eher nicht so gern tut: Inventur machen, Geräte reinigen, foltern.

Ich seufzte.

Und hörte Schritte.

Bürzeles Büro bot keine Fluchtmöglichkeiten und nur ein enorm eingeschränktes Angebot an Verstecken. Ich konnte mich hinter den altmodischen Hartholzschreibtisch ducken, aber dann durfte keiner zum Regal gehen, sonst wäre ich aufgeflogen. Oder ich konnte mich in die bodenlangen Samtvorhänge neben dem Fenster hüllen. Es wurden die nach Mottenpulver riechenden Vorhänge und keine Sekunde zu früh.

Da ging auch schon die Tür auf und Bürzele trat ein. In Begleitung eines Mannes, wie ich aus den derben Schritten schloss. Und gleich darauf aus der tiefen Stimme: »Wolle, du bist ein Arsch!«

»Ach, hör mir doch auf mit deiner Paranoia!«

»Ich sag dir, Wolle, jemand hat es auf uns Maultaschenmänner abgesehen! Der Laible, der Nägele und jetzt noch der Maisch – das kann doch kein Zufall sein!«

Da es insgesamt fünf führende Spezialitätenköche in Schwaben gab, schloss ich messerscharf, dass die tiefe Stimme meinem nächsten Opfer gehörte: Kurt Brüderle.

Brüderles Restaurant lag auf der anderen Talseite von Stuttgart, und wenn man in Gastroführern von *Stuttgarts B&B* las, dann waren immer Brüderle und Bürzele gemeint: zwei erstklassige Adressen für feine schwäbische Gourmetküche.

»Jetzt trink erst mal was«, hörte ich Bürzele sagen. Quittenlikör floss in Schnapsgläser und gleich darauf in Männerkehlen.

Wo ich so müßig zum Warten verurteilt war, machte ich mir Gedanken, wer mich angeheuert haben könnte. Irgendein zweitklassiger Maultaschenmeister, der sich der Konkurrenz entledigen wollte? Möglich, aber unwahrscheinlich. Durchschnittsgastronomen verdienten nicht genug, um sich bei mir einen Fünfer leisten zu können. Zumal ich keinen Mengenrabatt zu geben pflegte.

Das Mottenpulver der bodenlangen Vorhänge stieg mir in die Nase. Ich schnüffelte.

»Und? Geht's jetzt wieder oder glaubst du immer noch an eine große Maultaschenverschwörung?«, fragte Bürzele.

»Noch einen!«, verlangte Brüderle.

»Hatschi!«, machte meine Nase.

Das war jetzt ungut.

Ich hasse spontane Planänderungen.

»Keine Bewegung!«, rief ich und stürmte mit meiner Beretta im Anschlag hinter dem Vorhang vor. Zumindest war das meine Zielsetzung. Aber ich verfing mich mit dem Absatz im Vorhang, geriet böse ins Stolpern, flog hochkant auf die polierte Schreibtischplatte, glitschte mit meiner fleckigen Küchenschürze quer über die Politur und landete im Schoß von Wolle Bürzele, der vor Schreck die Schnapsflasche fallen ließ. Brüderle, der gerade seinen zweiten Schnaps zwitschern wollte und zu diesem Zweck auf den beiden hinteren Beinen des Besucherstuhles balancierte, verlor das Gleichgewicht und krachte wuchtig aufs Parkett.

In dieses Stillleben – ich mit dem Kopf im Schoß des einen Küchenchefs, der andere Küchenchef neben uns auf dem Boden liegend, alle Viere in die Luft gestreckt – platzte ohne Vorwarnung eine hünenhafte Gestalt, trotz sommerlicher Temperaturen in Strickmütze, ein MG4 im Anschlag. »Keine Bewegung!«, herrschte der Eindringling.

Sagte ich schon, wie ungut ich Planänderungen finde?

Das MG4 ist ein leichtes, dennoch robustes Mehrzweckmaschinengewehr mit durchschnittlich 750 Schuss pro Minute. Das waren 250 Schuss für jeden von uns. Die Chance, das zu überleben, war unterirdisch. Ich musste rasch handeln.

Also schoss ich einfach. Mit meiner Beretta hatte ich gegen das MG4 nur eine Chance, weil der Vermummte den Bruchteil einer Sekunde zögerte. Vermutlich überlegte er, wen von uns Dreien er am Leben lassen musste, um an das Maultaschenrezept zu kommen.

Meine Kugel traf ihn mitten zwischen die Augen.

Dann zur Sicherheit noch eine in den Brustkorb. Und in den Hals.

Neben mir übergab sich Brüderle aufs Parkett.

Bürzele blieb blass, aber gefasst sitzen.

Ich stand auf, ging zur Leiche und trat kräftig zu. Das ist keine Bosheit, sondern eine Lebensversicherung. Bevor man einem Toten den Rücken zukehrt, sollte man sich immer erst vergewissern, dass er wirklich tot ist.

Pjotr war definitiv tot.

Natürlich hatte ich ihn sofort erkannt. Unter anderem auch daran, dass er sich seinen Vornamen auf beide Unterarme hatte tätowieren lassen. Offenbar hatte mein Auftraggeber das Vertrauen in mich verloren und die Konkurrenz angeheuert.

Ich drehte mich zu den beiden Köchen um.

Es stand eine Entscheidung an.

Ich mag große, dunkle Männer mit Adlernasen. Die Maultaschen zubereiten können. Und Bürzele konnte Maultaschen zubereiten. Er war ein Maultaschengott! Was ihm fehlte, war eine Frau im Haus. Eigentlich war er ein ganz Netter. Vermutlich hatte sein Name mögliche Anwärterinnen bislang abgeschreckt. Wer will schon Bürzele heißen?

»Hör zu, jemand hat mich angeheuert, die fünf besten Maultaschenköche Schwabens umzubringen. Irgendeine Idee, wer das sein könnte?«

Brüderle hatte inzwischen eine Ohnmacht dahingerafft. Man staunt, wie viele Köche kein Blut sehen können. Also, kein Menschenblut. Und es muss leider gesagt werden, dass

Pjotr profus blutete. Das Parkett würde neu geschliffen werden müssen.

Bürzele dagegen war noch hellwach. Was meiner Meinung nach sehr für ihn sprach.

»Dann war's das jetzt für mich?«, sagte er und sah mir in die Augen. Hellblaue Augen mit goldenen Pünktchen, wie ich anmerken möchte. Die sonnengleich zu strahlen vermochten, wenn ich lächelte. Was ich zugegeben nicht oft machte. Aber nun schon.

Ich spürte, wie er schmolz.

Plötzlich wurde mir klar, dass meine berufliche Zukunft von nun an völlig anders aussehen sollte: randvoll mit Kutteln, Nierle, Bubaspitzle – und Maultaschen. Ich würde die Frau eines Kochs werden!

Aber erst musste das mit meinem Auftraggeber geklärt werden, sonst wäre unser »glücklich bis an ihr Ende«, das ich mir ausmalte, nur von kurzer Dauer.

»Wenn es kein konkurrierender Koch war, was ich nicht glaube, wer dann? Denk nach!«, sagte ich zu ihm.

Bürzele schürzte die Lippen.

Und da fiel mir wieder ein, was mich an Pjotr dem Ukrainer bei seinem Erscheinen gestört hatte.

»Ich beschütze dich!«, versprach ich Bürzele.

»Wieso hat Pjotr sein Maschinengewehr ausschließlich auf Bürzele gerichtet? Warum nicht auf Sie?«, verlangte ich gleich darauf von Brüderle zu wissen, den ich aus der Ohnmacht erweckt hatte, indem ich ihm den Rest vom Schnaps ins Gesicht schüttete.

»Stand Ihr Name nur zur Ablenkung auf der Todesliste? Hatten Sie von Anfang an vor, mich nach dem vierten toten Maultaschenkoch über die Klinge springen zu lassen?« Ich hatte Brüderle an beiden Ohren gepackt und schlug seinen Kopf auf das Parkett.

»Äh...«, wandte Bürzele vorsichtig ein, aber ich brachte ihn mit einem »Lass mich das regeln!« zum Schweigen.

Multitasking ist allerdings nicht so mein Ding, und während ich über die Schulter zu Bürzele schaute, lockerte sich für den Bruchteil einer Sekunde mein Griff auf Brüderle.

Brüderle, der Sack, zog mit Schmackes seine Knie an und rammte sie mir in den Rücken. Ich kippte nach vorn, was Brüderle ausnützte, um sich unter mir hervorzuwinden und aufzuspringen. Die Beretta glitt mir aus der Hand, und während ich nach ihr tastete, riss Brüderle die Tür auf und lief in den Flur.

Ich hinterher.

Die Beretta musste ich im Laufen wieder wegstecken, weil ich nicht genug Kugeln für alle hatte, die sich im Treppenhaus aufhielten und die ich als Zeugen notgedrungen hätte erschießen müssen.

Brüderle hechtete in die Küche. In dem chaotischen Gewoge der Leiber – die Hauptverköstigungszeit hatte begonnen – fiel es niemand auf, dass wir zwei uns eine Verfolgungsjagd lieferten. Brüderle schrie auch nicht um Hilfe, weil er nicht durchtrainiert genug war. Er konnte bei seiner hektischen Flucht entweder atmen oder schreien – beides ging nicht.

Im Laufen riss Brüderle eine Schneckenpfanne von ihrer Halterung an der Wand und schleuderte sie mir an den Kopf. Ich konnte mich aber rechtzeitig ducken und schaffte es mit einem Hechtsprung, mich zwischen Brüderle und den Ausgang zum Schankraum zu werfen. Brüderle wich nach rechts aus, fand sich in einem schmalen Flur wieder und riss die dortige Tür auf.

Es war die Tür zur Kühlkammer.

Ich schubste ihn hinein und schloss die Tür hinter uns.

Wolfgang ist ein wunderbarer Koch, aber ihm fehlt jedwedes Durchsetzungsvermögen. Ich dagegen bin eine lausige Köchin, habe aber Durchsetzungsvermögen für zehn. Als Paar ergänzen wir uns großartig. Das hat Wolfgang dann auch ganz schnell eingesehen. Dank mir ist er nun schon geraume Zeit unangefochtener Maultaschenkönig.

Brüderle und Pjotr hingen noch eine Weile in der Kühlkammer. Was soll ich sagen? Wir entledigten uns ihrer portionsweise. In einer guten Küche kann man alles verwenden – ausgekocht, filettiert oder püriert als Füllung.

Im Laufe der Zeit kamen noch der eine oder andere verächtliche Gastrokritiker beziehungsweise nölige Gast hinzu. Fleisch für das Maultaschenwurstbrät braucht man ja immer.

Hinter jedem großen Koch sollte eine Frau mit einer Knarre stehen.

Hinter Maultaschenkönig Bürzele stehe ich.

Falls Sie jedoch einmal in Stuttgart unser Gourmetrestaurant aufsuchen sollten und einen empfindlichen Magen besitzen, dann bestellen Sie doch lieber die vegetarischen Maultaschen.

Man weiß ja nie ...

Watt mutt, Butt

Sehr interessante Lebensgeschichte. Danke, dass Sie sie mir erzählt haben. Aber bitte, essen Sie doch, es wird doch sonst kalt. Ich kriege hier ja keinen Bissen herunter, da können mich diese Uniformheinis noch so streng ansehen. Hätten Sie Interesse, meine Lebensgeschichte zu hören, während Sie essen? Ja?

So aufregende Dinge wie Sie habe ich natürlich nicht erlebt. Das Ereignisreichste war ja wohl die Sache, die mich hierher brachte. Ich stamme ... na ja, früher hätte man wohl gesagt ›aus kleinen Verhältnissen‹. Vater bei der Stadtreinigung, Mutter Kassiererin im Supermarkt. War aber ganz okay. Nach der Schule fing ich in einem Steuerberatungsbüro an. Trockene Zahlen liegen mir. Nach der Ausbildung zum Steuerfachgehilfen hat mich mein Chef ermutigt, das Fachabitur nachzuholen und zu studieren. Er hatte mich irgendwie ins Herz geschlossen und hoffte, ich würde seine Tochter heiraten und den Laden übernehmen.

Habe ich dann auch gemacht. Hanne und ich mochten uns und ich mochte auch ihre kleine, schwarze Tochter, eine herzige Jugendsünde, und irgendwie gab es mir ein sehr sicheres Gefühl, quasi eine Familie zu heiraten. Wobei Hanne eigentlich immer jemand aus dem Golfclub ihres Vaters heiraten wollte. Bei ihrer Herkunft hätte das auch bestimmt geklappt, obwohl sie ein wenig unscheinbar war, aber sie strahlte so eine gesunde, dralle Frische aus, doch leider war da Gabi, die sehr entzückend war, aber ihrem ghanesischen, auf Nimmerwiedersehen verschwundenen Musikervater extrem ähnlich sah. Mir machte das nichts. Ich hatte bei Frauen nie besonders viel Erfolg gehabt – zu schüchtern, wissen Sie –, und es erleichterte mich, von nun an nicht mehr auf die Suche gehen zu müssen. Eine Zeitlang hatten wir wirklich alles. Ein kleines, aber florierendes Steuerberatungsbüro. Eine Familie. Und nach dem Tod von Uschis Vater erbten wir dessen Reihenhaus im Vorort.

Ja, im Großen und Ganzen war das mein Leben. Schmeckt's Ihnen? Ja, man sieht's. Danke nein, ich kriege das wirklich nicht runter.

Wie ich hierher gekommen bin? Natürlich, das erzähle ich Ihnen gern. Wissen Sie, ich bin Hobbyangler. Mein Vater hat mich früher immer mit zum Angeln genommen. Die Zeit verging wie im Flug, aber irgendwie flogen Hanne und ich nicht in dieselbe Richtung. Sie war wohl unzufrieden. Kurzum, in unserer Ehe, in der es ja nie geprickelt hatte, wurde es ein wenig ... kalt. Unter der Woche hatten wir den Alltag, aber am Wochenende hielten wir es irgendwann nicht mehr miteinander aus, also ging Hanne zum Golfen und ich zum Angeln.

Und ungefähr vor einem Jahr an einem frühen Samstagvormittag passierte es. Ich fing einen Fisch.

Nein, nein, das klingt jetzt so, als hätte ich sonst nie etwas gefangen, dabei war ich ein erfolgreicher Angler. Nein, ich fing *den* Fisch. Einen Plattfisch. Wo ich herkomme, sagt man Butt dazu. Aber manche nennen ihn auch Scholle oder Flunder. Jedenfalls ein prächtiger Bursche. Glitzerte im Sonnenlicht. Aus irgendeinem Grund hing er nicht mit dem Maul am Haken, sondern mit der Schwanzflosse.

Erstaunlich, dachte ich.

Und: Was für ein schöner Bursche.

Und dann warf ich ihn wieder ins Wasser.

»Du hast ihn wieder ins Wasser geworfen?«, fragte Hanne an dem Abend ungläubig. Wenn sie vom Golfen kam, roch sie in letzter Zeit immer frisch geduscht. Ich bin kein misstrauischer Mensch, aber ich machte mir so meine Gedanken.

»Großer Gott, du hast wirklich null Ehrgeiz. Nicht einmal die großen Fische, die du aus dem Wasser ziehst, behältst du. Du hättest Niemöller niemals als Kunden abgeben sollen. Aber du dümpelst ja lieber in seichten Gewässern.« Früher war Hanne nicht so spitz gewesen, aber mit den Jahren hatte sie nicht nur an Gewicht verloren, sondern auch an Herzlichkeit. Mittlerweile hätte sie gut in Haute-Couture-Klamotten gepasst, aber ganz so viel Geld warf das Büro nicht ab.

Und jetzt stellen Sie sich vor: Am nächsten Morgen, ein Sonntag, gehe ich in aller Frühe wieder zum Fluss – und wer hängt nach einer halben Stunde am Haken? Der Butt! Und wieder mit der Schwanzflosse!

Ich sah ihm in die Buttaugen, und er sah mich an, und er dachte bestimmt: Ich bin doch echt vom Pech verfolgt. Und ich dachte: Nee, mein Freund, du kommst mir nicht in die Pfanne. Wir Plattfische müssen zusammenhalten!

Hanne habe ich das natürlich nicht erzählt. Bin ja lernfähig.

Am Montag habe ich dann zum alten Niemöller gesagt, dass ich es mir noch einmal überlegt hätte und ich fände jetzt doch nicht, dass er bei einer großen Kanzlei besser aufgehoben wäre, und ich würde noch jemand einstellen, und dann würden wir seine Bilanz auch nach der Fusion mit Gröhlmann schaffen.

Niemöller lud dann mich und meine Frau zu einer Gesellschaft ein, die er gab. Früher hatte er uns nie eingeladen.

Hanne war regelrecht euphorisch. »Die Heinzingers kommen auch!«, rief sie und ging zum Friseur und zur Kosmetikerin.

Aber als wir Freitagnacht nach dem Essen heimfuhren, passte ihr mal wieder ihr Ehemann nicht. »Du bist ein gesellschaftlicher Stoffel, weißt du das?«, beschwerte sie sich.

»Hängst den ganzen Abend mit Niemöllers arbeitslosem Cousin herum und redest übers Angeln. Dabei waren Herr und Frau Heinzinger da. Die hättest du als Kunden gewinnen können. Jeder weiß doch, dass sie mit ihrem Steuerberater unzufrieden sind.«

Sie nicken so wissend. Bestimmt denken Sie jetzt, das seien typische Szenen einer Ehe. Wie auch immer, das Leben geht oft wundersame Wege. Am Samstag saß ich wieder frühmorgens beim Angeln und probierte die Tipps aus, die Jürgen Niemöller mir gegeben hatte, und wer schwamm auf einmal vorbei? Der Butt!

Na, alter Freund, dachte ich, sprach es aber nicht aus, weil – das muss ich Ihnen nicht erst lang erklären – seit einiger Zeit weiter unten am Fluss ein Russlanddeutscher angelte, so ein Militärhosen-Netzhemd-Springerstiefel-Typ, der aussah, wie ein Ex-KGB-Killer, wenn ich das so sagen darf, ist nicht böse gemeint. Ich winkte ihm auch immer freundlich zu. Anglerbrüderehre. Dennoch versuchte ich, dem Butt telepathisch mitzuteilen: Geh dem ja nicht an den Haken, der wirft dich in die Pfanne. Und auch wenn Sie mich jetzt für verrückt halten – der Fisch hat mich verstanden. Er schwamm flussaufwärts davon.

Am Montag rief ich dann bei Heinzingers an, und Herr Heinzinger meinte gleich als Erstes, wie angenehm es ihm aufgefallen sei, dass ich ihn in seiner Freizeit nicht beruflich angequatscht hatte, obwohl ich ja sicher gewusst hätte, dass er einen neuen Steuerberater für seine Firma sucht. Und gleich darauf hatte ich einen Neukunden. Das war ein Quantensprung für unser Büro. Aber meinen Sie, meine Frau wäre zufrieden gewesen?

»Wird ja auch Zeit, dass du endlich zur Vernunft kommst. Wenn du dir jetzt statt deiner dämlichen Fische noch die

Schulze-Dellheim angelst, sind wir saniert. Ich habe gehört, Dellheim hat ihr ein Millionenvermögen hinterlassen.«

Also, das mag ja jetzt albern klingen, aber ich dachte, wenn ich am Wochenende den Butt wiedersehe, dann ist das ein Omen.

Und was soll ich Ihnen sagen? Er schwamm wieder am Haken vorbei. Ich habe die Leine natürlich sofort eingeholt. Na, was meinst du, alter Junge?, habe ich gedacht.

Am Montag ging ich persönlich – mit Blumen und einer Bonbonniere gerüstet – zu dem Neubau, den sich Frau Schulze-Dellheim im Bonzenviertel unserer Stadt bauen ließ und sie hatte gerade Ärger mit dem Polier – und was soll ich sagen, der Polier war der Vater meiner Steuerfachgehilfin Mara-Louise, und nach ein paar Minuten war alles geregelt, und Frau Schulze-Dellheim lud mich dankbar auf einen Kaffee ein, und keine zwei Stunden später lagen wir in ihrem Bett. Ich habe, glaube ich, schon erwähnt, dass ich kein Frauenheld bin. Ich habe Hanne nie betrogen. Mit wem auch? Aber mit Frau Schulze-Dellheim ... das war schicksalhaft.

Hanne habe ich das natürlich nicht erzählt, nur angedeutet, dass unser Büro womöglich Frau Schulze-Dellheim als Mandantin bekommen würde, aber dem Butt habe ich alles erzählt. Auch, dass Charlotte – Frau Schulze-Dellheim – mich heiraten wollte. Was nicht ging. Ich wollte kein ausgehaltener Toyboy werden. In meinem Alter, ich bitte Sie! Aber das Büro gehörte nun mal ebenso wie das Reihenhaus meiner Frau Hanne, mit der ich keinen Ehevertrag hatte, und nach einer Scheidung würde ich mich dumm und dämlich zahlen.

Wissen Sie, der Butt sah mich an, und ich sah den Butt an, und dann warf ich ihm den Inhalt meiner Futterdose zu, und er fraß gierig, und ich fragte mich, was ein Butt eigentlich noch so alles frisst.

Ja, und so bin ich hier gelandet. War es köstlich? Ja, es sah auch sehr lecker aus. Ich kann keinen Plattfisch essen, das verstehen Sie sicher. Käme mir vor wie Kannibalismus. Ein Butt ist schließlich mein bester Freund und Berater gewesen.

Als Hanne verschwand und einige Tage später tot im Fluss gefunden wurde, hat man mich natürlich verdächtigt. Das hat mit der Person gar nichts zu tun, es sind wohl fast immer die engsten Angehörigen. Aber der Todeszeitpunkt konnte genau festgelegt werden – fragen Sie mich nicht, wie ... Mageninhalt, stehengebliebene *Baume&Mercier*-Uhr, irgendwas ... und ich hatte für diese Uhrzeit, ja für den ganzen Tag ein narrensicheres Alibi. Ich hatte auf einer Steuerberaterkonferenz in Hamburg einen Vortrag und anschließend einen Workshop gehalten – auch etwas, zu dem mich Hanne früher immer gedrängt hatte, zu dem ich mich aber erst nach der Begegnung mit dem Butt aufraffen konnte.

Ich bin natürlich immer noch Seniorchef unseres Steuerberatungsbüros, auch wenn meine mittlerweile erwachsene Gabi jetzt das Tagesgeschäft übernommen hat.

Wie bitte? Nein, ich bin sicher, es schmeckt vorzüglich, meine Empfehlung an Küchenchef Giorgio, aber ich bin heute indisponiert. Sie können abräumen. Und bringen Sie bitte die Rechnung. Der Herr ist mein Gast.

Nein, nein, das mache ich doch gern. Es ist mir eine Ehre. Also ehrlich, finden Sie nicht auch, dass es etwas Uniformiertes hat, wenn alle Kellner dieselben Hemden, Hosen und Schürzen tragen? Ist aber der neue Trend in Sterne-Restaurants. Wie schön, dass Sie sich für dieses Essen Zeit genommen haben. Den Umschlag mit dem Geld an irgendeiner Straßenecke zu überreichen, hätte so etwas Gewöhnliches. Zählen Sie bitte nach. Ich bin sehr froh, dass Sie mir in meiner Bredouille ausgeholfen haben, Wladimir. Unter Anglerbrüdern, versteht sich, aber dennoch ... ich bin Ihnen dankbar.

Danke, der Nachfrage, Charlotte und ich führen eine sehr angenehme Ehe. Ruhig, ohne Aufregungen – wie ich es mag. Allerdings riecht sie neuerdings immer frisch geduscht, wenn sie vom Golfspielen kommt. Ich mache mir da so meine Gedanken. Hm ... Sobald Charlotte ihr Testament zu meinen Gunsten geändert hat, komme ich womöglich wieder auf Sie zu ...«

Royal Flush in Grömitz

Ich gehe mit!«, sagte Doris Schlotterbeck und tat es. Jeden Abend, den der Herr werden ließ, pokerte sie mit den Jungs. Nun schon seit zwei Jahren in exakt dieser Besetzung. Seit sie in der Pappelallee in Grömitz die herrliche Dachwohnung mit Meerblick gewonnen hatte.

Von Justus. Er war ein ›von und zu‹, wovon er allerdings nie großes Aufheben machte. Auch jetzt saß er distinguiert zurückhaltend am Tisch, ganz Gentleman, im Anzug mit Fliege.

»Noch ein Schlückchen Trollinger?«, fragte Doris und goss ihm nach.

Justus war in ihrer Runde der Draufgänger. Weltkriegsveteran, Springreiter, Motorradfahrer - das war natürlich alles eine Ecke her. Aber auch jetzt pokerte er noch mit verwegener Kühnheit.

»Du gehst mit und erhöhst?« Doris kicherte mädchenhaft. Sie hatte eine Schwäche für Justus und seine Bravouresse beim Pokern.

Früher, bevor sie hier wohnte, war sie immer einmal im Monat aus Stuttgart angereist. Ohne Gustav, ihren Mann, der jedwedes Reisen hasste. Das war mühsam gewesen, sieben Stunden im Zug, mit Umsteigen in Hamburg, Lübeck und in Neustadt, kein leichtes Unterfangen für zunehmend alternde Knochen. Aber sie brauchte den Duft des Meeres, den Kitzel der Pokerrunden.

Anfangs, vor fünfzehn Jahren, war sie noch allein wegen der guten Seeluft gekommen. Und weil Grömitz wie eine idyllische Puppenstube wirkte.

Dann, vor zehn Jahren, trat sie in den Ruhestand und lernte Pokern. Immer am ersten Wochenende im Monat quartierte sie sich im zentral gelegenen Hotel *Gosch* ein und spielte dort im Nebenzimmer mit Gleichgesinnten. Wegen ihrer ondulierten Haare und den Rüschchenblusen wurde sie zu Beginn unterschätzt, später nicht mehr. Später war sie »Die Schlotterbeck« und Pokerfreunde sprachen ihren Namen mit Hochachtung aus.

Gustav, ihr alter Knauser von einem Mann, durch eine Kette von Fleischereien reich geworden, hielt Glücksspiele natürlich für reine Geldverschwendung, darum faselte sie immer irgendwas von Strickkreis oder Blumenschmuckgruppe oder Butterfahrten mit dem Schiff nach Dänemark, wenn er sich erkundigte, was sie in Grömitz so tat, aber er erkundigte sich so gut wie nie.

Friedrich, Handelsvertreter für Hochleistungsstaubsauer und Stammgast im *Gosch*, hatte ihr seinerzeit das Pokern beigebracht. Beide waren sie damals noch verheiratet gewesen und eine Affäre war für sie nicht infrage gekommen, aber beim Pokern konnten sie sich nahe sein, ohne sich schuldig fühlen zu müssen. Friedrich, der jetzt, eine Dekade später, etwas eingefallen über seinen Karten saß, war nun verwitwet und auch längst nicht mehr in Sachen Staubsauger unterwegs.

»Friedrich, gehst du auch mit?«, brüllte Doris Schlotterbeck.

Er war fast taub und sein Hörgerätestöpsel rutschte ihm immer aus der Ohrmuschel. Sie stand auf und goss auch ihm etwas vom guten Trollinger nach.

Wo sie nun schon stand, schloss sie das Fenster. Es war Hochsommer, mitten in der Saison, und draußen tobte der Bär. Touristen, wohin man blickte, Reisebusse, Autos, kläffende Hunde, kreischende Kinder. Das Meer und die Möwen waren über all dem Lärm nicht zu hören. Doris Schlotterbeck seufzte und freute sich auf den Spätherbst, wenn es wieder ruhig wurde und sie das kleine Seebrückenhäuschen ganz vorn an der Seebrücke wieder für sich allein hatte. Ihr Lieblingsort im Seebad Grömitz. Dort war man noch näher dran am Horizont. An der Weite des Meeres.

Andererseits würde sie sich nie und nimmer über die Völkerwanderung an die Ostsee an schönen Tagen beschweren. Ihre zwei Ferienwohnungen in bester Lage sicherten ihr ein nicht unerkleckliches Zubrot zur Rente. Die Wohnungen hatte sie auch beim Pokern gewonnen. Von Onno.

Onno hatte als junger Mann ausgedehnte Ländereien in Schleswig Holstein geerbt. Er sah aber gar nicht wie ein Großgrundbesitzer aus, eher wie ein derber Bauer von altem Schrot und Korn. Die Hände, in denen er die Karten hielt, waren schwielig und rot. Sie hatte ihn vor fünf Jahren bei der Seniorenwassergymnastik in der Grömitzer Welle kennengelernt. Onno stach heraus wie eine tapsige Laufente unter lauter eleganten Flamingos. Onno ging beim Pokern auch nie mit. Er spielte stets auf Nummer sicher. Also, nicht stets. Sonst hätte sie ihm ja nicht bei einem grandiosen Bluff die zwei Ferienwohnungen und eine urige Fischerkate abluchsen können. Liebevoll lächelte Doris ihn an.

»Oh, Karl-Heinz, entschuldige, ich habe gar nicht gesehen, dass dein Glas schon leer ist.« Rasch schenkte sie dem einzigen Bartträger in der Runde nach. »Du gehst mit und willst sehen?«, hauchte sie, begeistert über diesen mutigen Spielzug. Für Karl-Heinz hatte sie ebenfalls eine Schwäche, trotz seines schlecht sitzenden Toupets, das an einen schlecht geschorenen Pudel erinnerte.

Ihr Gustav war immer eifersüchtig gewesen. Dazu hatte es nun wirklich niemals einen Anlass gegeben. Doris Schlotterbecks Ehre war unbefleckt.

Den Kick holte sich Doris aus dem Pokerspiel. Selbst, als sie noch jünger war. Und jetzt, ganz ehrlich, zwackte es an allen

Ecken und Enden, da hatte sie keine Lust mehr auf horizontale Spielchen, nur noch auf Spiele am Pokertisch. Ihrem eigenen Pokertisch, Modell *Nevada*, mit strapazierfähiger grüner Microfaser bezogen und bequemen Armauflagen und Becherhaltern.

Ausgerechnet bei Karl-Heinz wäre sie aber doch beinahe einmal schwach geworden. Er war als Letzter zur Pokerrunde gestoßen. Ein stattlicher bayrischer Unternehmer mit beeindruckendem Zwirbelschnauzbart, der Grömitz als Witwer für sich entdeckt und eine Penthousewohnung in der Pappelallee gekauft hatte. Exklusivste Lage. Mit Tiefgaragenplatz, in der sein mitternachtsblauer Rolls stand, den sie – man möchte fast sagen – natürlich – mittlerweile im Spiel gewonnen hatte. In einer lauen Sommernacht vor acht Jahren, bei einem Glas Champagner in der *Kompass Hafenbar* im Jachthafen von Grömitz, war die Lust – die »Luscht«, wie sie es aussprach – über sie gekommen und sie waren mit Tempo 70 nach Hause gedüst, aber er vertrug Viagra nicht und bekam unerträgliche Kopfschmerzen davon und musste zwei Tage im abgedunkelten Zimmer flach liegen. Von da an hatten sie nur noch zusammen gepokert.

»Wer möchte Häppchen?«, rief Doris, die als einzige Frau in der Runde immer für die Bewirtung sorgte. In ihrer Generation war das eben noch so üblich. Auf dem Weg in die Küche drehte sie ihr Blatt um. »Royal Flush, tut mir leid, Jungs.«

Doris Schlotterbeck freute sich, auch wenn sie an diesem Abend nicht um große Summen spielten. »Tirili, tirila«, flötete sie, während sie an der Küchentheke den Rand von den Toastscheiben entfernte und diese dann mit Mayonnaise und Gürkchen belegte.

Royal Flush: As, König, Dame, Bube, Zehn in einer Farbe. Das gab es nicht alle Tage. Und irgendwie traf es auch auf ihre Pokerrunde zu. Sie war natürlich die Dame, Julius war der

König, schon wegen seiner Herkunft, Karl-Heinz war das As, Onno war der Bube und Friedrich, es muss leider gesagt werden, war nur die Zehn, als Mensch ohne Persönlichkeit, konnte aber gut mit Zahlen, vielleicht weil er immer die unterschiedlichen Drehzahlen der Staubsaugermodelle und die Gewinnmargen seiner Haustürverkäufe im Kopf ausrechnen musste.

Mit dem kleinen Silbertablett ging Doris in ihr Wohnzimmer mit der Panoramascheibe mit Blick auf die Ostsee, vor der ein riesiger Strauß gelber Rosen stand. Sie kaufte ihre Rosen immer bei *Blumen Thiel*. Frische Waren vom Blumengroßmarkt in Hamburg. Doris Schlotterbeck liebte Blumen, vor allem Rosen. Insbesondere gelbe Rosen. Und den Blick auf die Ostsee. Strahlend blauer Himmel, nur rechts – in Richtung ehemaliger Osten – ein paar Schäfchenwolken.

Doris Schlotterbeck stellte das Tablett ab und schob sich ein Gurkensandwich in den Mund. Dann nahm sie ihr Weinglas zur Hand und prostete ihren Männern zu. »Auf Euch!«

Doris Schlotterbeck liebte diese Kerle. Sie waren ihre Familie. Vor allem, nachdem Gustav so überraschend schnell gestorben war. Sein ständiges Nörgeln hatte ihr eine Zeit lang tatsächlich gefehlt. Doch dann hatte sie die Wohnung in Stuttgart-Degerloch aufgelöst und sich in Grömitz niedergelassen und alles war gut.

Hin und wieder dachte sie noch an Gustav, den alten Miesepeter. Doris Schlotterbeck hatte auch ganz kurz davor gestanden, ein *Gustav Schlotterbeck Gedächtnisturnier* ins Leben zu rufen, immer am Geburtstag ihres toten Gatten. Sie hatte sich dafür auch schon die Strandhalle direkt an der Kurpromenade ausgesucht, aber dann war ihr das Pokerteam Nord zuvor gekommen und organisierte das erste *Grömitzer Poker Open* und damit war die Luft raus. Sie hatte daran nicht teilgenommen. Sich über drei Vorrunden, sogenannte »Heats«, für das Abendfinale zu qualifizieren, war ihr zu prollig. Sie machte sich nicht mit Krethi und Plethi gemein. Sie war eine Schlotterbeck.

Und sie hatte ja ihre Jungs. Doris Schlotterbeck nahm das Glas von Julius zur Hand und trank es zügig leer. Gleich darauf tat sie das auch mit den Gläsern von Friedrich und Onno. »Auf euch!«, rief sie erneut, schon mit etwas schwerer Zunge. Es war schließlich ihre dritte Runde.

Bei ihrem Gustav hatte es damals eine Untersuchung gegeben. Sein Treppensturz sei »unter verdächtigen Umständen« erfolgt, hieß es. Aber natürlich hatte man ihr nichts nachweisen können. Weil sie ja auch nichts getan hatte. Sie brachte doch nicht ihren eigenen Mann um. So was gehörte sich nicht.

Bei Julius, Friedrich, Onno und Karl-Heinz hatte es dagegen keinerlei Ermittlungen gegeben. Warum auch, es vermisste sie ja keiner. Doris kümmerte sich um ihre Wohnungen, beantwortete ihre Behördenpost, ließ sie gewissermaßen weiter existieren. Nur Karl-Heinz hatte noch einen Sohn, als Manager im Ausland tätig, aber dem schickte Doris Schlotterbeck aus der Postfiliale am Markt immer zu Weihnachten und zum Geburtstag Grömitzer Ansichtskarten mit lieben Grüßen und der Frage: »Wann kommst du endlich mal vorbei?« Der Sohn kam nie.

Einen nach dem anderen hatte sie die Jungs zu sich nach Hause eingeladen, ihnen die Kehlen aufgeschlitzt – gar kein Problem für eine Metzgerswitwe – und ihre noch frischen Leichen anschließend in der Fischerkate von Onno, auf halbem Weg nach Kellenhusen, haltbar geräuchert.

Mit Seilen an den Stühlen festgebunden waren sie ihr nun stete Begleiter und Gefährten, nörgelfrei und pflegeleicht.

Doris Schlotterbeck seufzte wohlig, hob ihr Trollingerglas und trank es auf ex.

Die Bochum-Cops

Episode 423:
Wattenscheider Wahn

Bochum-Wattenscheid, Dienstag, 8.32 Uhr

Vor einem Mehrfamilienhaus am August-Bebel-Platz in Wattenscheid fährt der Chemiker Luzius Weigand, 33, mit seinem bordeauxfarbenen VW Passat rückwärts aus seiner Garage. Gleich darauf rollt der Wagen über eine vor der Ausfahrt ausgelegte Nagelkette. Lautes Zischen. Weigand hält an. In diesem Moment stürzen drei Männer mit Strumpfmasken auf das Auto zu, reißen die Fahrertür auf, zerren Weigand heraus und stoßen ihn in einen seit drei Tagen als gestohlen gemeldeten Renault Kangoo mit Duisburger Kennzeichen. Der Vorfall wird von zwei Anwohnern beobachtet, von denen einer mittels Handy sofort die Polizei verständigt, die keine fünf Minuten später mit einem Streifenwagen vor Ort ist.

Wattenscheid – Wohnung Weigand, Dienstag, 9.43 Uhr

»Ich war nur kurz einkaufen. Brot, Butter …« Irmgard Weigand, 32, steht unter Schock. Sie ist eine blutjunge Rothaarige mit süßen Sommersprossen, wie Hauptkommissar Plönzke von der Kriminalwache der Bochumer Polizei findet. Er hält ihre Hand. Sie ist eiskalt.

»Hat Ihr Mann Feinde? Wurde er bedroht? Ist Ihnen in letzter Zeit etwas Verdächtiges aufgefallen?«

Das sind zu viele Fragen für Frau Weigand, die im Moment schon sichtlich damit überfordert ist, in der richtigen Reihenfolge ein- und auszuatmen.

»Kopf zwischen die Beine«, rät Kommissarin Jutta Eberfeld, die in diesem Moment das Wohnzimmer der Weigands betritt, nachdem sie sich zuvor ein wenig umgesehen hat. Eine schöne, aber übersichtliche Drei-Zimmer-Wohnung in mittlerer Ausstattung, allerdings mit Terrasse und gemauertem Grill. Die Einrichtung zu gleichen Teilen von IKEA und vom Flohmarkt. So wohnen Menschen, die eben ihr Studium abgeschlossen haben, aber noch nicht genug Geld verdienen konnten, um sich etwas Besseres zu leisten.

»Mein Mann hat keine Feinde.« Frau Weigands Stimme tönt nasal zwischen ihren Knien hervor. »Aber gestern Abend hat er zu mir gesagt, er habe den Durchbruch geschafft. Ich wette, die Konkurrenz hat ihn entführt, um an seine Forschungsergebnisse zu kommen!«

Bochum – Institut Kallerius, Dienstag, 10.51 Uhr

»Schrecklich, einfach schrecklich!«

Der Institutsleiter Dr. Edwin Kallerius, 56, fasst sich an den Kopf. Hauptkommissar Plönzke hat trotz seiner langjährigen Diensterfahrung noch nie erlebt, wie jemand buchstäblich eine Redewendung in die Tat umsetzt, aber Dr. Kallerius tut exakt das: Er rauft sich die Haare. Das Ergebnis ist seinem Erscheinungsbild nicht förderlich, aber darauf kommt es in so einem Moment ja auch nicht an.

»Wer tut so etwas?«, verlangt Kallerius zu wissen.

Die Beamten bleiben stumm. Auch das Schicksal antwortet nicht mit dröhnender Stimme aus dem Off. Man hört nicht einmal den Verkehr draußen auf der Straße, denn die Scheiben sind schalldicht.

Sie stehen zu dritt im Büro von Luzius Weigand. Kommissarin Eberfeld sieht sich um. Alles makellos aufgeräumt und penibelst sauber. Auf der Schreibtischplatte könnte man

Operationen am offenen Herzen durchführen, ohne eine Infektion befürchten zu müssen.

»Das sieht nicht nach einer Tat aus dem privaten Umfeld aus, dazu wurde es zu professionell ausgeführt«, sagt sie und fährt mit dem Finger über die Regalwand. Kein Staubkorn. Nichts. Im Gegenteil – ihr Finger scheint sauberer als zuvor.

Das Institut, in dem Weigand arbeitet, gehört zu keinem Pharmariesen, sondern ist eigenständig. Welcher Art die Forschungen sind, die hier betrieben werden, ist auf den ersten Blick nicht ersichtlich. Auf den zweiten auch nicht.

»Ist Weigand im Besitz sensibler Daten?«, will Jutta Eberfeld wissen. Sie zieht eine Schreibtischschublade auf. Darin Buntstifte, nach Länge geordnet.

Kallerius bleibt die Antwort schuldig. Er weicht dem Blick der Ermittler aus.

Eine Streifenbeamtin tritt ein und flüstert Plönzke ins Ohr, dass man den Renault Kangoo vor Sankt Bartholomäus entdeckt hat. Natürlich leer und ohne jeden Hinweis auf den Verbleib von Entführern und Entführungsopfer. Der Wagen war offenbar gleich nach der Entführung dort abgestellt worden, aber natürlich hatten alle gedacht, der Fahrer wolle nur mal schnell dem Herrgott Guten Tag sagen. Schließlich war Sankt Bartholomäus eine Autofahrerkapelle.

»Herr Kallerius?«, ruft Eberfeld, weil der Institutsleiter geistesabwesend die Knubbel der Raufasertapete zu kontemplieren scheint. »War Weigand im Besitz sensibler Daten?«

Kallerius bricht deutlich sichtbar der Schweiß aus. An der Raumtemperatur liegt es nicht. Der Institutsleiter ist Mitte fünfzig, und es könnte die Frage gestellt werden, ob es sich um einen wechseljahresbedingten Hormonschub handelt. Die Wechseljahre treffen ja bekanntlich auch Männer. Aber die Hauptkommissare Plönzke und Eberfeld schließen ganz richtig, dass ihm das plötzlich im Raum stehende Ja nicht über die Lippen kommen will. »Ja, Weigand ist im Besitz sensibler Forschungsdaten.«

»Weigand ist ein Genie, und das meine ich auch so. Er bekommt den Nobelpreis für Chemie zweifelsohne noch vor seinem Vierzigsten. Falls er nicht ...« Kallerius sieht sich außer Stande, den Satz zu beenden. Er hat da ein ganz ungutes Gefühl und sieht Weigand offenbar bereits zerstückelt und im dualen System entsorgt vor sich.

Kallerius schüttelt den Gedanken ab. »Weigand arbeitete im direkten Auftrag für den Herrn Minister«, erklärt er abweisend.

»Und worum geht es bei Weigands Forschungen?«, verlangt Plönzke zu wissen.

Kallerius schluckt schwer und schürzt defensiv die Lippen. »Bevor ich Ihnen das beantworte, muss ich erst mit dem Minister telefonieren.«

Wattenscheid – Profi-Grill, Dienstag, 12 Uhr 12

Plönzke und Eberfeld setzen sich mit ihren Frikadellen an den Tisch mit der gelb-blau-orangenen Plastikdecke im *Profi-Grill* an der Bochumer Straße in Wattenscheid. Es ist ihre Lieblings-Frittenschmiede und man findet sie in jeder Episode hier, so es ihre Arbeit erlaubt. Sie sind froh, dass sie zur Abwechslung mal dort, wo sie beide wohnen, auch ermitteln dürfen. Endlich mal keine Erklärungsnot, warum sie mittags immer zum *Profi-Grill* pendeln.

Plönzke drückt drei Senfpäckchen über seiner Frikadelle aus, die nach dem Originalrezept von Kurt Kotzlowski gefertigt ist, die aber »Kurts Frikadelle« und nicht »Kotzlowskis Frikadelle« heißt, weil man hier erstens sowieso per Du ist und weil zweitens der Name Kotzlowski bei Esswaren nicht die richtigen Assoziationen weckt.

Eberfeld spießt mit der Gabel ihren Bohnensalat auf, den sie sich zu ihrer Frikadelle dazubestellt hat. Immer was Grünes zum Essen, pflegt ihre Omma zu sagen.

Anschließend teilen sich Plönzke und Eberfeld die BILD-Zeitung. Er liest den Sportteil, sie guckt sich den Nackedei auf dem Titelblatt an.

Bochum – Kriminalwache, Dienstag, 13.28 Uhr

»Bei der WAZ ist ein Bekennerschreiben eingegangen.« Eberfeld kommt ins Büro gestürmt. Sie hält ein Fax in der Hand.

»Gott, wie niedlich. Ausgeschnittene Buchstaben. Das hatte ich seit meiner Ausbildungszeit nicht mehr.« Plönzke muss lächeln.

WIR HABEN IHN. BEENDET EUER TEUFLISCHES TUN ODER ER STIRBT!

Darunter ein Foto von Weigand mit der aktuellen Stadtspiegelseite der WAZ.

»Aha, das wollte uns Kallerius also nicht erzählen. Sie tun *Teuflisches*. Vielleicht sind hier gar keine Ermittler, sondern Exorzisten gefragt?« Nach knapp zehn Jahren und 422 Episoden hilft manchmal nur noch Galgenhumor.

»Was die im Institut wohl tun? Irgendwas Hochbrisantes?«, spekuliert Eberfeld.

»Ich glaube gar nichts. Wir müssen den Mann befreien.« Plönzke steht auf und nimmt den Telefonhörer zur Hand und wählt. Im Stehen kann er besser reden.

»Tach auch, Rudi. Hast du das Bekennerschreiben schon vorliegen? … Und? … Aha.« Plönzke legt wieder auf. »Dauert noch.« Er setzt sich wieder.

»Chef!« Sekretärin Uschi stürmt ins Büro. Ihre orientalischen Ohrringe, ein Andenken aus dem letzten Marokkourlaub, klimpern. »Sie haben im Renault etwas gefunden. Eine Nachricht des Entführten!«

»Eine was?« Plönzke runzelt die Stirn mit dem höher gelegten Haaransatz.

»Der Entführte konnte einen Hinweis im Auto deponieren!«

Bochum – Kriminallabor, Dienstag, 13.44 Uhr

»Eine Formel?«

Plönzke und Eberfeld starren auf den Zettel, über den sich gerade Dr. Harald »Horatio« Müller, 42, der Leiter des Spurensicherungsteams, beugt.

Harald Müller setzt seine Sonnenbrille auf und nickt. »Eine Formel. Da Weigand Chemiker ist, liegt auf der Hand, was er uns damit sagen wollte.«

»Ach ja?« Es ist Jutta Eberfeld einfach so herausgerutscht. Sie könnte sich dafür ohrfeigen. Jetzt steht sie wieder als das dumme Frauchen da.

Plönzke seinerseits ist ihr dankbar für diesen Ausruf. Ihm war nämlich auch nicht klar, was es mit der Formel auf sich haben sollte. Es handelte sich um einen gelben *Post-it*-Zettel, auf den wild Buchstaben und Zahlen und Kringel gekritzelt sind. Doch sicher nur ein Versehen. Aus Weigands Hosentasche gerutscht, als er in den Renault verfrachtet wurde.

»Habt ihr beide in Chemie dauergeschwänzt oder was?« Müller schüttelt den Kopf. »Seht euch das mal an. Das ist keine normale Formel.«

Plönzke und Eberfeld schauen, sehen aber immer noch nur Buchstaben und Zahlen und Kringel.

»Das ist ein Hinweis. Auf die Entführer. Vielleicht sogar auf den Ort, an den man ihn verbracht hat.«

»Kannst du diesen Hinweis in verständliches Deutsch übersetzen?«, fragt Plönzke.

Müller schürzt die Lippen und nimmt seine Sonnenbrille ab. »Ich bin kein Chemiker. Treibt einen Fachmann auf. Ich vermute, Weigand hat einzelne Buchstaben in die Formel geschmuggelt, die zusammengesetzt die Nachricht ergeben. Findet einen Chemiker, der diese Formel erkennt!«

Bochum – Kriminalwache, Dienstag, 14.58 Uhr

»Noch keine Antwort«, seufzt Jutta Eberfeld und kippt den megastarken Kaffee, den sie sich gerade gebraut hat, auf ex.

Plönzke hebt eine Augenbraue. Er hätte sich bei dieser Aktion nicht nur die Speiseröhre verbrüht, sondern könnte anschließend auch drei Wochen lang nicht mehr schlafen, aber Eberfeld ist laut Rollenprofil taff. Härter als der Rest seines Teams plus den Kollegen von *Mord II* bei CRIME-TV.

Eberfeld hatte den Zettel mit der Formel kopiert und an Experten der Uni Köln, der Ruhr-Uni Bochum und der Uni Düsseldorf geschickt. Noch keine Antwort. Von niemand.

»Hat sich Kallerius gemeldet?«, erkundigt sich Plönzke.

»Der Minister sei derzeit unabkömmlich, hat er gesagt.« Eberfeld zuckt mit den Schultern.

Plönzke schaut den Zettel mit der Formel an. »Was sagt der Autorenerkennungsdienst?«

»Nichts. Nur, dass die Handschrift mit der des Entführten identisch ist.« Eberfeld kaut an ihrem Pferdeschwanz. Sie ist auch rothaarig. Aber was bei anderen Frauen – beispielsweise bei Frau Weigand – zweifelsohne süß aussehen würde, wirkt bei ihr nur so, als wolle sie einen kannibalistischen Akt an sich selbst begehen. Plönzke wendet den Blick ab.

»Ruf Kallerius trotzdem noch mal an. Frag ihn, ob das Institut Drohungen erhalten hat. Vielleicht ist Weigand einfach nur das leichteste Opfer gewesen.«

Eberfeld nickt.

Bochum – Kriminalwache, Dienstag, 15.12 Uhr

»Der Herr Minister für Innovation, Wissenschaft, Forschung und Technologie auf Leitung zwo«, ruft Uschi mit Ehrfurcht in der Stimme aus dem Vorzimmer.

Plönzke steht auf und nimmt den Hörer ab. »Hauptkommissar Plönzke«, meldet er sich zackig, weil er nicht nur laut Rollenprofil, sondern auch in Wirklichkeit mal bei der Bundeswehr war und das nicht ohne Folgen geblieben ist.

Der Minister für Wissenschaft und Forschung hält sich nicht mit langen Vorreden auf. »Der Fall ist eine Nummer zu groß für Sie, ich habe das BKA mit der Übernahme beauftragt. Das Institut von Dr. Kallerius wird ab sofort unter besonderen Schutz gestellt. Sie werden nichts von dem weitergeben, was Sie bisher erfahren haben. Ich denke, wir verstehen uns.« Er legt auf.

Plönzke, der bisher noch rein gar nichts erfahren hat, wird neugierig. Und wenn Plönzke erst mal neugierig ist, würde er auch sehenden Auges und ohne Rücksicht auf die Folgen die Büchse der Pandora öffnen. Ganz zu schweigen davon, einen Minister zu vergrätzen. Selbst wenn dieser Minister gebürtiger Wattenscheider war.

Bochum – Gaststätte Destille, Dienstag, 18.51 Uhr

Hauptkommissar Plönzke hat Feierabend und sitzt in seiner Stammkneipe, der *Destille*. Hier bekommt er gegebenenfalls bis zwei Uhr nachts ein gepflegtes Stauder-Pils und kann dann zu Fuß nach Hause laufen, darum fühlt er sich wohl, auch wenn er den Altersdurchschnitt der Gäste jedes Mal, wenn er durch die Tür kommt, signifikant anhebt.

Eigentlich ist heute der Vorbereitungsabend für die Tauchsafari im Roten Meer von NOWtilus Wattenscheid e.V., aber Plönzke braucht Ruhe zum Nachdenken. Und ein Bier. »Dasselbe noch mal«, ruft er und hebt sein Glas.

Plötzlich steht Jutta Eberfeld neben ihm. Sie sagt nichts, legt nur ihr Notebook auf den Holztisch, klappt es auf und betätigt ein paar Tasten.

Über den Bildschirm flackert ein Bild, dann erkennt man einen Mann. Es ist Weigand. Da er nicht seit zehn Tagen, sondern erst seit zehn Stunden abgängig ist, hat er keinen ungepflegten Bartwuchs und sieht auch nicht verhungert oder dehydriert aus. Eher schon wütend und angenervt. Um den Hals trägt er ein Pappkartonschild, auf dem *Beendet das therapeutische Klonen* steht. Weil er mit dem Schild auf dem Boden kniet, würde er ein bisschen wie ein Gefangener von Al Khaida wirken, sähe man nicht im Hintergrund den Zipfel der Fahne der SG Wattenscheid 09.

»Darum geht es also«, sagt Plönzke. »Von wegen Kompromiss in der Stammzellenforschung. Deutschland mischt mit in der Gentechnik.«

»Ich brauche ein Bier«, sagt Eberfeld und winkt der Bedienung.

Bochum-Wattenscheid – Wohnung Plönzke,
Mittwoch, 1.44 Uhr

Das Handy auf dem Nachttisch des Hauptkommissars meldet sich mit der Melodie von Grönemeyers *Bochum*. Plönzke richtet sich im Bett auf und wischt sich mit dem blauweißgestreiften Pyjamaärmel den Sabber aus dem Mundwinkel und geht ran. »Der Zugriff ist erfolgt. Sie haben Weigand. Er lebt.«

Neben Plönzke zieht sich Trudchen – benannt nach der Schutzpatronin der Stadt, der heiligen Gertrud – die Decke über den strähnchenblonden Kopf.

»Was?«, krächzt Plönzke in den Hörer.

Jutta Eberfeld wiederholt ihre Ansage.

»Wo?«, fragt Plönzke.

»Martin-Luther-Krankenhaus.«

»Ich komme.«

Bochum-Wattenscheid – Martin-Luther-Krankenhaus,
Mittwoch, 3.52 Uhr

Plönzke fährt mit dem Mountainbike seines Sohnes Florian vor dem Krankenhaus vor. Seine Ente wollte wieder mal nicht anspringen. Aber eher fährt er Fahrrad, als seine Ente und somit sein Kennzeichen WAT-IS 69 aufzugeben.

Es ist reine Gefälligkeit, dass der BKA-Posten am Eingang ihn zu Weigand durchlässt. Andererseits ist der schon verhört worden. Seine Entlassung steht auch unmittelbar bevor. Die Entführer haben ihm nichts angetan. Im Gegenteil, er hat mittags Tofuburger bekommen und durfte sich den Al-Gore-Film *Eine unbequeme Wahrheit* auf DVD ansehen.

Frau Weigand sitzt neben dem Bett ihres Mannes, den Kopf zwischen den Knien.

»Plönzke«, stellt Plönzke sich vor, nachdem er ans Krankenbett getreten ist.

Weigand sieht nicht aus wie das typische Entführungsopfer kurz nach seiner Freilassung. Da hat Plönzke in bislang 422 Episoden schon ganz andere gesehen.

»Die Entführer wurden noch nicht gefasst?«, fragt Plönzke, weil Weigand sich in Schweigen hüllt. Man hört nur das schwere Atmen von Frau Weigand aus Kniehöhe.

»Dämliche Idioten«, faucht Weigand unakademikerhaft. »Das waren Spinner von der Tierschützerfraktion, die glauben, wir würden am Institut Kallerius irgendwelche Primaten foltern. Anna, ich bitte dich, komm wieder hoch!«

Frau Weigand hebt nur einen Arm. Man meint, ein genuscheltes »Gleich, Schatz« zu hören.

Plönzke hebt eine Augenbraue.

»Die haben mich verwechselt«, bellt Weigand. »Bei uns im Haus wohnt einer von der Uni Bochum, der an transgenen Tieren forscht. Ich kenne mich natürlich nicht exakt aus, aber irgendwann werden diese Tierschutzfuzzis froh sein, wenn man dank transgener Tierforschung rekombinante Arzneimittel herstellen kann, die Hautkrebs oder Hirntumore heilen!«

Weigand echauffiert sich. Womöglich war der Mann nicht immer so, glaubt Plönzke eine Stimme aus dem Off zu hören. Gewaltsamer Freiheitsentzug, fährt sie fort, zeitigt die unterschiedlichsten Folgen bei den Opfern.

»Als die Penner gemerkt haben, dass ich der Falsche bin, haben sie mich in die Pampa gefahren und aus dem Auto geworfen. Hier!« Weigand hebt den Arm. »Sehen Sie das! Aus dem fahrenden Auto geworfen!«

»Oh mein Gott«, jammert Frau Weigand, und ihr Kopf rutscht bis auf Knöcheltiefe. Sehr gelenkig. Bestimmt macht die Frau Yoga.

Plönzke sieht eine minimale Hautabschürfung an Weigands Ellbogen, die der behandelnde Arzt nicht einmal für verbindenswert erachtet hat. Seiner Einschätzung nach kann das »fahrende Auto« nur mit maximal fünf Stundenkilometern unterwegs gewesen sein.

»Herr Weigand«, sagt Plönzke dennoch, »ich bin sehr froh, dass die Sache gut ausgegangen ist.«

Weigand brummt unverbindlich: »Gut ist in diesem Fall Definitionssache.«

»Nur eine Frage noch.« Plönzke kann nicht anders. »Die Formel. Welchen Hinweis haben Sie darin versteckt?«

»Hinweis?«

»Die Formel auf dem *Post-it*-Zettel. Da hatten Sie doch einen Hinweis auf Ihre Entführer eingebaut oder nicht?«

»Äh … nein.« Weigand guckt auf einmal dümmlich. »Ich ging natürlich davon aus, dass meine letzte Stunde geschlagen hat. Und ich wollte nicht, dass meine neu entdeckte Formel verloren geht. Mein großer Durchbruch sollte nicht umsonst gewesen sein!«

»Oh Schatz!« Frau Weigand taucht mit wirren Haaren und krebsrotem Gesicht auf und drückt stolz die Hand ihres Mannes.

Plönzke nickt verstehend: »Und worin bestand Ihr großer Durchbruch?«

Bochum – Kriminalwache, Mittwoch, 9.11 Uhr

Plönzke sitzt mit dunklen Augenringen über seinem Abschlussbericht, als Jutta Eberfeld hereinkommt. Sie grinst über alle vier Backen.

»Was ist so komisch?«, fragt Plönzke.

Eberfeld genießt ihren Wissensvorsprung. »Ich weiß, woran die im Institut forschen.«

»Woher?«

»Hatte was mit einem der BKAler.«

Plönzke schaut skeptisch. »Willst du mir erzählen, dass einer von denen aus dem Nähkästchen plaudert, nur weil du irgendwann mal einen Quickie mit ihm hattest?«

Eberfeld grient zufrieden, weil sie diese sexuellen Anspielungen erst kürzlich bei den Verhandlungen über die zehnte Staffel durchgesetzt hat: »Ich sage nur, dass der Quickie keine vierundzwanzig Stunden her ist und er gerade in meinen tieferen Regionen beschäftigt war, als ich seine Einsatzakte aufschlagen und einen Blick riskieren konnte.«

Plönzke kommentiert das nicht. Den letzten Quickie mit Trudchen hat er am Tag vor der Hochzeit in Episode 26 gehabt. »Und?«

»Das muss aber unter uns bleiben!«, verlangt Eberfeld. »Weigand wurde vom Minister persönlich abgestellt, um sich einem Sonderauftrag zu widmen. Gnade uns Gott, wenn der Minister Wind davon bekommt, dass wir beide davon wissen …«

»Meine Lippen sind versiegelt.« Plönzke schaut wie ein verlässlicher Geheimnisträger. Es geht womöglich um Biowaffen, raunt seine innere Stimme aus dem Off. Oder um einen Impfstoff gegen die Schweine-Vogel-Goldfischgrippe, der nur für Mitglieder der Regierung entwickelt wird. »Ich schweige«, wiederholt Plönzke.

Eberfeld lacht. Es klingt ein wenig gehässig. »Weigand arbeitet an – halt dich fest – an einem Mittel, das die …«, sie zieht einen Spickzettel aus ihrer Blazer-Innentasche und liest ab, »die Umwandlung von Dehydrotestosteron in Testosteron blockiert und somit Alopecia praematura verhindert.«

Plönzke sieht sie verständnislos an.

Eberfeld grinst noch breiter. »Haarausfall. Weigand entwickelt ein Mittel gegen Haarausfall beim Mann. Genauer gesagt, beim Herrn Minister. Wusstest du, dass die Wiederwahl von Ministern mit Haaren um 33 Prozent höher liegt als von haarlosen Ministern?«

Unwillkürlich fährt Plönzkes Hand zu seiner Halbglatze.

Abspann:

Die drei Kidnapper wurden wenige Tage später im Wattenscheider *Pommes Grill* verhaftet, als sie ein halbes Dutzend von »Kurts Frikadellen« mit Weigands EC-Karte bezahlen wollten. Ludger K., Carlo S. und Ignaz W. wurden wegen Freiheitsberaubung, Autodiebstahl und vorsätzlicher Dummheit mit einem dreijährigen Auftrittsverbot in allen Polizei-Dokusoaps belegt.

Hauptkommissar Plönzke setzte bei den Verhandlungen zur zwölften Staffel seine Scheidung von Trudchen durch und führt derzeit mit Hauptkommisarin Elberfeld Gespräche über einen Quickie.

Kenner morden Württemberger

Tot

Professor Bensonmam von der Oxford University Wine Society trug einen graumelierten Harristweedanzug zu burgunderroten Budapestern. Dazu eine Fliege in den Farben seiner Alma Mater. Bensonmam liebte gedeckte Farben und legte großen Wert auf eine formvollendete Erscheinung. Der Grund, warum er in diesem Augenblick so empört schaute, war aber nicht der, dass sein blau angelaufenes Gesicht die dezente Farbgebung seiner Person nachhaltig störte, sondern basierte eher auf der Tatsache, dass ihn jemand mit einem koextrudierten synthetischen Stopfen vom Leben zum Tode befördert hatte. Anders ausgedrückt, jemand hatte ihm einen Plastikkorken in die Luftröhre gerammt und das so nachdrücklich, dass er daran erstickt war. Einen Plastikkorken! Eingeweihte werden Bensonmams Empörung nachvollziehen können. In der Innentasche seines Harristweedanzuges fand sich der handschriftliche Entwurf seiner nächsten Weinkritik für die *London Sunday Times*. Überschrift: WURTTEMBERGER WINE - DISASTROUS, CATASTROPHIC, OBSOLETE.

Toter

Sayyed Chandighar, Badener mit hessischem Migrationshintergrund und *der* aufsteigende Stern am Önologenhimmel mit Fachgebiet ›Weine der Neuen Welt‹, räusperte sich, raschelte mit seinen Stichwortkarten, räusperte sich erneut und hub an zu sprechen. *Qualitätskontrolle durch genetische Analyse des Rebenveredlungsprozesses im Nappa Valley* hieß der Vortrag, den er in wenigen Minuten zu Gehör geben würde. Er hielt sich für den Caruso unter den Rednern und übte seine Stimme kurz vor Vortragsbeginn gern mit großen Gesten vor einem Ganzkörperspiegel. »Die stringente Qualitätskontrollimplementierung durch rigide Klonselektion erlaubt ...«, dröhnte er mit rollendem R, dabei auf seine Zwerchfellatmung achtend, nicht aber auf die Tür, weswegen er nicht kommen sah, was das Schicksal für ihn in Form zweier Hände in Einmalhandschuhen und eines Plastikkorkens bereithielt. Als man den toten Chandighar fand, noch warm und mit leichtem Restzucken in den Extremitäten, lagen seine Stichwortzettel wie ein Heiligenschein verteilt um den Kopf. Aus seiner Jacketttasche ragte die Kopie einer Weinkritik, die er für die September-Ausgabe von *Der Weinkenner* verfasst hatte. Titel: WARUM ICH WÜRTTEMBERGER WEINE HASSE.

Am mausetotesten

Die herausragenden Weinkritiker der Neuzeit ließen sich locker an zwei Händen abzählen. Gegen Abend des zweiten Tages auf der 33. Fachtagung des internationalen Weinkritikerverbandes hätte zum Abzählen eine Hand gereicht. Nun gut, eine Hand mit sechs Fingern, aber immerhin.

Zwei große Gaumen hatten für immer aufgehört zu gurgeln und zu spucken.

Die Fachtagung fand in diesem Jahr in Stuttgart-Untertürkheim statt und bestand aus insgesamt 15 Workshops mit Verkostung, vier Fachvorträgen und – am letzten Tag – einem Galaabend mit musikalischer Untermalung durch Traute Schöllhammer an der Harfe. An besagtem Galaabend sollte auch der Kritikerpreis vergeben werden. Trotz der bedauerlichen Todesfälle, die die Medien merkwürdig kalt gelassen hatten, stand man am vorletzten Tag bei bestem Wetter rund um zwanzig Weinfässer, die man – als Stehtische nutzend – im malerischen Innenhof des Veranstaltungsfachwerkgebäudes verteilt hatte. Die rotwangigen Kellnerinnen des Cateringunternehmens eilten mit Häppchentabletts zwischen den ausnahmslos männlichen Kritikern umher. Ausnahmslos männlich?

»Wo ist eigentlich unser Schnuckelhäschen?«, fragte Jürgen ›Schlucki‹ Metzger (abfällig, weil er bei ihr nicht hatte landen können), der sich in seinem Blog als selbsternannter Weinkritiker aufspielte und von den echten Fachmännern nur geduldet wurde, weil er als Sohn eines millionenschweren Industriellen die alljährliche Fachtagung in ihrer Gänze zu finanzieren pflegte.

Die von ihm kosenamig deklassierte Önologin Wencke Korff wurde gegen ein Uhr nachts von Cateringmitarbeitern gefunden, als diese die zwanzig 130 Zentimeter hohen und 80 Zentimeter breiten Winzertruhen abtransportieren wollten und bei einer Truhe ob des erhöhten Gewichts ins Stutzen kamen. Auch Wencke war das Atmen mittels Plastikkorken verunmöglicht worden. Zwei Dinge waren nunmehr klar: (1.) Hier konnte nicht mehr von Zufall die Rede sein und (2.) zum Abzählen der Önologenkoryphäen genügte nunmehr eine normal gewachsene Fünf-Finger-Hand.

Demnächst tot?

Sie sah nicht aus wie die typische Kommissarin aus dem Fernsehen. Nichts streng Mütterliches wie bei Hannelore Hoger, keine unterkühlte Erotik wie bei Maria Furtwängler. Sie sah aus wie seine alte Biologielehrerin und das war im Grunde das Schlimmste, was man einer Frau nachsagen konnte.

Es war eine reine Routinezeugenbefragung, fühlte sich aber an wie ein hochnotpeinliches Inquisitionsverhör. Definitiv Psychofolter. Menzel schwitzte.

»Sie haben also eine Theorie zum Täter?« Ihre Stimme klang sogar wie ehemals die von Fräulein Dr. Supp: Klirrend, eisig und immer schwang das »Setzen, sechs!« mit.

Menzel schluckte. Schwer. »Nun ... also ...«, stotterte er. Wie sollte er ihr das klarmachen? Er, Menzel, der mit Menschen im Allgemeinen nicht konnte und mit Frauen im Besonderen schon überhaupt nicht, geschweige denn mit diesem Fräulein-Dr.-Supp-Klon. Er, der sich jahrelang erfolgreich im Elfenbeinturm der Weinkritik versteckt hatte, nun aber unsanft in die Wirklichkeit katapultiert wurde. Er, Menzel, Mitglied in der *Confrérie des Chevaliers du Tastevin* im Burgund und Autor des berühmten Werkes *Illustre Weine für das 21. Jahrhundert,* das mit Brad Pitt in der Hauptrolle als Dokudrama verfilmt worden war, also er, Meinhard Menzel, meinte tatsächlich ganz genau zu wissen, wer seine Kollegen so teuflisch ermordet hatte: ein verrückter Württemberger, der alle hochkarätigen Weinkritiker, die sich je abfällig über Württemberger Weine geäußert hatten, auf entwürdigende Weise zu Tode brachte.

So, wie Hauptkommissarin Nägele ihn anschaute, glaubte wohl auch sie zu wissen, wer für die drei Morde verantwortlich zeichnete, allerdings dachte sie an jemand anderen, nämlich an ihn, Menzel.

Eine Patt-Situation.

Sie und die Polizei im Allgemeinen gingen davon aus, dass der Täter im Kreis der Fachtagungsteilnehmer zu suchen sei, weil nur diese Zugang zum Gelände hatten. Und weil alle ein gewichtiges Motiv einte – der mit 15.000 Euro dotierte Preis des besten Weinkritikers des Jahres. Der Einwand, kein Weinkritiker, der etwas auf sich hielt, würde einen Plastikkorken als Mordwaffe verwenden, prallte an der Obrigkeit ab.

»Die Ermordeten hatten alle etwas gemeinsam«, fing Menzel an.

Hauptkommissarin Nägele nickte. »Sie waren Weinkritiker.«

Menzel seufzte. Das war ja fast so, als würde man sagen ›sie waren Menschen‹. Als ob man Bensonmam, Chandighar und Korff in einen Topf werfen könnte! »Meine drei Kollegen hatten völlig verschiedene Fachgebiete – Chandighar befasste sich nur mit den Weinen aus der Neuen Welt, Bensonmam förderte vehement das Image der australischen Weine und Korff galt als die wichtigste Weinkritikerin Frankreichs und als Spezialistin bezüglich Bordeaux- und Burgunderweinen. Nein, sie alle waren sich nur in *einem* Punkt ähnlich.« Er verstummte abrupt und schnappte nach Luft. Das passierte ihm öfters, gern auch mitten in Vorträgen, weil er unter Sprech-Apnoe litt: Beim Sprechen vergaß er hin und wieder, Luft zu holen, dann hyperventilierte er, wobei ihm die Augen leicht hervorquollen, was ihn wie einen nach Luft schnappenden Fisch aussehen ließ.

Hauptkommissarin Nägele hätte ihm gern einen Schlag auf den Hinterkopf versetzt, ähnlich einem Koch, der einem noch zappelnden Fisch den Gnadenhandkantenschlag versetzt. Aber das hätte den Beigeschmack roher Polizeibrutalität besessen, und sie hatte bereits zwei einschlägige Vermerke in ihrer Personalakte. Sollte sie noch einmal Hand anlegen und sei es auch noch so sanft, würde sie demnächst an der Kreuzung zwischen Hauptbahnhof und Baugelände Stuttgart 21 den Verkehr winken oder, schlimmer noch, ein Anti-Aggressions-Training belegen müssen. Also beschränkte sie sich aufs Stichwortgeben: »In welchem Punkt waren sie sich ähnlich?«

Menzel machte hektische Fischmaulbewegungen, plusterte sich auf, lief rot an und rief schließlich schnaufend: »Württemberger Wein! Sie hassten Württemberger Wein!«

Die Spitze von Nägeles Lacklederpumps bohrte sich tief in Menzels linkes Schienbein. Sie würde sich später auf einen unwillkürlichen Muskelreflex herausreden.

Menzel sprang schreiend auf.

»Wir mögen es hier nicht besonders, wenn man unsere Weine schlecht redet«, sagte Hauptkommissarin Nägele, »aber deshalb morden?«

»Es liegt doch auf der Hand«, beharrte Menzel, setzte sich wieder und hielt sein schmerzendes Bein. »Korff, Bensonmam und Chandighar haben die Württemberger Tropfen wegen Süßreserve und Massenträgern verfemt und ...« Menzel stockte wieder, erinnerte sich, und zog rasch seine Beine aus dem Gefahrengebiet. »... und ich habe mich ebenfalls nicht gerade positiv geäußert. Hier«, sagte er und reichte ihr die aktuelle Ausgabe der *Stuttgarter Nachrichten*.

Nägele griff zur Zeitung, die bereits auf der entsprechenden Seite aufgeschlagen worden war. *»Die Württemberger trinken ihren Wein selbst, weil sie müssen – sonst tut es nämlich keiner«*, las sie laut vor.

Zu schnell, als dass Menzel hätte reagieren können, rutschte Nägele auf ihrem Stuhl nach vorn, gewann so kostbare Zentimeter und – zack! – bohrte sich die Stahlspitze ihrer Pumps in sein rechtes Schienbein.

Menzel fiel aufquakend vom Stuhl. Und landete unsanft, Kopf voraus.

»Der Mörder ist mit an Sicherheit grenzender Wahrscheinlichkeit ein Württemberger, der keine Kritik an Württemberger Weinen verträgt! Ein Winzer! Oder irgendein überzeugter Viertelesschlotzer! Ich verlange Polizeischutz!!«, winselte Menzel noch, dann wurde es schwarz um ihn.

Württemberger Wein: mäßig genossen ist er auch in größeren Mengen völlig unschädlich!

Menzel wurde in den folgenden Tagen herumgereicht wie eine schwäbische Pralinenschachtel, die – immer wieder neu verpackt – jahrzehntelang weiterverschenkt wird, bis einmal jemand urplötzlich Schokogelüste verspürt und die Packung vorfreudig aufreißt, nur um schimmelüberzogene, steinharte Pralinenruinen vorzufinden. Die Verleihung des Kritikerpreises war aus Respekt vor den nunmehr drei Toten abgesagt worden: Geld und Statue sollten dem noch nicht namentlich genannten Preisträger nach den Beerdigungen zugeschickt werden. Da Menzel jedoch ebenso wie die anderen Teilnehmer der Fachtagung Stuttgart aufgrund dringenden Tatverdachts nicht verlassen durften, wurden sie von den ortsansässigen Medien gelöchert, die sich anschließend mit griffigen Schlagzeilen gegenseitig zu übertreffen suchten: *Weinkritiker nicht im Rotwein-, sondern im Blutrausch* respektive *Weinkritiker auf der Todesliste eines fanatischen Württembergers* oder auch nur *Die Rache der Schwaben* – genau das Richtige fürs Sommerloch.

»Sehr zurückhaltende Nase, am Gaumen cremig, feine Säurestruktur, mit lang anhaltendem, schmelzigem Abgang. Ein Württemberger Terroirwein par excellence«, flötete Menzel ins Mikrofon. Er war gerade für die SWR-Hörfunksendung *Leute* gebeten worden, einen Württemberger Wein aus der Region Unteres Neckartal zu verkosten und spontan ein Urteil zu fällen.

»Sie stehen also nicht mehr zu Ihrem negativen Urteil aus den *Stuttgarter Nachrichten*?«, fragte der Moderator provokativ.

»Ich bin missverstanden worden! Der Artikel verfälscht meine Antworten. Die Zitate wurden aus dem Zusammenhang gerissen«, behauptete Menzel kühn. Bei dem Artikel handelte es sich zwar um eine wortgetreue Niederschrift, aber das wusste ja nur der Journalist und Menzel hatte beschlossen, sein Mäntelchen ab sofort kehrtwendend in den Wind zu hängen und Württemberger Weine in den Himmel zu loben. Nur um auf Nummer sicher zu gehen. Sein Renommee war ihm egal. Hier ging es ums nackte Überleben. »Die Welt da draußen weiß leider noch nicht, wie herausragend Württemberger Weine sind. Es braucht jemand, der die Kunde vom guten Württemberger Wein in alle Winkel dieser Erde trägt. Ich böte mich da gern an.«

»Wie löblich. Der Ministerpräsident will Sie dafür zum Württemberger ehrenhalber ernennen«, fuhr der Moderator fort.

Menzel musste nicht bescheiden lächelnd abwinken, man war ja im Radio. Er tat es aber trotzdem. »Wir Weinkritiker wollen die Welt nur zu einem besseren Ort machen, mehr nicht.«

»Aber die Welt der Weinkritik ist ein hochgefährliches Pflaster, nicht wahr? Ist nicht vor ein paar Jahren auf einer ähnlichen Tagung ein Kollege von Ihnen mit einem Handtuchspender auf einer Herrentoilette erschlagen worden?«

Menzel wurde bleich. Auch das sah man im Radio nicht. »Ja, in der Tat ist mein werter Kollege Hagen von Schindler durch einen tragischen, niemals aufgeklärten Mord mittels Schlag auf die Schläfe zu Tode gekommen. Mit dem Plastikkorpus des Handtuchspenders letal niedergestreckt. Und jetzt wurden drei Weinkritiker mittels Plastikkorken dem Erstickungstod zugeführt. Da springt einem doch der rote Faden förmlich ins Auge! Wie ich immer sage: *Plastik* wird noch einmal der Untergang des Weines sein, wenn nicht gar des Abendlandes!«, dozierte Menzel, rückte seine Brille zurecht und sah schicksalsergeben empor.

Kenner trinken Württemberger

Sie saßen in feuchtfröhlicher Runde in einer Besenwirtschaft irgendwo am Rande der schwäbischen Metropole. Es sollte der Abschiedsumtrunk werden. Ein amerikanischer Kollege – man nannte ihn den »Indiana Jones der Weinkritik«, obwohl er nie Filzhut und Peitsche, dafür ausnahmslos immer eine lilafarbene Herrenhandtasche am haarigen Handgelenk trug – hatte gedroht, die Polizei zu verklagen, wenn man ihm die Abreise nicht gestattete. Und da keine neuen Verdachtsmomente aufgekommen waren und seit über zwei Tagen keiner von ihnen mehr über den Jordan gegangen war, ließ sich dagegen auch nicht viel einwenden.

»Ein Prosit«, rief Schlucki Metzger und erhob sich, »ein Prosit auf die lieben Verstorbenen, wir werden ihnen ein ehrendes Andenken bewahren!« Man trank demonstrativ Württemberger Wein. Schon allein, weil neben Hauptkommissarin Nägele und ihrer Entourage aus nicht näher definierten Vertretern der Exekutive auch die Presse anwesend war. Prompt flammten Blitzlichter auf: *Weinkritiker bekennen sich einhellig zu Württemberger Wein* sollte die Schlagzeile lauten. Falls nicht noch etwas dazwischenkam, worauf die Presse natürlich gierig spekulierte. Dann würde es heißen: *Massenmeucheln an Profitrinkern geht weiter.*

Menzel machte verkniffen mit. Er hob das Glas mit der Linken. Mit der Rechten umklammerte er das Frühstücksbuttermesser des Hotels, in dem er nächtigte. Wenn sich ihm einer auch nur auf zwanzig Schritte mit einem Plastikkorken näherte, würde er nicht zögern, von dem Buttermesser Gebrauch zu machen.

Für Menzel war die Sache immer noch klar: Der Mörder war ein Hiesiger. Hörte man nicht immer wieder von Polizisten, die aufgrund von Arbeitsüberlastung selbst zu Tätern wurden? Diese Nägele guckte ausnehmend feindselig. Und der Besenwirt? Ein untersetzter Heilbronner. Menzel hatte in seinem Artikel in den *Stuttgarter Nachrichten* die Heilbronner Reben als »generell überschätzt« bezeichnet. Würde sich das jetzt rächen? Starrte ihn der Mann nicht gerade abschätzig an?

»Darf ich nachschenken, der Herr?«, fragte der Heilbronner freundlich.

Menzel schüttelte den Kopf. Dann stand er auf und ging in Richtung Herrentoilette. Folgte ihm jemand? Tatsächlich, Hauptkommissarin Nägele!

Menzel ging schneller und immer schneller, hastete auf die Toilette, wuselte in den nächstbesten Kubus und schloss hinter sich ab. Natürlich fiel ihm erst in diesem Moment ein, dass so eine Toilettentür nicht kugelsicher war und Nägele ihn einfach erschießen konnte. Aber wechselte ein krankes Mörderhirn den modus operandi?

Mein Gott, die Nägele betrat tatsächlich die Toilette.

Menzel, der schon im Beisein anderer Männer Harnstau bekam und in Gegenwart einer Frau das Gefühl hatte, nie wieder pinkeln zu können, hyperventilierte vor Angst. Er kauerte sich in die geflieste Abortecke: Wenn sie jetzt doch schießen sollte, würde die Kugel über seinen Kopf hinwegfliegen.

»Herr Menzel?«, rief sie von draußen, mit dieser eisig klirrenden Stimme.

»Besetzt!«, rief Menzel.

»Herr Menzel, Sie wissen schon, dass Sie hier auf der Damentoilette sind, oder?«

Ampelographische Sortenmerkmale: offene Triebspitze, mittelgroße Blätter, walzenförmige Traube. Wirkung: Tödlich!

Mitternacht. Bewölkt. Ein Vorort.

Die Bürgersteige sind schon lange hochgeklappt, die Straßenbeleuchtung wird soeben abgeschaltet. Zwei Paar Männerfüße schreiten pflastersteinklackend durch die Beinahedunkelheit.

Menzel läuft mit Schlucki Metzger zum Hotel. Seine Rechte umklammert fest das Buttermesser, denn nun, da sich herausgestellt hat, dass Hauptkommissarin Nägele rechtschaffen und keine verrückte Mörderin war, konnte der soziopathische Massenmörder nur noch ein Württemberger sein. Ein vielleicht harmlos wirkender Passant. Wie der dort drüben. Menzel bleibt abrupt stehen.

Schlucki, die Hände tief in den Hosentaschen vergraben, merkt nicht gleich, dass er plötzlich allein unterwegs ist. Doch dann dreht er sich um. »Was ist?«

»Pst!«, flüstert Menzel. »Da!«

Er zeigt mit der Buttermesserhand auf eine Gestalt im Kapuzenshirt, die jetzt dazu ansetzt, die Straße zu überqueren.

Schlucki ruft arglos: »Guten Abend!«

Menzel schaut ihn entgeistert an.

Unter der Kapuze ruft eine zarte Mädchenstimme »Grüß Gott!«. Die Kleine läuft dann aber doch etwas schneller, denn Zweimeterhüne Schlucki und Menzel, der vor lauter Angst gekrümmt dasteht und in seiner Hagerkeit und mit seinen Schütterhaaren enorm an Max Schreck in *Nosferatu* erinnert, sind ein Anblick, der durchaus auch abgehärtetere Zeitgenossen verunsichern kann. Die drei türkischen Jungmänner zum Beispiel, die sich beim Anblick der beiden Weinkritiker flugs in ihren Hausflur zurückziehen.

»Kommen Sie schon, Menzel«, ruft Schlucki und schreitet kräftig aus. Menzel wuselt hinter ihm her. Die beiden könnten als Slapsticknummer durchgehen.

»Wozu das Messer?«, fragt Schlucki über seine linke Schulter.

»Damit ich mich verteidigen kann, wenn dieser wahnsinnige Württemberger zuschlägt, der uns alle ermorden will.«

Schlucki bleibt stehen. Menzel wäre beinahe aufgelaufen.

Die Wolkendecke reißt auf und im Mondlicht sieht man Schluckis ungläubiges Grinsen. Hauptkommissarin Nägele hat zwar vor den Fachtagungsteilnehmern durchblicken lassen, dass sie einen von ihnen verdächtigt, die Konkurrenz ausschalten zu wollen, um dann mit Preis und Preisgeld nach Hause zu fahren, aber von Menzels Württembergerthese war nicht die Rede gewesen.

»Wir haben doch irgendwann alle gegen Württemberger Weine gewettert«, fuhr Menzel fort. »Selbst wenn wir privat gern mal einen schönen Lemberger aus Brackenheim oder einen Verrenberger Riesling trinken. Das ist eben der Zeitgeist. Irgendeine Region wird immer verlacht. Und jetzt nützt ein verrückter Eingeborener die Gelegenheit, dass wir gerade hier tagen, und schlachtet uns der Reihe nach ab. Aber mich kriegst du nicht, hörst du, mich nicht!« Die letzten Worte gellte Menzel in die Nacht, die Hand mit dem Buttermessen wild entschlossen nach oben gereckt.

Schlucki kann nicht mehr an sich halten. Er lacht und lacht, bis er sich vor Lachen die Seiten halten muss.

Menzel findet das ungehörig. Um nicht zu sagen, taktlos.

»Wollen Sie damit etwa andeuten, dass Sie Frau Nägeles Theorie anhängen und glauben, es gehe ums Preisgeld? Tippen Sie auf einen der anderen? Reblochon? Safirelli? Indiana Jones?«

Schlucki wischt sich die Lachtränen aus den Augenwinkeln, dann fischt er die Einmalhandschuhe aus der Innentasche seines Yohji Yamamoto Blazers. »Quatsch. Ich war's.«

Das kommt jetzt für Menzel etwas überraschend.

»Also ich werd' angeben, dass wir uns getrennt haben, weil ich mir noch Zigaretten holen wollte. Sie seien direkt zum Hotel gegangen. Und da hat Sie dann der Mörder erwischt. Der wahnsinnige Württemberger.« Schlucki kichert. »Köstlich, einfach köstlich.«

»Aber warum?«, entfährt es Menzel.

Schlucki wird auf einen Schlag todernst. »Wencke hat mich gedemütigt. Mich vorgeführt. Bei der Eröffnungsveranstaltung hat sie vor laufenden Kameras erklärt, ich sei ja nur als Mäzen geduldet. Sie hat mir jegliche Weinkennerschaft abgesprochen! Obwohl wir miteinander geschlafen haben! Zwei Mal!«

Schlucki guckt waidwund, aber Menzels Mitgefühl geht gegen Null. Sein Überleben steht auf dem Spiel. »Und Bensonmam und Chandighar?«, fragt er, um Zeit zu gewinnen.

»Cleverer Schachzug meinerseits, um die Polizei hinsichtlich der Motivlage zu verwirren.« Schlucki zuckt mit den Schultern. »Sowas nennt man Kollateralschaden.«

Menzel fasst sich ein Herz. Jetzt oder nie!

Mit einer rasch ausholenden Bewegung rammt er Schlucki das Buttermesser in den Bauch.

Schlucki schaut erstaunt an sich hinunter, hebt eine Augenbraue, dann grinst er breit. »Wir lernen: Ein Buttermesser ist ein Streichgerät, keine Stichwaffe.« Dem Uli-Knecht-Pullunder und Schluckis Bauchspeck hat das Buttermesser jedenfalls nichts anhaben können.

Das war jetzt ungut. Vor allem, da Schlucki einen Plastikkorken hervorzaubert. »Nicht wehren«, rät er. »Dann ist es auch ganz schnell vorbei. Also ... relativ schnell.«

Menzels Adamsapfel hüpft in dunkler Vorahnung. Und gleich darauf rennt Menzel los.

Er ist nicht in Übung. Das merkt er an dem heißen Atem von Schlucki in seinem Nacken. Einmal gelingt es Schlucki sogar, sich in Menzels Cordsamtjacke zu verkrallen. Menzel streift sie ab und rennt weiter. Er atmet heftig. Lange kann er nicht mehr. Hell erleuchtet fährt die letzte Stadtbahn an den beiden Sprintern vorbei. Menzel ruft »Hilfe!« und wedelt mit den Armen, aber die Bahn ist leer und der Fahrer hat nichts bemerkt.

Dort!

Auf der anderen Straßenseite brennt noch Licht. Eine kleine Eckkneipe.

Heftig keuchend erreicht Menzel die Tür. Er stürzt hinein. Die Luft reicht nicht mehr für einen weiteren Hilferuf. Obszön schnaufend stützt er sich an der Theke ab. Eine dralle Kellnerin mit zu engem T-Shirt, zu blonden Haaren und zu viel Schminke im Gesicht sagt: »Hallo, Süßer, wir haben schon geschlossen.« Die beiden letzten Gäste stehen wie zum Beweis mantelzuknöpfend am wimpelgeschmückten Stammtisch.

Da hechtet Schlucki herein.

Menzel hat nur eine einzige Chance. Er ist gewillt, sie zu nutzen. Mit zitternder Hand ergreift er die halbvolle Trollingerflasche auf der Theke und schlägt zu.

Schlucki geht unter dem Geschrei von Kellnerin und Gästen in Zeitlupe zu Boden.

Gefällt wie eine deutsche Eiche.

Von einem bekömmlich-süffigen Trollinger aus dem Remstal.

Weinland Württemberg – Wo das Glück zu Hause ist

Menzel strahlt.

Nicht nur im wahren Leben, auch auf den 250.000 Plakaten, die die Werbegemeinschaft Württembergischer Weingärtnergenossenschaften hat drucken lassen. Er – der Held, der einem gefährlichen, geisteskranken Massenmörder das Handwerk legte – ist das neue Aushängeschild für Württemberger Weine. Mit einem Viertelesglas in der Hand lächelt er nun im ganzen Land von Litfaßsäulen und Plakatwänden.

In einem feierlichen Akt im Neuen Schloss verleiht ihm in diesem Moment der Oberbürgermeister der Stadt Stuttgart die Auszeichnung »Schwabe ehrenhalber«.

Hauptkommissarin Nägele sitzt in der ersten Reihe. Sie fixiert Menzel streng. Menzel merkt es, aber es ist ihm egal. Sein Glück kann nichts mehr trüben.

Vielleicht etwas voreilig. Nägele will ihn nämlich befragen. Woher er denn wusste, dass seinerzeit sein Kollege Hagen von Schindler mit einer *Plastik*abdeckhaube erschlagen worden war? Diesen Tatbestand hatte die Polizei nie veröffentlicht und eigentlich konnte das nur der Täter wissen.

Menzel ahnt nichts und badet im Applaus der Menge, als ihm der goldene Schwabenorden am Bande umgehängt wird.

Ja, noch strahlt er.

Gönnen wir es ihm.

Der Reizblasenblues

Mein Name ist Gabi Kleefisch, ich bin zweiundvierzig, tierlieb und anschmiegsam, ich mag die *Wildecker Herzbuben* und romantische Sonnenuntergänge und arbeite im Hygienemanagement der Deutschen Bahn, will heißen, ich putze auf der ICE-Strecke Stuttgart–Hamburg–Stuttgart die Zugtoiletten. Manchmal werde ich auch ersatzhalber auf der Strecke Stuttgart–Dortmund–Stuttgart eingesetzt, aber das nimmt sich nichts. Klo ist Klo, egal wo.

Früher wollte ich mich immer auf Heilpädagogin umschulen lassen, aber mein jetziger Beruf ist ideal für mich – ich leide nämlich an einem der letzten großen Tabu-Handicaps der Neuzeit. Ein wirklich großes Tabu. Also … Ich spreche nicht gern darüber. Es ist mir peinlich, und ich zürne dem Schicksal immer noch, dass es ausgerechnet mich damit straft. Na gut, wenn Sie es unbedingt wissen wollen … dann sage ich nur so viel, dass ich schon in der dritten Amtsperiode Schriftführerin der *Reizblasen-Selbsthilfegruppe Böblingen-Ost e. V.* bin. Den Rest können Sie sich dann ja denken. Und auch, warum ich gern in der Nähe von gewissen Örtchen tätig bin. Tätig sein muss.

Nicht jeder ist für den anspruchsvollen Beruf des Zughygienemanagers geeignet – das völlige Fehlen von Ekelgefühlen ist durchaus hilfreich, wenn man, mit Industriereinigern bewaffnet, den Kampf angeht gegen den Urinstein, gegen Geschlechtsakt-Sekrete und die Verkeimung durch Darm-, Wund- und Eiterbakterien auf den Plastiksitzen, den Druckknöpfen für die Spülung und den Türgriffen. Aber für mich war das immer eine echte Herausforderung. Wenn ich mit einer Toilette fertig bin, kann man darin zwar keine Operation am offenen Herzen vornehmen, aber es ist porentief sauber! Das ist für mich Ehrensache. Da bin ich ganz Schwäbin.

Mit dieser Einstellung betrat ich am 7. November – es war gegen 19 Uhr 52, wir hatten den Bahnhof Kassel-Wilhelmshöhe mit nur 14 Minuten Verspätung in Richtung Frankfurt Hauptbahnhof verlassen – betrat ich also die hinterste Zugtoilette der ersten Klasse in Wagen 14, will sagen, ich sprintete hinein, weil ich einen deutlichen Harndrang verspürte und ich immer noch zu stolz war, Damenwindeln zu tragen. Wer Windeln trägt, hat sich aufgegeben. Dann wird man aus der *Reizblasen-Selbsthilfegruppe* ausgeschlossen und muss sich den *Anonymen Inkontinenzlern* anschließen. Nein danke! Lieber mehrmals täglich im Galopp zum nächsten Lokus.

Jedenfalls war der Blasendruck an besagtem Novemberabend kaum noch auszuhalten.

Ich reiße also die Tür auf und …

… und da sitzt doch noch einer auf der Schüssel.

Ein Mann mittleren Alters mit schütterem Haar und zerknittertem Leinenanzug.

Tot.

Ich weiß nicht, inwieweit Sie sich mit dem Thema Reizblase auskennen, aber ich hatte keine andere Wahl: Ich schubste den Toten von der Schüssel und verschaffte mir Erleichterung.

Der Erleichterung folgte Panik.

Ich konnte das unmöglich dem Zugchef melden! Womöglich drohte mir wegen eines solchen Zwischenfalls die Kündigung. Und ich hätte ja im Zuge dessen zugeben müssen, unter welchem Handicap ich litt. Nein, das konnte ich nicht. Ich war noch nicht soweit. Es ging nicht.

Andererseits kam ich gerade von meiner gewerkschaftlich ausgehandelten Fünf-Minuten-Kaffeepause und hatte meine Gummihandschuhe noch nicht wieder angezogen, weshalb an der Leiche jetzt zweifellos meine Fingerabdrücke zu finden waren.

Ach, habe ich schon erwähnt, dass die Leiche keines natürlichen Todes gestorben war? Das schloss ich aus dem Schweizermesser, das dem Toten aus der Brust ragte. Und er war definitiv tot: Kein Lebender hätte in der Plörre, die den Boden der Toilette tränkte, auch nur eine Sekunde still gelegen. Offenbar hatte da wieder ein fanatischer Stehpinkler die Schwankungen des ICE bei über 200 Stundenkilometern unterschätzt.

Mein Gott. Was tun?

Ich hatte hochdosierten Hochleistungsindustriereiniger dabei, damit konnte man eine Leiche binnen weniger Stunden vollkommen auflösen. Das hatte ich mal im Fernsehen gesehen und mir gemerkt. Dafür müsste ich den Toten aber in eine Wanne legen, und die gab es im ICE nicht. Wenn es mir gelang, ihn in Klein- und Kleinstteile zu zerlegen, könnte ich ihn natürlich bequem in der Toilettenschüssel auflösen. Aber bis ich den Toten mit dem Schweizermesser filettiert hätte, wären wir längst in Stuttgart, und bis dahin musste er ja schon evaporiert sein. Verdammt!

Der Tote sah mich aus glasigen Augen an. Ich schnüffelte. Wann begann eine Leiche eigentlich nach Leiche zu müffeln? Ich hatte einige Tannenduftbäume in der Latztasche meines Overalls dabei – Duftbäume sind billiger als Parfüm, und bei Aldi hatte es Tannenduft gerade im Angebot gegeben –, die hängte ich der Leiche ans Jackett. Nicht jedem ist es gegeben, mit Tannenduftbäumchen am Revers, uringetränkter Leinenhose und einem Messer in der Brust gut auszusehen. Also, diesem Toten jedenfalls definitiv nicht. Ich seufzte auf.

Da hörte ich es atmen.

Wie ich schon sagte, war der Tote tot. *Er* hatte nicht geatmet. Ich hatte geatmet, aber das war ein anderes Atmen. Dieses Atmen kam von draußen, vom Gang.

Rein prophylaktisch rief ich rasch: »Besetzt!«

Den Schreck steckte meine Blase allerdings nicht gut weg. Ich musste schon wieder …

Und während ich mir so beruhigend zuredete, kam mir auch schon ein Geistesblitz. Ja, ich hatte den Toten angefasst, aber nur am Revers. Es hatte keinerlei Hautkontakt gegeben. Eventuell war noch Faserabrieb von meinem Overall an seine Leinenhose gekommen. Mehr aber nicht. Die Lösung: ausziehen, den Kerl!

Ich verfügte zwar nicht über immense Erfahrung im Umgang mit dem anderen Geschlecht, aber ausziehen an sich ist ja geschlechtsneutral. Ich zog mir also meine Gummihandschuhe über und entkleidete die Leiche. Dafür musste ich das Messer aus der Brust ziehen, was ein eklig schmatzendes Geräusch machte.

Gleich darauf war die Leiche nackig.

An dem splitternackten Leichnam würden sich keine Hinweise auf mich finden lassen. Seine Sachen stopfte ich in einen meiner blauen Müllbeutel. Ich würde sie mitnehmen und im Garten meiner Eltern verbrennen und/oder verbuddeln. Gerettet!

Ich atmete erleichtert aus.

Und hörte wieder dieses Atmen vor der Tür. Einbildung? Nur ein Echo meines eigenen Atmens? Ich wollte meinen Kopf an die Tür pressen, als mir urplötzlich klar wurde, wer genau da atmete: Derjenige, dem das Schweizermesser gehörte! Ich kannte doch meine Pappenheimer – alle anderen hätten mittlerweile heftig an die Tür gebollert und »Geht das auch schneller?« gerufen. Nur einem Mörder war daran gelegen, diskret zu sein.

Das war jetzt blöd.

Fand auch meine Reizblase, die Entleerung einforderte. In der Zwischenzeit störte es mich überhaupt nicht mehr, wenn beim Pinkeln ein Toter zugegen war. Nicht einmal ein entblößter Toter.

Ich sah auf die Uhr. Mir lief die Zeit davon. Wir waren schon in Höhe Hanau. *Mut, Gabi!*, rief ich mir – lautlos – zu, *Mut!* Ich packte den Müllsack mit den Kleidern des Toten und die Sprühflasche mit dem Desinfektionsreiniger, den ich dem Finsterling in die Augen zu sprühen gedachte. Dann holte ich tief Luft und öffnete die Tür. Keiner da.

Ich lugte hinaus. Weit und breit niemand. Ich trat aus der Toilette. Und da spürte ich ihn in meinem Rücken! Ich drehte mich um. Es war ein Zweimeterriese in einem pastellfarbenen Designeranzug und mit schmierigem Pferdeschwanz. In der Hand hielt er eine Kettensäge. Deswegen hatte er also die Leiche kurzzeitig allein gelassen, um den Zerhacker zu holen. Zugegeben, es war nur eine Mini-Benzinkettensäge, aber dennoch ein so bedrohlicher Anblick, dass mir die Sprühflasche aus der Hand fiel. Hier half nur Flucht.

Ich rannte los.

Die erste Klasse war an diesem Abend so gut wie menschenleer, und die häkelnde Oma auf Platz 33 in Wagen 12 würde mir gegen den Kettensägenmörder keine Hilfe sein.

Im Bordrestaurant saßen natürlich ein paar Menschen, aber was sollte ich denen sagen? Ich konnte mich doch unmöglich jemandem anvertrauen. Ich müsste nicht nur mein Reizblasenproblem offen legen, sondern auch die Tatsache, dass ich einen Toten geschändet hatte. Die Beweismülltüte hielt ich ja sogar noch in der Hand. Nein, unmöglich. Also rannte ich einfach weiter. Der Kettensägenmörder folgte mir mit wuchtigen Schritten. Keiner schien groß davon Notiz zu nehmen.

Da, aus den Fenstern sehe ich schon den Frankfurter Bleistift, nur noch Sekunden bis zum Halt am Hauptbahnhof. Dort kann ich im Getümmel der Leiber untertauchen und mich in Sicherheit bringen.

Der ICE wird langsamer, ich werde schneller. Der Kettensägenmörder holt auf. Der Zug kommt zum Stehen. Und da … die Türen öffnen sich. Die Rettung lacht mir förmlich ins Gesicht.

Doch meine Reizblase meldet sich wieder. Meldet sich mit einer völlig neuen Vehemenz. Sicher angstinduziert.

Aus dem Zug springen und einnässen?

Nein. Nein und nochmals nein! Stattdessen reiße ich die Tür zur letzten ICE-Toilette vor dem Ausgang auf, verbarrikadiere sie hinter mir und erleichtere mich.

Da merke ich, wie sich der Zug wieder in Bewegung setzt.

Und vor der Toilettentür atmet es.

Und eine Kettensäge setzt sich in Bewegung …

Erstabdruck der Geschichten dieses Bandes:

Die Killer-Erdmännchen und der Männerschädel im Gibbonweiher: **Tod im Taunus**, Richard Lifka (KBV, 2011)

In dr Wellness wie im Sterba kommt a jeder dra: **So schön tot**, Sandra Lüpkes/Christiane Franke (dtv, 2012)

Tegernseer Wasserleichen: **Tod am Tegernsee**, Sabine Thomas (Gmeiner, 2011)

Das fröhliche Meisburger Massenschlachten: **Tatort Eifel 3**, Ralf Kramp (KBV, 2011)

Sieben Linge, eine Ratte und ein Fang: **Niedertracht in Niedersachsen**, Birkefeld/Kuhnert (KBV, 2012)

Indisch essen in Itzehoe: **Schöner morden im Norden**, Jobst Schlennstedt (Pendragon, 2012)

Aktenzeichen XY und der Killerkakadu von Krefeld: **Ausgefressen**, Ina Coelen (Leporello, 2010)

Fisch muss schwimmen: **Mordkompott meerumschlungen**, Peter Gerdes (Leda, 2011)

Showdown in Schmallenberg: **Tausend Berge, Tausend Abgründe**, Kathrin Heinrichs/Theo Pointner (grafit, 2012)

Natürlich wild!: **Aufgebockt und abgemurkst**, Regine Kölpin (KBV, 2011)

Wer ko, der ko – wer ned ko, der ko ned, au ned im Chiemgau: **Mörderischer Chiemgau**, Jobst Schlennstedt (Pendragon, 2011)

Liebe à la carte im Schatten der Berge: **Sterbenslust**, Paul Ott (Gmeiner, 2009)

Reifferscheids Rübezahl: **Nordeifel, Mordeifel**, Ralf Kramp (KBV, 2010)

Es prickelt so schön in meinem Bauchnabel: **Muscheln, Mousse und Messer**, Ingrid Schmitz (Conte Verlag, 2010)

Holzwickedelics: **Mords.Metropole.Ruhr**, HP Karr/Herbert Knorr (grafit, 2010)

Pulp Kitchen: **Herrgotts Bscheißerle**, Silvija Hinzmann (Ariadne, 2011)

Watt mutt, Butt: **Friesisches Mordskompott**, Heike und Peter Gerdes (Leda, 2009)

Royal Flush in Grömitz: **Muscheln, Möwen, Morde**, Regine Kölpin (KBV, 2012)

Wattenscheider Wahn: **Hängen im Schacht**, H. P. Karr (KBV, 2009)

Kenner morden Württemberger: **Wein, Mord und Gesang**, Carsten Sebastian Henn (KBV, 2010)

Reizblasenblues: **Mördchen fürs Örtchen**, Petra Busch (KBV, 2011)